本成果受到中国人民大学 2017 年度
"中央高校建设世界—流大学（学科）和特色发展引导专项资金"
支持

STORYTELLER
and
DREAM INDUSTRY

Technology, Law
and Production of Network Literature

说书人与梦工厂
技术、法律与网络文学生产

储 卉 娟

著

社会科学文献出版社
SOCIAL SCIENCES ACADEMIC PRESS (CHINA)

目录

致谢

　　谢谢我的文学启蒙者金庸和古龙，予我充实而热烈的年少时光，更在日渐凝固化的中年生活里，以江河和湖海的梦想给我继续奋斗的动力。

　　谢谢黄易，《大唐双龙传》带给一代平凡少年对抗世界的勇气，也意外让我进入网络写作的世界，得以投入地经历这段历史的产生与发展。

　　谢谢世纪文景，给了我第一个接入现实社会的宝贵机会，且近乎没有限制地容许我在工作中实践自己的想法。在文景的职业生涯，让我真正体会到即使"在（资本）野兽的肚子里"，有理想的人仍然可以努力制造梦想照进现实的空间。

　　谢谢这十几年来活跃在新浪、西祠、天涯、起点、晋江、红袖等网站上的各位写作者、阅读者和评论者。出于本书所将要详细论述的原因，他们中的大多数并没有办法在今天的大众文化世界里获得身份，但没有他们的参与，我们置身其中的大众文化世界其实并不会诞生。

　　谢谢这十几年来活跃在网络文学领域的各位土著理论家，尤其是龙空各位大神。他们以人类学家般的天真、敏感、热情，致力于从如烟的细节中打捞秩序，识别这个新世界的轮廓、这段新历史的脉络，只是单纯因为对事物本身的爱与投入。你们是我的榜样。

　　谢谢求学各阶段遇到的老师们给我的鼓励和帮助。贝尔曾经说，世界的变化开始比念头还要快,所以人类一边迷糊,一边恐惧,探索自身限度、命运和主动性都在加速。在这样的时代,能够一直置身于探讨现代社会和人之命运的严肃共同体,我才不至于迷失在浩繁的细节和纷至沓来的日常烦恼之中。人在新的环境下会遇到怎样的机遇,想要结成怎样的社会关系,如何才能突破走向二维化的宿命?我的研究虽然粗糙,但还是希望自己微不足道的尝试,能够为这样迫切而抽象的思考提供些许来自现实世界的线索。

谢谢中国人民大学。1998 年,法学院是我智识生活的开端;2013年,社会学系成为我在学术界职业经历的起点。六年来,我在"城市社会学"、"法律社会学"、"西方社会学理论"和"西方社会思想史"的课堂上认识了一批又一批人大的学生,他们成长的时空大致与网络文学发展的历史时空重叠,与他们的交谈让我得以重新思考自己的判断,以及反思这个时空对于大众意识领域所产生的影响。与亲切又和善的黄盈盈、富晓星和张慧组成的日常生活讨论小组,是我这几年持续获取灵感和支持的共同体。特别感谢社会与人口学院对我不成熟研究的大力支持,正是在"双一流"经费的支持下,这本小书才得以从我的文件夹走向出版市场。虽然本书不断强调打破传统出版链条的未来社会意义,但我当然也同样受惠于传统作者-读者关系所带来的学术联盟。

谢谢我的硕士生导师郭星华教授,博士生导师郑也夫教授。多年来,郭老师一直督促我在法律社会学领域不断反思,从纠纷解决走向制度理性,这是本书所有研究的起点和目标所在。郑老师指导了我博士学位论文的写作,给我最好的研究环境和情感支持。没有两位老师持续不断的督促和鼓励,这个研究是不可能完成的。

研究过程中,我还得到了一些非常关键的启发和协助。2012 年芝加哥大学社会学系 James Evans 的互联网研究和内容分析课程,在方法论和技术两个方面帮助我思考究竟如何处理互联网材料;北京大学邵燕君老师领导的网络文学研究团队的文本分析和学术活动，搭建了网络文学研究的公共平台，尽管我的切入点在技术与法律，但文学界对网络作品文学性和社会性的分析，也构成了本书非常重要的互文环境；中国社会科学案例中心为我整理案例材料提供了必要的资助，并收录了网站发展史的案例，使这一领域的经验材料得以加入社会科学研究；《社会建设》慷慨发表了我有关知识产权治理不甚成熟的思考；社会科学文献出版社大力协助我完成了这本书的出版，出版工作烦琐细致，过程中得到童根兴和谢蕊芬、赵娜编辑的大力支持，十分感谢。

谢谢朵朵、阿巍、杨梅、飞宇、杨宇、开宇、章宇、小股和秦老板可爱的全家。这个世界大概很少有人拥有如此之小的日常社会交往网络，但你们完整支撑起我全部的社交需求，让我可以拥有常人难以想象的空闲时间，可以娱乐和继续工作。

谢谢我的爸爸妈妈。我一直致力于把学术和生活分开，但毫无疑问，生活领域的自由是学术思考无忧展开的前提。作为体验者的我和作为观察者的我，能够同时且独立地存在于这个世界，全赖爸爸妈妈的爱和自由给我最大的成全。

最后，谢谢阿跳，世界上唯一能同时跟我分享网络文学、胡思乱想和人生选择的人类。有或没有你，我的日常生活大概没什么变化，但我面对这个世界的状态，恐怕将是完全不一样的。很难想象，那样的我会在哪里，过着什么样的人生。希望你健康快乐，给我买更多的咖啡和草莓，快点去写你我都想看到的那部小说。

绪论
网络文学与可能的历史

一 问题

我要从一则古老的传说开始。

查理曼大帝晚年疯狂爱上一个日耳曼姑娘。后来那位女子萧然逝去，国王命人将她那敷过香料的遗体搬入寝宫，寸步不离。杜宾主教惊惶于这骇人听闻的情欲，怀疑有魔法在作祟，坚持检验尸体，并在这女子僵硬的舌头底下，发现了一枚镶宝石的戒指。戒指一落入杜宾主教手中，查理曼就疯狂地爱上了大主教，并仓促命人埋葬那位姑娘。杜宾将那枚戒指扔进康定坦丁湖，查理曼便爱上了这个湖泊，在湖边徘徊，不忍离去。

让我来试着理解为什么这样的故事如此引人入胜。呈现在我们眼前的是一系列不寻常事件的串联：老年人对少女的痴恋、恋尸狂及同性恋情结，最后，当垂暮之年的国王欣喜若狂地凝视着湖面，一切都消退，化作忧郁的冥思。

恶作剧的卡尔维诺以重述的方式创造了查理曼晚年罗曼史的现代意义：被魔法蛊惑的皇帝，化身为一系列受离奇情欲困扰的形象，在不同的情欲关系里辗转，陷入无望追寻。老人最后在湖畔孤独的剪影，象征着现代人在自然的爱恋中寄托对永恒性虚无的索取。古老的传说在这里失去了作为文本的单独意义,卡尔维诺在这个故事的开头写上了自己的名字。读者变成了作者,故事得到了新的生命。

现在,让我来试着解释为什么用这个故事作为开篇。呈现在我们眼前的是一个经常被遗忘的关于文学生产的事实:并不存在传说中镶着宝石的那枚唯一的戒指,文本的意义很多时候由它的阅读者来决定。故事的主角究竟是古老的魔法,还是情欲里辗转的老人,或是露出狡黠微笑的意大利小说家,取决于阅读者付出的劳动。在这个意义上,所有文学及其意义的生产都来自作者与读者的合作,通过这些共同的努力,查理曼大帝晚年一系列难以索解的行为,从法兰克帝国到意大利再到此时此刻,不断累加,获得不同的意义。

网络文学实践的重要性在于,这种一直存在于意义生产过程中的人与人之间跨时空的潜在合作,在新的互联网技术条件下,确实已经第一次被激发成为显性的现实文学生产模式。互联网取消中间环节,把创作、出版、销售与读者互动压缩在即时性的时空平面内,原本分布在时间两端的写作和阅读突然得以短兵相接,就像卡尔维诺出现在法兰克帝国乡间的火炉旁。写作者和阅读者的合作,从阅读阶段直接上移到写作过程,从意义的合作再生产第一次进入文本生产。

合作甚至发生在写作者之间。与人们想象中孤独挖掘内心或者寻找灵感的作家写作完全不同,这种新型文学生产仿佛一场在雷同时空里不断发生的接力赛。同一个题材,可以在一年之内出现超过千部类似的小说,主要人物生活在差不多的时代背景中,说着差不多的对白,走向差不多的命运,甚至高矮胖瘦性格特征几乎没有差别。但就是这样的写作,仿佛充满磁力,将越来越多的人吸聚在一起,使他们热情洋溢地投入讨论、互相赞美或者激烈争吵。赛跑者从前一个人手里接过已经成型的故事,添油加醋,或者从记忆里拽出另一个故事的线头,缠绕起来打个看起来差不多的新结，再交到另一个人的手里。在这个过程中，写作者更像是 18 世纪法国农家火炉边的老奶奶，在漫漫长夜里给孩子讲一个从自己的奶奶那里听来的小红帽和大灰狼的故事，或者像是在中国茶馆里开讲的说书人，依着听众的心情，选择说一段刘关张三结义、唐僧取经路上的离奇遭遇，或者富小姐后花园遇上呆书生。

真正让我着迷的，正是互联网所创造的这个违反"常识"的事实：充满着雷同的、在传统出版领域之外发展起来的网络文学生产，不但并未因缺乏产权的激励而枯萎掉，反而在短短十数年内，发展成为一个规模史无前例的文学生产领域①，今天还非常悖谬地以 IP 之名深刻影响着整个大众文化生产的面貌②。

网络对人类社会生活的影响过于剧烈，以至于人们往往因为太过震惊而放弃思考它引发的真实变化。在一般观念和法律制度层面，人们仍普遍相信存在唯一值得追求的模式。诞生于早期文学商业化历史背景下的作家与文学财产权制度，就像充满魔力的戒指，在现实中支配着人们对文学的爱恋，以及对文学生产合法性的判断。法律不仅影响观念，也不仅是条文的集合，它牵连着一整套关于经济生活和行为模式的安排。当资本裹挟着法律提供的合法性与伦理正当性，将充满诱惑、串联一切欲望的戒指——作家、财产权以及围绕着权利所发展起来的产业链条——重新带入技术激

---

① 2018 年 9 月，第 2 届"网络文学＋"大会发布《2017 年中国网络文学发展报告》，该报告由原国家新闻出版广电总局数字出版司指导，中国音像与数字出版协会发布，腾讯研究院数字内容产业研究团队参与调研。报告显示，网络文学作品总量累计超过 1600 万部（种），驻站创造者数量已达 1400 万，签约量达 68 万，其中 47％为全职写作，读者规模已经突破 4 亿人次，人均消费 30.9 元。

② 同样根据上述报告，网络文学出版纸质图书高达 6942 部，改编电影累计 1195 部，改编电视剧 1232 部，改编游戏 605 部，改编动漫 712 部。

发的新领域，写作者和阅读者之间结成的新生产关系不得不面对来自传统法律制度和商业模式的挑战和影响。

当意识到这种新生产关系的存在，以及它不得不面对前技术时代的法律制度和商业模式的限制和挑战时，我们就进入了一场正在世界范围内进行的关键讨论。这场讨论以知识产权制度变革为核心命题，重新评估互联网技术所激发的文化潜能，更重要的是，讨论我们是否正在面临新的历史可能性，以及如何通过制度变革来抓住它。

将技术背景的意义、对制度的反思以及中国网络文学生产的经验研究勾连在一起，我希望以网络文学为切入点，加入这场讨论。可能还没有任何一个知识生产领域，能够像中国的网络文学这样，激发如此惊人的大众文化生产参与和实践。正如伊格尔顿（1980）所言，现代社会的文学既通往意识形态的生产，也是一种社会经济生产的形式。在网络平台上，中国人正在以不可思议的速度生产着我们每个人都置身于其中的社会想象与意识形态。盛大文学曾用一种浪漫主义的语汇来表达公司的梦想：

> 每一个人都在写作，写作他的内心，写作他对这个世界的感知，写作他们的理想，他们的人生状态，他们对这个世界纷繁复杂的想象。

尽管这种想象并没有完全脱离对文学意义的传统假设，但写作与想象爆炸的可能性，却实在地反映了网络与文学生产结合之后的盛况。在价值和意义日益更深地卷入人的行动的现代情境下，要加入关于技术和法律变革的讨论，思考"人们应当怎么选择"，可能离不开对"人们想要怎样的未来"的理解，而在文学生产控制了大众文化消费内容源头的今天，"人们想要怎样的未来"实际上取决于"人们可以用怎样的方式来想象现在和未来"。对于制度的讨论——非常迂回而真实的是——它与文学生产的未来实际上是紧密联系在一起的。

现有的制度预设了怎样的文学生产方式，技术变革激发了怎样的新的可能性，蓬勃繁荣的网络文学生产究竟由怎样的生产关系和组织方式提供支持，既有的社会经济生产方式又如何影响或者决定了这一领域未来发展的可能性？理解以上问题，又将如何帮助我们进入这场关于技术和法律未来的讨论？这是本书想要努力尝试回答的经验问题。

二 脉络①

我们在这个时代的网络文学领域里看到的，甚至不是互联网独创的"非法"生产，它也是安吉拉·卡特努力想要从历史中打捞出来的古老传统②。她说这些都是精怪故事。

"精怪故事"是一种修辞手法，我们用它来泛指浩瀚无边、千

---

① 首先说明研究脉络部分的注释体例。有关技术、法律与中国网络文学的交叉研究，目前并无前期研究可供借鉴，这决定了综述将穿梭于几条处于完全不同领域的研究脉络当中。为了让正文尽量逻辑清晰，便于阅读，研究脉络的梳理统一归入页下注。这样做的好处还包括，将脉络与脉络之间的联系从传统的连续性时空中取出来，重新放入"并置"的状态，借此读者将获得理解所有这些脉络之间关系的开放性。正文提供了一种将它们串联起来的方式，但它显然不是唯一的方式。

② 类似的努力一直存在，最为类似且著名的事件可以包括蒲松龄对山东民间故事的重述、格林兄弟搜集德国故事、叶芝在整理凯尔特神话基础上改写的诗集，以及卡尔维诺编纂意大利童话的努力。安吉拉·卡特收集编纂的《精怪故事集》之所以在这个脉络里具有特殊意义，在于她特殊的精神分析背景。同时身为作家和精神分析爱好者，卡特更敏锐而自觉地意识到，这些故事背后实际上隐藏着认同与自我的生产，而它们的意义在于，这种生产是社会性和连续性的。以上可参考（清）蒲松龄，2002；格林兄弟，2006；叶芝，2007；卡尔维诺，2001；卡特，2009，2011。

变万化的叙述，以前甚至现在的某些时候，这些故事以口口相传的方式得以在世间延续、传播，它们作者不详，却可以经由每个叙述者之口被反复地创作，成为穷人们常新的娱乐。（卡特，2011：1）

口述文学研究者通过荷马史诗在南斯拉夫文盲农民中的传播机制，重构了精怪故事延续生产的过程："说书人"不需要超人的记忆力或者"诗神附体"①，他们根据现场听众的反应，随机结合固定类型的词句、套话和段落，轻车熟路地做出一次独一无二的"表演"（Lord，1960）。对于散布在世界各地的类似表演者来说，文本都并非一个必须被尊重、被完整引用的东西，相对于史诗的整体结构，它们只是些不至于喧宾夺主的细节②（Lord，1960；Propp，1968；Dorson，1978；Hoover，1980；Vansina，1985）。

---

① 即使现在，对于藏族史诗《格萨尔王》的说唱艺人，很多人（甚至包括部分研究者）仍抱有类似的惊奇和幻想，从而将它们归入宗教研究的范畴："在西藏草原上，一直流传着藏族传奇英雄格萨尔王的故事。与格萨尔同样传奇的，是一代又一代说唱格萨尔王故事的藏区艺人。这些艺人大多不识字，在一夜间，声称神灵赐福，忽然拥有了说唱这部世界上最长民族史诗的能力"，而在世界文学体系里，这种宗教性更外溢到整个口头文学历史的想象，"几乎每个格萨尔王说唱艺人都有一段传奇人生，人称'活荷马'，桑珠就是其中一个，仁增喜欢把他唤作'国宝'"。材料来自格萨尔研究网站（www.gesaer.net）。

② Albert Lord 研究了南斯拉夫的文盲农民如何忠实地传承《伊里亚德》；Vladimir Propp 在俄罗斯民间故事里发现了类似的细节变异和结构不变；Richard Dorson 在 Robert Lowie 关于印第安口述史的细节不连续性中发现了叙事模式本身的高度一致性。在这个意义上，口述史研究意外地为这种文学生产方式提供了有力的证据：在不同的细节描述背后隐藏着一致的结构（集体记忆），并在对记忆的表述中让结构延续并再生。关于口述传统与历史的关系，可参考 Herbert H. Hoover，1980，以及 Jan M. Vansina，1985。

当古登堡先生瞄准了德国圣经的市场，埋头钻研如何更快速地制造更多复本的时候，他一定想不到，他所开启的新技术时代将在数百年后终结人类的口述传统，让印刷出版成为未来世界最重要的文化传播模式，图书及其贸易，由此成为现代文化生产的核心（费夫贺、马尔坦，2006）。一旦被转录成文字，精怪故事与人们产生关联的方式就发生了变化：它们将不再被聆听，而只能被阅读。聆听是一个共时性的公共事件，而阅读就其本质是私人性的，同时将个人带进无公共时间的市场①（卡特，2011；Innis，1964；Ong，1988；Rose，1993）。

这种变化让精怪故事传统沉入地下，以至于今天的人们已经对博尔赫斯的想象深信不疑，"我心里一直都在暗暗设想/天堂应该是图书馆的模样"。这或许也是为什么，我的很多朋友虽然阅读广泛、深爱文学，却很难相信"另一些人"的天堂就是那么混乱鄙俗的模样。

---

① Harold A. Innis 提出"传播媒介具有偏向性"的理论：由于传播媒介在时间和空间上具有某种先天的偏向性，因此，当一种传播媒介占据主导地位时，会对通过该媒介进行传播的文化意义产生扭偏。例如，羊皮纸、陶土和石块很难借助空间来传递，是偏向时间的媒介，与具体时空紧密联系，可以体现过去、现在与未来的连接。相反，轻便的纸张属于偏向空间的媒介，更适合跨越空间的各种行政关系的发展，有助于树立权威，形成等级森严的社会体制。就文化的角度而言，时间意味着神圣、道德和历史，与历史、传统、宗教及等级制度的发展有着密切的关系；而空间则意味着现在和将来、技术和世俗，意味着帝国的兴起、扩张，它与现实的世俗政治权力有关。参见 Innis，1964：33－131。Ong 则探讨了印刷对人类思维的影响，"在标志着现代社会的个人隐私感的发展过程中，印刷是一个主要因素。通过把语词从它们源于人类主动交换的原始的声音世界中转换出来，并且把它们明确地转移到视觉空间中，以及利用视觉空间实施它们的知识管制，印刷鼓励人们把他们内在的意识和无意识资源想象成越来越物化的、非个人的和宗教中立的。印刷鼓励思维去感受，其占有是被掌握在某种中性的智力空间中的"。参见 Ong，1988：120。

但精怪故事没有消失。如果我们将心神从印刷"文学"的常识想象中释放出来，重新把精怪故事定义为不严格遵照现实原则、情节常述常新、通过口头流传的叙述，就会发现，即使到了20世纪，它仍然以"最具活力的低俗笑话"的形式活跃在饭桌和牌局间。卡特甚至预言它在21世纪的继续兴旺，因为这个世界已经拥有了超出印刷传播限制的信息交流能力和全天候的娱乐需求（卡特，2011；波兹曼，2011）。

即使乐观如此，卡特大概也没有预料到，精怪故事会以最初的模样在互联网上全面复活，甚至有可能冲破地平线的限制，从地下状态重归主流。这甚至不仅是一次传统生产方式的复古运动。精怪故事复活的根本意义在于，它让文学领域里重新出现了真正属于大众的公开梦想。在本雅明之后，文学和意识形态的紧密关联就无法被拆解（本雅明，1989；伊格尔顿，2005）。然而，个人主义式的写作和阅读使得现代文学难以摆脱"寓言"的命运。文学批评者找不到一种切实的方式，从单个人/人群的想象中解析整个时代的欲望。文学史也许是一种解决方式，但在研究者精心选择入选作家、安排作品门类之时，已注定它只能提供文化精英观念世界的连接和整合（夏志清，2005；宇文所安，2003；陈平原，2011；季剑青，2012）。在年鉴派和文化人类学所共同开辟的心态史[1]

---

[1] 布洛赫通过分析中世纪人们对待"圣触"（royal touch）态度变化的系列材料，尝试接近已经很难再触碰到的关于国王和宗教观念的普通人意识，在这篇文章中，他第一次提出"心态史"作为历史学家工作的可能性，见 Bloch，1990；在此之后，布罗代尔将这种对普通日常生活的关注纳入历史经验三层次的总体研究框架，使得对普通心灵的探讨成为支撑人类社会总体史的重要组成部分，见布罗代尔，1996；第三代年鉴史学家则把对心态的研究提升到更核心的位置，认为文化和心理是历史事实的首要决定因素，见勒戈夫，1996。

（l'histoire des mentalites）和文化史①（cultural history）的连接处②，达恩顿（2006）动用18世纪编纂的鹅妈妈故事集，突破材料量化累积的层面，试图从意义脉络中寻找进入中世纪普通人心智的钥匙；现代文化批评者则致力于解析大众文化的符号意义，从而探讨普通人如何在日常生活中理解和对待这个世界（马尔库塞，1989；威廉斯，2005；费斯克，2006；赫伯迪格，2009；德·塞托，2009）。

这些研究共同面对的困难在于，研究者只能依据被抽离出生产过程的文本，同时却格外强调文化语境。"如果一切实践活动都刻上文化的、语言的标记，如果一切意义——甚至科学定律的意义——都取决于文化语境，还可能从因果关系上解释任何事吗？"（阿普尔比、亨特、雅各布，1999：203）。在卡特看来，这不仅是学术层面的悖谬，更带来意识形态上的困难。即使是鹅妈妈故事集，当它被编纂出来，离开火炉边进入另一个价值脉络，就已经体现出读写一代对"老妇人"的掠夺："老妇人的故事其实就是没有价值的段子、编出来的鬼话、无聊的闲言碎语。这个嘲讽的标签一面把讲故事的艺术分配给了女性，一面也夺走了其中的所有价值。"（卡特，2011：3）

互联网上的精怪故事生产，却将聆听与表演的过程重新带回了我们的视野。"它们不是正式的创作，而是公开场合里的非正式梦想。"（卡特，2011：3）网络的公开性，让梦想表达的全过程向所有参与者以及观察者开放。像在古老的精怪故事里一样，这里有王子和灰姑娘、小红帽

---

① 文化史来源于文化人类学对历史学的入侵。格尔茨的"深描"（Thick Description）概念使得寻找意义成为文化研究的重要目标，见 Geertz, 1973。关于 1976～1990年英文领域内法国史研究侧重点的分析表明，在格尔茨之后，思想文化史研究的比例增加了一倍之多。见 Schaeper, 1991：242 – 243。

② 达恩顿在方法论说明性质的导言中说明了这一连接，而他与以上两条脉络的具体关系，见 Chartier, 1988：95 – 97。

与大灰狼、境遇离奇的傻小子、人见人爱的矫情姑娘。但这里也有传统精怪故事本身无法承载的：聆听者对这些梦想的反应，通过这些故事对自我和历史的思考，更重要的是，这些反应与思考不再停留在火炉边、众生喧哗里，他们对于社会化梦想的表达进入了人类历史上最大的公共空间①。

---

① 关于互联网作为公共空间的意义，目前大致有两种不同的看法。一种看法认为它的价值在于成长为哈贝马斯意义上的市民社会，在现实时空之外的虚拟空间积聚公民认同，开启针对国家的社会行动力量。个体自由、国家力量的控制和渗透，以及参与社会运动的潜力，成为讨论的核心（Castells，2005；Guobin Yang，2011）。另一种看法则回避国家－社会的观察视角，关注公共空间的社会意义本身。互联网被理解成虚拟的城市，其上酝酿与发展出来的日常生活、交往、消费方式，以及新的自我和认同，成为未来政治、经济与文化走向的"社会"基础（Au，2008；Becker and Stalder，2009；Israel，2009；Benkler，2007）。在中国语境下从社会学角度切入互联网的研究，多数都采取第一种看法，如杨国斌认为网络文学的意义在于突破国家出版管制，表达被压制的政治意见与梦想，赵鼎新（2012）则关注微博和社会行为之间的关系。具体到中国网络文学领域，除了杨国斌的研究之外，Serena Zuccheri（2008）认为网络创作体现了新一代写作者正在从反抗控制走向叙事逃遁，齐泽克（Žižek，2011）只是简要提及这个主题，认为中国写作者正在用重生小说来表达对当下历史的不满，这构成了意识形态领域的反抗，由此开启了政府对这一领域的加大管制。本研究采用第二种看法。政府角色对于中国当下社会的重要意义毋庸置疑，但在网络文学这一具体领域里，无论是政府还是行动者（写作者、阅读者、网站）都未表现出强烈的意识形态控制与反控制的意愿。原因可能涉及现代政治与社会结构的另一个"漏网之鱼"——游戏/消遣。目前政府对网络文学并无特殊管制政策，以运动式地查禁"暴力"、"淫秽"、"封建迷信"读物为主要内容。对于网络聚集大量写作、阅读和评论，政府一方面对产业前景予以鼓励，一方面不予置评。参与者则主要将之理解为无聊时候的消遣，或者出于强烈的个人爱好而投入的业余兴趣。这中间是否蕴含着一种关于政治、个人与社会关系的理解，需要另文讨论。由于选择了去"国家－社会"的视角，因此本书中将不再将政府单独作为行动主体，当然相关政策仍可能构成具体行动的背景和利用资源，加入历史的发展。

　　这是中国网络文学在一个极为特殊的背景里意外创造出的奇迹，而我致力于用接下来的研究证明，这个特殊背景与互联网和知识产权密切相关。互联网将散落在世界各地的说书人和听众重新聚拢在一个虚拟空间里，即使"上帝同时给我书籍和黑夜"，也不再是"绝妙的讽刺"（博尔赫斯，2003）：对高级文学魅力视而不见的盲眼人，在这里找到了新的天堂。同时，也只有在一个对文本随心所欲利用却基本不会受到惩罚的世界里，说书人才能一次次踏上熟悉的道路，在无数次的表演中让一个新的世界在浩如烟海的细节中缓缓浮现。精怪故事重归时间的脉络，经由跨越时空的各场"表演"，实现创作者的协作与发展。

　　让我在意的不仅是"缺位"意外导致的可能性，更重要的是，随着人们对文学生产及其各种社会价值的认可，知识产权正在以前所未有的强势力量进入中国①。这不仅体现在政府的法律政策上，同样体现在生产实践中，参与者对这种外来制度的信任与依赖正与日俱增。精怪故事的传统在复活，但也有可能再一次被终结。

　　在这个意义上，我把法律制度和网络文学生产结合起来，想要认真探讨技术、法律和文学生产的关系。为此，我将在两个历史里来回穿梭，一个是我们正生活于其中的、从15世纪古登堡掀起的知识工业革命之后就一路奔往现代资本主义文明的历史，另一个是1995年以后伴随着互联网和文学结合才爆发的网络文学历史。我试图说明，在每段历史的开端，技术或许都开启了不同方向的可能性，而市场与法律的不同结合方式，影响着现实的生产方式与生产关系，从而决定了哪些可能性会成为未来

---

① 关于知识产权在中国作为制度与规范性体制体系的外来性，安守廉（2010）以"枪口逼迫下的法律启蒙：世纪之交西方知识产权观念的输入"和"当盗版人成为权利人：台湾地区对知识产权的态度转变"两章，分别考察了清末和台湾经济转型过程中，知识产权如何在外来（军事/经济）力量的协助下，进入中国法律体系。李雨峰（2006）则运用更详细的资料重建了著作权输入史。

的历史，哪些可能性可能因此消失。

莱布尼茨认为我们当下的世界是所有可能的世界中最好的，但是，如果当下的世界本身就重叠着不同的历史可能，普通人的日常生活便被赋予了实践的意义。因此，我还希望能够说明，如果我们想要获得相对于"历史"的行动自由，必须首先看清大历史（macrohistory）正在如何影响着互联网所激发的小历史（microhistory），才能真正理解，小历史当中所蕴含的，究竟是不是我们能够借助的革命性力量。更重要的是，如果是，它指向何方。

三　章节

特别需要强调的是，这本书处理的是 2013 年之前的网络文学发展史。网文至今仍然处于高产状态，每年都有数不胜数的新作推出，热闹蓬勃。伴随着 IP 化浪潮的到来，网络文学在整个大众文化市场中的位置甚至越来越高，逐渐获得全社会的普遍关注。IP 化带来的网络文学新发展，以及它与大众文化的紧密关系，当然是重要的研究问题（邵燕君，2017），但本书着力关注的，是互联网技术所激发的网络文学生产机制的产生与变化。正如后文中将详细指出的，这个塑造过程确实在 2013 年前后已经基本完成，这个转变如此显著，甚至有了以 2013 年为断代的"传统网文"的说法（邵燕君，2019）。在我决定着手网络文学领域的研究之初，并未想到技术的影响会如此快速地走向定型，但这一社会事实却在某种意义上成为这本书主要观点的例证。

第一章"狂热读者、污点作家与法律的忧思"，将从不断爆发的网络文学抄袭指控开始。法律被寄予厚望，以公正的判决矫正不懂事的粉丝和不道德的作家。我将时间线上移，以 2004 年轰动一时的郭敬明抄袭案为案例，通过存在于法律与读者之间观念上的对立，透视大众文学生产所面对的总体时代背景：消费成为现代社会的核心机制，在文学日益卷入消费逻辑的时代里，文学写作与传统文学创作制度的张力已经变得尖锐而凸显。在关于郭敬明抄袭案的法律、媒体和社会舆论的大讨论中，可以清楚地看到新的阅读需求与旧的制度想象之间的某种错位。两个历史在此短兵相接，火光四溅，迫使我们回头去追溯它们各自的具体内容。

第二章"旧制度：著作权与文学制度"讨论旧制度及其内在假设的历史形成。印刷技术的发展催生了印刷资本主义，随着近代图书贸易的发展而确立起来的文学财产权制度，与文学生产的资本主义化齐头并进，不断渗透全球贸易体系的每一个角落。对关键历史事件的回溯说明，这个基本原则诞生于18世纪书商之间的垄断与反垄断的斗争，各方利益主体博弈的结果，奠定了以作者为权利主体，由司法来权衡私人权利与公共利益的保护模式；19世纪浪漫主义作者观和书商利益集合在一起，促使法律将作家明星制从实际并存的写作出版模式中挑选出来，成为法律所想象和承认的唯一模式；国际贸易体系的确立，使这一模式随着著作权法的扩张，逐渐发展成为占支配地位的世界文学体系的制度基础。

在法律的世界里，写手变成作者，作者变成作家，作家变成跨国文学贸易的金矿。但法律不是塑造现代文学生产的唯一力量，第三章"新阅读：文学的焦虑与突破"讨论另一支力量——文学理论的发展，以及发展过程中对"孤独作家与文学生产"假设的逐步突破。文学商业化的持续发展，使得法律想象的"作家"世界外，一直存在另一种写作。这些写作者从来不是天才，没有资格变成作家，只是出版商手里的工人，是满足读者短暂欲望的幻想制造机。本雅明在理论上把文学写作看成一种生产，把整个文化活动领域比作一个市场，打破了个人主义的框架，将社会维度重新带回文学的本质之中。法律所想象的那种文学，在此已经出现了裂痕。随后，从乔伊斯到巴特再到福柯，作者和作品之间的关系逐渐被打破，作者和读者之间的关系也开始被重新"发现"。艺术家在生产过程中占据什么样的位置？如何理解他与作品之间的关系，他与其他作者、读者、社会、历史又是怎样的关系？在这个问题所构成的位面上，著作权制度形成的"元话语"与文学写作之间的张力，要如何处理？当文学理论开始着手这些难题，曾在18～19世纪与法律想象合流的关于文学的理解，已经在文学生产实践和理论层面同时破局。福柯最后指出，"是谁在说话又有什么关系"，将我们带回到第一章郭敬明案件所揭示的制度与文学生产错位的现实，资本主义印刷文明历史和网络文学史即将在此相遇。

第四章"从类型小说到网络'文学'：格拉布街的逆袭"追溯网络文学的微观历史，讨论技术如何在21世纪再一次激发出文学生产的新实践和历史可能性。网络文学内涵的变化，反映了各阶段人们对于网络与文学生产之间关系的关注。2004年以后，大众所理解的"网络文学"已经指在网络上完成生产、阅读、消费全过程的文学写作，且专指其中商业取向的类型小说。这也构成了本书所关注的"网络文学"的基本内涵。

我分别梳理了两段不同的类型小说发展史：20世纪50年代之后的台湾武侠小说史和1995年之后由网络发展激发的类型小说史，除了勾勒出两段历史之间的关联之外，更重要的是，通过二者的对勘，可以看到网络作为新技术对于类型小说发展和文学的意义：网络写手成为作家，且是影响力最大、被改编最多、经由最多渠道进入社会生活的作家，与莫言一起构成中国意识形态研究的对象。网络文学得以超越台湾武侠小说全盛时期的"地下文学"地位，被接纳为"文学的一种形式"，继承中国传统文化基因的特殊幻想文学形式，以全媒体文化产业中的"文学"身份融入社会，引起"文学研究者"的理论兴趣，引发主流文学界争相来抢夺对这一文学形式的诠释权。

这一章也可以被看作对第三章的补充：法律想象之外的文学生产不仅在理论上被突破，借由技术的力量，在实践当中也被突破。新的历史就此开始转动。同时，它也构成第一章的延续：新阅读和旧制度之间的错位，经由网络的激发，不再停留在读者和法律之间，而延伸到实践中的生产与法律之间。错位不仅仅关联到对个人行为的评价，更关联到整个生产方式的合法性与未来。

第五章"技术时代的新文学（上）：生产机制"和第六章"技术时代的新文学（下）：生产内容"分上下篇对这种新的网络文学生产机制进行具体分析：生产如何重构了作者和读者的关系，激发了怎样的阅读目标，过程如何发生，又如何被组织起来，这个机制除了制造出无数水准一般的通俗小说，还生产出了什么。我希望读者看到，这种生产机制最终激发出一种新的关于文学的想象，导致第二章所描述的法律视野中的文学制度体系遭遇整体性挑战。世界文学体系的唯一性被打破，网络文学脱离意识形态反抗军的轨道，以另一种方式在西方文学体系之外另立"中心"，通过虚幻却特别真实的想象世界，成为构建者和"投身体验者"体验现实的非西方参照世界。作品的核心位置被取消，类型取代文本成为写作和阅读的聚焦处。作家的神圣性和个人主义色彩被取消，写作者－网络－阅读者的三位一体取代了"作者"，成为整个网络文学生产的内容发动机。

然而，网络文学网站是现实商业体系中的生存者/竞争者，除了促进生产之外，它也是需要且追求营利的"公司"。为了生存和追求更多利润，公司在激烈的竞争态势下逐渐走向旧制度及其背后的商业模式，利用版权进入文化产业链，成为网络文学生产始终存在的另一面。在这个过程中，符合版权所有者形象的网络"作家"形象缓慢诞生。法律的那一套想象和逻辑伴随着资本和竞争的加入，逐渐也在网络文学生产领域生根发展。

大历史继续存在，小历史已然开启，第七章"历史的分岔：网络文学生产的两条道路"具体分析了法律和技术分别激发的生产过程，指出两种生产模式背后的不同社会意义：它们分别指向不同的"共有模式"，以及关于人类劳动意义的不同理解，通往人与人之间的不同关系。经验分析发现，劳动所创作的"新事物"是回馈共有领域，还是提取出来被赋予财产权，不但决定了人与人之间不同的社会联合方式，也会通往完全不同的生产方向。

第八章"历史的交叠：起点中文网的故事"讨论了两条道路在网站发展层面的相互影响。当起点中文网接受了来自盛大网络的投资，成为资本梦想的一部分时，它就无可避免地来到了两个历史博弈互动的风暴中心。它的繁荣和困境说明，资本主义文化生产逻辑不会始终外在于小历史的发展过程，对于网络文学来说，当它被资本引诱和胁迫着敞开自己、融入外部生产逻辑时，其背后隐藏的新型共有模式和发展方向，则有可能在呈现加速度的产业繁荣中走向自我削弱。

围绕技术、法律与网络文学的未来这个关键主题，以上四章的关系可以这样理解：第五章和第六章具体讨论技术所开创的社会未来；第七章讨论法律加入之后，技术、法律分别对网络文学的影响；第八章则讨论技术与法律的复杂互动对网络文学生产的影响。

结论部分，在网络文学历史中抽象出"说书人"和"梦工厂"作为理想类型，在社会学的基本脉络中总结了技术、法律和网络文学生产之间的复杂关系：资本主义经济机制借由法权安排正常运转，但在文化领域，它需要实质性的内容输入，来进行交换和消费，网络时代的内容生产已经在某种程度上脱离了生产－交换－消费的方式，进入了社会化生产的阶段。因此，以利润为唯一目标的"梦工厂"和社群合作取向的"说书人"机制之间的张力，深刻体现了资本主义文化生产的根本矛盾。一方面，为了更多的利润，资本主义需要维持说书场的蓬勃；另一方面，它又无法控制自身的普遍性趋势，将这个公共空间日益改造为生产线的末端。

在这个意义上，"余论"重新回到制度层面。结合个人的努力和互联网的联合力量，制度通过保护和认可文化生产的逻辑，从而在社会生产层面保留真正对资本主义生产方式构成挑战的新的"联合方式"。这种新力量的存在和发展，或许是历史不至于走向终结的希望所在。在这种可能性之下，制度改革获得了参与社会变迁的意义。

四　方法

（一）方法讨论：互联网研究的对象

本书所有经验材料全部来自公开的网络文本，没有访谈，没有强调研究者和该领域内普通人/关键人物的私人交往，我不是小说作者，不是热门评论者，甚至不主动通过在场来获取信息。如此坚决地贯彻虚拟性观察，当然会带来一个疑问：不涉及"活生生"的行动者和互动，是否可以讲清楚网络文学生产方式及其产生发展？这难道不是与社会学研究的一般假设完全背离？

互联网上的"行动者"是谁？我想这是一个关键性的问题。

2000 年，海因将线上社区研究命名为"virtual ethnography"（虚拟民族志），暗示了这部分社会生活的不完整性与非真实性。她后来影响深远的虚拟民族志方法论著着力批判的，正是本书所使用的互联网研究方法。她强调不能以使用者的行动边界为边界，不能割裂线上线下的生活，必须在现实生活中接触受访者，获知他们的完整身份与社会生活，才能真正解释人们在虚拟社区内行动背后的意义。考虑到互联网当时的普及状态和人们有限的网络经验，海因的判断也许是有效的，至少可以遏制技术狂热主义者过于脱离实际的乌托邦幻想。

然而，互联网在飞速发展，线上世界的重要性和独立性开始日渐超出研究者的早期想象，越来越多的人以及越来越多的生活侧面，开始走向真正的"数字化生存"(尼葛洛庞帝，1997)。海因之后，学界出现大量新名词来试图重新捕捉线上和线下的经验性关系，如网页民族志（webnography）、数字民族志（digital ethnography）、赛博人类学（cyber-anthropology）和网络民族志（netnography）。研究者开始认识到，"线上的活动不是虚拟的……它们教会我们真实的语言、真实的意义、真实的事务、真实的文化"(库兹奈特，2016：19)。既然不同网络空间内的社会互动已经成为人们日常生活经验的一部分，那么，在把握线上线下一体而完整的社会生活之前，有必要先对线上部分做精确而深入的了解。

我的第一个观点是，这个世界里的行动者不是身心一体意义上的"人"，而是"化身"(avatar)——ID（昵称，用户名），ID 数字化生存的方式是发帖。将完整的社会身份和特定情境下的身份主动分离，对于社会学来说应该并不陌生。当韦伯强调研究者应当保持价值中立的时候，他其实已经发现，某些特定情境中，完整的"人"的在场会带来干扰性的信息，并影响原本想要完成的互动。网络空间内的互动同理。一个在多元网络空间中自由穿行的人，选择这个特定的地点（place）、以特定的角色设定（role）展开交流，就是想要在这里完成某种特定的实践，他与这个世界的关系完全是以"ID"的身份展开。ID 才是这个世界里真正的居民。关于"ID"的行动，公开可见的发帖是最直接也是最重要的经验材料。例如，在连载小说的评论区中"重生在 1988"和"小猫咪"就某个人物细节的恰当性争吵不休，我需要去观察和记录的，应该是这两个 ID 之前的发言、争吵的过程、使用的关键词、Ta 后来的阅读走向，以及这些讨论是否以及如何影响了评论区其他 ID 的发言、作者有无出现、这些舆论是否影响了后续作者的写法。至于"重生在 1988"实际上是个疲惫的男性公务员，他正在积极相亲和减肥，喂养了一只猫，他为何在今天发了这样一篇评论，他实际上想要表达什么，这些信息大概并不会有太大帮助，反而会让研究者无意间走回到海因的时代。

除了 ID 之外，互联网上还有一类重要但经常被忽略的行动者：网站。后现代理论脉络中的互联网经常呈现出去中心化、去结构化的特性，这往往会让人误以为网络是一个抽象的空间，而忽略了互联空间是由网络站点连缀而成这个简单的事实。Stefik 曾一针见血地指出，"不同的（网络空间）版本支持不同的梦想"。拥有不同的梦想、行动机制和利益诉求，网站正是典型韦伯意义上的行动者。

我的第二个观点是，对于本书所展现的网络文学发展历程，网站是更具有能动性的那一类关键行动者。社会学对行动者能动性的强调，往往导致研究者在经验研究中过度夸大个体行动的结构性意义。普通个体在互联网上日常发挥作用的方式，是通过 ID 的集合性行动，例如"点击量"、"订阅数"，而不是通过日常发言和具体互动，除非 ID 已经在这个社会空间内获得了不同寻常的吸引力，成为所谓的意见领袖（KOL）。相较而言，网站作为平台的提供者、规则的制定者和激励的提供者，其行动选择和话语表达更加紧要和关键。

（二）方法讨论：互联网材料的选择和使用

基于对研究对象的判断，本书的材料获取主要集中在两个层面：通过公开发言和讨论来描述普通 ID 的行动，通过点击量、订阅数来观察 ID 的集合行动，通过宣传、媒体访谈、网站发言、讨论区交流来捕捉关键 ID 的动向，通过改版动作、公告、关键时刻的选择、人事任免、媒体宣传等来把握网站的行动。所有材料都指向网络文本。

网络文本材料的特殊性在于，所有可见经验材料都存在于网络空间之上，理论上向所有人开放。社会学的传统调查方法在此可能要面临重估。

例如，实地调查。对于网络文学来说，网络就是实地。是否在这个无边空间里存在一个更重要的"place"，进入这个 place 就能在一定程度上加强搜集材料的"信度"？在超链接的环境中，这种基本假设已经彻底失效。

又例如，参与式访谈。对于现实世界发生的事件来说，研究者要想获取行动者的意义脉络，有必要进入具体的交流过程，通过身体语言、气氛、表情、语气词，甚至沉默和停顿，来完成交流关系的建构。但在网络空间，尤其是在参与度极为活跃的论坛上，旁观者和参与者面对的是同样的交流关系，也就是说，研究者（A）与行动者（B–C）的关系，已经从 A–{B–C}，变成了 {A、B、C}。

由于网络作为社会场景特征的变化，我的观点是，研究网络现象最重要的方法问题，已经从"如何取得足够而可靠的经验材料"，转变为"如何选择合适的经验材料，以及如何理解它们"。前者取决于研究者对材料来源和研究问题之间关系的反复琢磨，而后者则主要依赖研究者的理论储备和分析能力。

例如，第一章讨论庄羽诉郭敬明案件所折射出的法律和社会心态，除了法院的公开判决文本，我还选择了门户网站所提供的舆论观点搜集和整理。首先，门户网站同时是数据聚合的技术平台，虽然它们在处理数据时可能并没有合适的理论和问题意识主导，但至少可以保证这是在海量的交流中出现最频繁的观点和意见，面对无法定位具体来源的"舆论"，在代表性层面上，研究者并无能力可以搜集到更合适的材料。其次，更理想的研究状态当然是获得元数据以勾画网络世界的结构。然而，大数据的研究思路在现实中存在相当大的障碍：它依赖于数据开放程度，也需要极强的数据连续性。有关网络文学的材料根本无法突破这些障碍：网络发展跨度超过二十年，各大文学网站几经服务器关闭、更换、重启，在客观上很难提供具备足够连续性的数据；而在主观上，开放完整的后台数据意味着开放所有文本的浏览权，对于依靠收费阅读来生存的文学网站而言，并不存在现实操作性。

　　所以，面对无边无际的网络材料，"选择"的材料是否得当，是否关键，事实上不得不取决于研究者对田野整体状况的熟悉程度。在这一点上，互联网研究更接近传统的人类学田野，非常依赖长期的"共同生活"培养出来的内部视角和共同问题意识，此目标并非社会学的短期参与式观察可以达成。此外，为了矫正研究者个人的记忆和必然存在的经验偏差对材料选择的干扰，关于网络文学部分的材料同时采用了若干网络文学"理论家"的文章，借助他们的记忆和经验，来相互校正[①]。

　　由于材料的选择与应对的问题直接相关，各章将单独介绍材料的来源与选择理由，而关于材料的理解和运用，我将在研究中时刻注意把握两个维度的理论：来自网络文学参与者自身建构的关于文学生产的"理论"，以及来自非网络世界的研究者所建构的关于文学生产的"理论"，前者构成经验研究分析的第一维度，在此基础上与后者的对话则构成经验研究的第二维度。

　　在土著中寻找理论建构能力更强的"理论家"，在其他文化消费领域，原本是相当困难的事情。作为外来者，如何认定某理论更具有参考意义，本身就依赖于外来者对土著领域的理解和判断，因此在认识论上不免陷入死循环的危险。网络文学领域的特殊性在于，所有人的理论及其建构都处于充分的互动过程当中，外来者可以通过其建构行为所激发的评论、认可和批评，得到一个相对客观而"土著"的评价体系。更为特殊的是，最早也是影响最大的网络文学网站之一"龙的天空"，由于种种现实原因，最终发展成为一个专门的评论网站。在这个领域里积累

————————

① 关于网络资深使用者作为土著理论家的可能性，以及土著理论对于研究非主流文化意义的重要性，见德·塞托，2009；Baker，1984；McLaughlin，1996。具体分析可参见本书第五章。

了十几年阅读经验的读者、参与产业发展全过程的目击者、主要网站的经营者，以及热门作者、想要加入网络文学写作的新人作者、受到广泛欢迎或者争议的评论者，当他们想要发表个人对网络文学的"抽象"思考时，很长一段时间内"龙的天空"都是最重要的选择。换句话说，网络文学领域内的土著历史学家、理论家、评论家已经组建了一个自己的社区和共同体，这个共同体对所有人开放，而他们的"理论建构"在这个开放的社区里经受来自他人的启发、批评和刺激，也在这种互动和沟通中逐渐获得自身的地位："置顶"、"热帖"、"连载"，或者无人问津。

（三）方法论：事件与结构的社会学

对读者来说，这个研究的最后面目或许会显得有些古怪：占据本书中心位置的既不是活生生的行动者，也不是文本，而是对历史趋势的描述，以及明显的制度取向。虽然斯考切波认为，"社会学从来就是一门以历史及其取向为基础的学科"（2007：1），但社会学的常规做法显然并非如此。

常规做法至少有两条清晰的路径：文学社会学与网络民族志。

本雅明（1989）在巴黎印刷机的轰鸣声中捕捉到文人在发达资本主义时代受雇者的命运，又在街头游荡者的身上看到抒情诗人之于大众文化产业的批判性意义，如何理解文人的复合形象（the double life of writers），自此成为文学社会学研究的核心困难（Lahire and Wells, 2010）。文学究竟是特殊的社会领域，还是总体社会的一个缩影？阿多诺和西尔伯曼之争，几乎奠定了之后这一领域的发展方向（方维规，2014）。法兰克福学派和伯明翰学派看重文学的特殊意义，以及它对大众文化的抵抗（Hall, 1979; Goldmann, 1987）和创造性表达（威廉斯，2005），文本和关键词的意义分析成为研究中心，借此讨论文学作者的个人性与所处社会之间的隐秘精神关联。20 世纪 80 年代之后兴起了更为社会学的讨论热潮，文学被看作布迪厄意义上的行动场域——"文学场"（布尔迪厄，2011），研究者主要讨论写作者的个人特征，例如性别、教育背景、年龄、经济状况，试图揭示这些变量对于文学生产特征和文学作为社会实践方式的影响。作为行动者的个体在场域里的行动/实践，构成了更大范围内人类行动规则研究的一部分（达恩顿，2012；Chartier，1988；Chartier, Boureay and Dauphin, 1997）。

网络民族志在某种意义上承接了布迪厄对研究对象的场域化想象。尽管没有任何物理性空间载体，但基于互联网展开的集合性交往从一开始就被假设构成了"社区"，"从网络兴起的社会集合体，足够多的人进行……足够长时间的公共讨论，伴有充分的人类情感，在赛博空间形成个人关系的网络"（Rheingold，1993：5）。对新兴人类社区/社群进行民族志研究，形成了一条日趋有影响力的路径。库兹奈特（2016：27~48）以社区研究路径为模版，总结网络民族志的目标：增进对线上世界的细致理解，研究新实践和变化的意义系统，分辨线上社区和现实参与的类型与类别，最终了解线上文化系统。

以上两条脉络在詹金斯（2016）关于粉丝写作的研究《文本盗猎者》之后逐渐走向合流。詹金斯研究了"媒体粉丝圈"和后来出现的网络同人志，探究他们如何基于同人写作结成一个广泛而多样化的群体。因为抓住了"粉丝"和"媒体"这两项时代主题，他对后来的研究者产生了路径上的巨大影响：网络时代的写作群体构成了一个特殊的社区/社群，研究者应当放弃对流行文化的偏见和傲慢，真正进入这个社群，发现社群内不同的社会角色、互动模式，探索不同的人如何经由互联网加入文本的写作，并在此基础上结成了怎样的社会关系，形成了怎样的伦理与价值体系。

作为研究者，我必须承认以上路径非常合理以及具有诱惑力，但作为网络文学的长期观察者，我认为它并不适合，甚至会遮蔽真正重要的问题。网络文学作为庞杂的文本系统，它真的是一个完整独立的社区吗？在互联网还在瞬息万变的时刻，它已经能够成为一个"常态"的社区，形成明确的边界、稳定的秩序和成型的文化吗？深入经验的世界，任何人都会发现网络文学的实际状况恰恰相反，它是互联网与传统社会结构快速磨合的产物，无论是边界还是内涵、规则还是文化，在我所着力研究的这段历史里，都在随时发生波澜壮阔的变化。面对一个变动不居的世界，直接入手进行精神分析或者互动研究，真的可行吗？

如果要类比"社区"的话，我想互联网更像时刻处于结构性力量塑造过程中的"城中村"，而不是稳定展现总体社会特征的"江村"。Lahire 曾经批评布迪厄式的文学社会学研究，"似乎从不质疑文学场究竟是否自主存在，也不考虑其到底如何维持"（Lahire and Wells，2010：443）。"互联网社会"只是一个比喻，互联网毕竟不是"社会"，它是会消失或彻底转变的。在直接入手讨论内部互动如何建构一个稳定秩序之前，也许我们应该先进入历史和经验的世界，观察这个具体的领域究竟如何生成、维持和发展。

本书决定跟随威廉斯（2014）对传统文学研究做出的研究转向。放弃文学（无论是作为意义系统还是行动场）自主性的假设，从实用主义的角度将问题倒置：探究是怎样的制度产生了文学。考虑到网络文学处于更加不稳定的状态，基本的文学制度甚至都未完全形成，我进一步后撤，将研究目标对准塑造网络文学的结构本身，考察结构如何在关键性事件的影响下逐渐成型。

放弃对个体/群体行动的追踪和文本意义的深描，直接转向对历史规律的观察和描绘，甚至试图发现未来的方向，这大概是在古典社会学中才不被质疑的"原始"（或傲慢）做法。对此，我很难做出一个简短而有说服力的正当性论证。

我想这样答复可能的质疑。首先，本书的研究对象在 2013 年之前仍在变化过程之中，并未进入社会结构固定之后的人际互动。无论是旧制度如何走到今天，还是新技术走向何方，在不停变动的过程里，所有裹挟其中的个体其实仍站在一片流沙之上。没有固定的变量体系，就算有，变量也很难被归入固定的意义脉络。在这个意义上，或许研究对象决定了我们本来就站在古典社会学家同样的处境里。我们不知道未来会怎样，只能尝试着理解当下究竟所从何来、正在经历什么，以及发现自己可以走向哪里。

其次，我极为看重这些网络文本所激发的公开想象，也期待着有一天可以利用这些文本，直接解析中国人的欲望和梦想，理解他们如何在这些文本的阅读和写作中建立自我与社会的联系。正因如此，我选择了看来更急迫的研究问题。如果这些想象的生产正在资本主义文化生产中再次走向消失，那么现有的文本将再次被扔出意义生产的脉络，成为死去的想象和消失的普通人心智。在这个意义上，无论是格尔茨式的意义深描，抑或在实践中对行动－事件的关注，都无法真正解决我的问题：前者以共时性的分析切入历史横断面，在展现了凝固时刻意义的深刻面貌的同时，也固化了意义生产背后的结构，只有唯一可能性的历史在个体层面不断循环重复，走向终结（福山，2003）；而后者在以事件消解结构的同时，反而承认了结构的单数性质。发生在不断消散的结构中的事件，事实上也不再具有指向社会和历史层面的实践性。行动成为一种反抗的同时，也陷入了无人之阵。

我同意萨林斯对事件和结构关系的说法：要认定事件之为事件，区分事件与偶发，须以结构为前提。事件未来的形态和走向，取决于如何与结构互相牵绊（Sahlins，1991）。正因如此，我不揣浅陋，试图同时针对结构和事件，在重要的事件中逐渐摸索结构的轮廓，探讨它如何在各种"可能的历史"（休厄尔，2012：191~220）中缓慢成型，来到具体行动与事件的上空。

本书涉及的所有事件、网站、公司和作者、读者、评论者，没有依惯例使用化名。这也许会带来更多的质疑和风险，但我希望这个研究除了为社会学提供来自经验的案例，也可以直接面对现实世界和真正的问题。不敢奢望这样一个粗疏的讨论可以进入可能历史的深处，但是我想它应该存在。在小径分岔的知识花园，没有人可以控制或者决定路径，也许路径的存在就已经是意义本身。

第一章
狂热读者、污点作家与法律的忧思

调色盘，洗稿，融梗。

这些词奇怪吗？也许你觉得奇怪，也可能同时觉得这种奇怪是很日常的感受。突然间，互联网开始背离最早的"互联"梦想，人们还没来得及反应，已经又重新生活在"盒子"般的社会[①]。盒子里的人热热闹闹，盒子外的人不明所以。这三个词，你觉得一头雾水，但对于网络文学圈的人来说，它们排列起来却只有一个意义，笔直通往一个针对作品和作者的指控——"抄袭"。

2013 年之后，文化产业链资本化运作的大发展，让大量曾经只在网文圈内拥有姓名的作品，经由各种改编进入大众文化市场。奇怪盒子里的世界其实已经进入了你的盒子。烈火烹油的另一面是抄袭指控的爆炸性增长。《花千骨》热播过程中，"原著小说被质疑抄袭多部网络小说"的消息广泛流传；《三生三世十里桃花》创造点击量纪录，旋即被指出从背景设定、人物到语言，全面抄袭作者大风刮过的《桃花债》，愤怒的读者呼吁全面抵制作者唐七公子所有的小说和改编剧；据全网合力调查，《锦绣未央》被认定抄袭作品 200 部以上，几乎没有完全原创的

[①] 这是互联网发展圈层化战略背后的社会背景，而它在实际上彻底扭转了早期互联网观察家对于人类将走出盒子、走向网络化社会的预言，后者可参考 Wellman and Hampton, 1999。

章节……这场反抄袭运动几乎囊括了所有热门IP，甚至开始向更早期的作品蔓延。2016年，金庸状告江南2001年出版的《此间的少年》侵权；2017年，匪我思存在微博发文，主张《甄嬛传》抄袭侵权，要求道歉和赔偿。

有意思的是，这些年来，最激动的往往是读者。一方面，对抄袭深恶痛绝的热心人士熟练掌握"调色盘"软件，投入大量时间和精力对文本进行软件比对，以不同的颜色标注作品之间相同和相似的部分，斑驳的色块就是"抄袭"最直观的证据。如果抓不住内容和架构上的重复，还要看是否在核心思想、理念、间接和情节构思上借鉴了其他作品，重新排布字句洗掉他人痕迹的"洗稿"和将各方创意汇于一炉的"融梗"一样会受到谴责和鄙视。一旦发现调色盘严重雷同、洗稿和融梗，这些作家马上从"大大"（一种对作者带有敬仰和亲近的爱称）变成"抄袭犯"，而抄袭犯的书是不值得看的，应该声名扫地，全网抵制。另一方面，总有面对确凿的证据仍不肯抛弃污点作者的人，他们则被称为狂热的"脑残粉"。"脑残粉"同样很激动。他们不太明白，为什么自己只是看看小说就要被卷入道德战争。难道只是因为《三生三世十里桃花》借用了《桃花债》的设定，那些为小说流过的眼泪就要被贬低为被欺骗而不自知的愚蠢吗？"都是看无聊小说，怎么还有人看出正义感了？"

比起读者圈的自发维权行动和不断爆发的言论战争，法律诉讼领域意外地相对萧条。除了金庸、匪我思存和少量作者，很少有受害者主动站出来，接过读者已经整理好的证据发起诉讼。偶尔反抄袭者从自己的战斗圈里探头出来看看，会发现自己仿佛陷在一个奇怪的世界里：抄袭犯无处不在，铁证如山堆积，受害作者却软弱可欺，法律也不主动作为，除了这些热心的读者，这个国家似乎毫无版权意识，网站也助纣为虐，不但不将污点作家下架，甚至容忍写作软件的存在。基于素材库和自动协作系统，人工智能正在通过抄袭进入这个原本属于天才和灵感的世界。

在圈外人看来，这个世界大概也确实有些奇怪。部分读者何以如此执着于数字维权，不停歇的网络打假几乎如同狂欢仪式，动力何在？另一部分读者又为何如此"沦丧"，面对证据竟然无动于衷。读者内部的分歧该如何理解？受害作者为何普遍沉寂，法律又究竟如何看待那些抄袭和雷同，为何它无力有效阻止抄袭狂潮？仅仅停留在恨铁（作者/法律）不成钢和谴责版权意识淡漠，并不能帮助我们理解这个时代更多。

为了看得更清楚，我想将时间回拨，从21世纪初期轰动一时的庄羽诉郭敬明抄袭案说起。选择这个案件，首先是因为它确实影响深远，每一次网文圈爆出抄袭指控，这次事件几乎都要被重新提起，在某种程度上，它成了法律对抄袭者盖棺定论的一个符号。其次，与后续大量停留在读者圈的指控不同，这次案件经历了完整的法律过程和充分的舆论讨论，各方的意见在此过程中都得以详细展开。最后，这桩最终被法院判定为抄袭成立的文坛事件，造就了一个毁誉缠身的写作明星、一个文学界的丑闻，也曾被认为集中体现了当代青少年价值观的败落，在我看来，它也第一次以公共事件的方式，将文学生产的某种新特性与传统文学创作制度的张力尖锐地呈现出来，这种张力在网络文学生产领域的持续强力存在，可能正是2013年之后以"IP"和"抄袭"为核心的世界逐渐展开的重要背景。

一　庄羽诉郭敬明抄袭案

在抄袭案之前，郭敬明的写作一路顺遂，体现了传统写作模式与出版商业运作相当完美的配合：在史无前例地连获第三届、第四届新概念作文大赛一等奖之后声名鹊起，接连出版《左手倒影右手年华》、《幻城》、《梦里花落知多少》，以不可思议的销量引发出版界风暴。成名之后，郭敬明成立了自己的工作室，推出刊登自己和其他少年作家作品的《岛》系列读物。作品的畅销甚至让他以天才少年作家与青春文学掌门人的双重身份登上了福布斯中国名人排行榜。

2003 年 11 月 18 日，某网站读书频道发表题为《郭敬明新作〈梦里花落知多少〉被指剽窃他人作品》的文章，之后，作家庄羽以郭敬明所著《梦里花落知多少》一书在故事情节、人物特征、语言风格等方面抄袭其作品《圈里圈外》为由，将作者郭敬明、出版发行单位春风文艺出版社及销售商北京图书大厦告上法庭。庄羽称，她在 2002 年 11 月创作完成了小说《圈里圈外》，并于 2003 年 2 月由中国文联出版社出版发行，春风文艺出版社于 2003 年 11 月出版的郭敬明所著《梦里花落知多少》一书，以改头换面、人物错位、颠倒顺序等方法，剽窃了《圈里圈外》一书具有独创性的构思、故事的主要线索、大部分情节、主要人物特征、作品的语言风格等，甚至还照搬了《圈里圈外》的片段以及能够表达作品内容的部分语句等，抄袭多达 100 余处。为此，庄羽请求三被告立即停止侵害，赔礼道歉，并索赔经济损失 50 万元①。

秉持价值中立的原则，我们并不过多评论案件结果，也不进入法律技术的层面，只聚焦案件本身及围绕案件的相关社会性表达。

第一，大多数著作权纠纷发生在传播领域，即对于盗版印刷和发行者的责任追究。抄袭案则直接将文学财产权的讨论延烧至创作领域，要求司法机关直接审查文学作品本身，基于文本对作者的创作行为之独立性进行鉴别与判断。更为复杂的是，抄袭指控携带着非常浓厚的伦理意味，如果说盗版指向的是非法经营，破坏的是文化出版管理秩序，那么抄袭指向的则是作家的个人伦理，被认为破坏的是作家身份所"应当"携带的一种自律与操守。因此，司法机关关于是否构成抄袭的论断，虽

---

① 材料来自庄羽向北京市第一中级人民法院提交的起诉书。

然只能来自对条文的解读和适用，却被认为关联到国家权力对于伦理性问题的态度。这是本案激起巨大社会震荡的根本原因。

第二，郭敬明小说出版在后，却取得了更好的销售成绩，在社会舆论层面，抄袭的指控始终伴随着"是否有资格对情节进行发展"的疑问，两个层面的质疑贯穿于诉讼的全过程，形成法庭之外的声音，也将问题重新带回到文学财产权的根本讨论上，由此形成与依据现有法律进行审判的司法行动平行的社会层面。

第三，在以上背景下，法律的意见被寄予极高期望。法院是否受理、一审判决、终审判决，以及最后的强制执行决定，司法机关的每一次行动，都被赋予了极强的社会意涵，以不同的方式加剧了媒体讨论的热度，塑造了讨论的热点和方向。但也正因如此，法律的意见被从封闭的司法系统中释放出来，在这次案件所形成的公共空间内扮演着一个参与者的角色。在这个意义上，郭敬明案件构成了一个法律与社会层面的重要公共事件，议题是文学财产权，而参与方则包括作家、出版商、读者和法律。

二 法院对案件的处理

案件历时两年，经由北京市第一中级人民法院一审以及北京市高级人民法院终审，最终以郭敬明剽窃成立，以及出版社承担连带赔偿责任告终。我的分析将避开对结果的伦理性判断，专注讨论司法系统在审理过程中所表露出的对文学生产、文学财产权基础、侵权认定、作者与作品的关系等问题的基本态度。虽不能说两级人民法院的主审法官意见等同于中国著作权制度在此类问题上的具体规定，但正如法社会学研究指出的，法律的意义不仅来自正式的法律体制（制度或法庭），真正对当事人的社会性想象和认知产生影响和约束力的，往往是法律过程本身

（尤伊克，2005；梅丽，2007；储卉娟，2005）。参与相关公共意见形成的，也包括判决及其所赖以成立的法官态度。

（一）一审判决及其理由

2004 年 12 月 6 日，北京市第一中级人民法院做出一审判决，认定郭敬明所著《梦里花落知多少》侵犯了庄羽的著作权，判令被告郭敬明、春风文艺出版社立即停止《梦里花落知多少》一书的出版发行，共同赔偿原告庄羽经济损失 20 万元，被告北京图书大厦有限责任公司停止销售《梦里花落知多少》一书。综合分析可以发现，支持一审做出以上判决的基本认定如下。

1. 原告作品《圈里圈外》（以下简称《圈》）发表在被告郭敬明作品《梦里花落知多少》（以下简称《梦》）之前。

2. 被告郭敬明未经原告许可，在其作品《梦》中剽窃了原告作品《圈》中具有独创性的人物关系的内容，而且在 12 个主要情节上均与原告作品《圈》中相应的情节相同或者相似，在一般情节、语句上共 57 处与原告作品《圈》相同或者相似，造成《梦》文与《圈》文整体上构成实质性相似。

3. 被告春风文艺出版社作为专业的出版机构，对其出版的作品是否侵犯他人的著作权负有注意义务。由于被告春风文艺出版社未尽到合理注意义务，致使侵权作品《梦》得以出版，其行为存在过错，除应当承担停止侵害、赔礼道歉的民事责任外，还应当与被告郭敬明承担连带赔偿责任。

4. 没有支持原告庄羽关于被告郭敬明侵犯其作品独创性构思、作品语言风格、作品主要人物特征的诉讼请求。审理法官认为，构思主要体现在作者对作品宏观上的谋篇布局，是对作品整体高度概括的、一般性的描述，属于作品的"思想"，而不是作品的"表达"。著作权法中没有保护作品构思的规定，因此构思不能受到著作权法的保护。同样，作品的语言风格亦不属于作品的表达形式，不应由某个作者垄断，否则会阻碍文化的发展。作品对人物特征的一般性描写，不能突出人物的特征，不足以使人物特征本身成为受著作权法保护的表达形式。

这些认定反映了一审法院的以下态度。首先，认定抄袭的主要依据是存在接触和实质性相似。表面上，这是当前著作权法律条文适用的结果，但更深入地看，这一判断有两个基本假设。一是发表在前，证明存在接触的可能性，结合两部作品的细节相似度，推断存在实际接触和抄袭的可能；二是类似的人物关系，12个主要情节类似，57处一般情节与语句相似，推断出两部作品"实质性类似"。结合以上两点，法院的推理逻辑其实是，两部作品的作者同属于一个文化生产领域，而在这个领域当中，情节和语句属于个人创作产品，既不存在独立创作而至雷同的可能性，也不存在前后继承加以发展的合法性。考虑到在文化创作领域，实际上并无付费使用情节与语句的做法，也就是说，在司法系统认定的逻辑里，文学生产是且必须是一个以个人独特性为特征的生产领域，在这个领域，没有可能也不允许出现在情节和语句上大量雷同的生产。如果出现，便会因为落入抄袭的范畴，而受到法律的阻止和惩罚。

其次，出版社对于作家的侵权承担连带赔偿责任，原因在于未尽注意义务，致使侵权作品进入出版领域，造成对被侵权人的利益损害。可见法院认为抄袭导致的侵权与是否进入出版领域无关，而是抄袭行为直接导致的权利侵害。出版导致了侵权造成损害的扩大，出版社要对这部分扩大的损失承担连带责任。也就是说，文学作品的财产权被认为诞生于创作行为，与写者人身有关，而非诞生于出版环节。

最后，构思、语言风格和人物特征不属于著作权保护的内容，其理由在一审法院的表述中相当复杂。抽象性构思属于作品的"思想",基于著作权法"思想"与"表达"二分的保护原则①,不予保护;语言风格不受保护,则是出于保护文化发展的目的,被认定不能被作者垄断,而应归于公共领域;人物特征则因为属于一般描写,未能体现作者创作的独特性,因此不能被保护。在相当笼统的表述中,实际上混杂了三种不同的法律标准:依法保护、按照保护文化创作的立法原意来进行保护,以及根据创作独特性判断进行保护。

综合以上,就一审意见而言,司法机关向整个社会领域所传达的信息可概括为:文学生产是且必须是一个以个人独特性为特征的生产领域,在这个领域,没有可能也不允许出现在情节和语句上大量雷同的生产;写作者的抄袭行为,因为违背了以上假设,便对他人造成了权利上的侵害,是一种与个人直接相关的侵权,出版社放任个人侵权,导致被侵权人的更大损失;创作所产生的财产权存在界限,这个界限由著作权法律划定,取决于司法机关对创作内容与促进文化发展的关系的判断与认定,也取决于司法机关对创作内容独特性的判断与认定。

概括来说,文学生产被认为是作者独特性的外在表现,这一独特性是作者对内容拥有财产权的基础,但权利的界限在于文化发展之社会利益,所以法律对文学财产权的享有存在两个功能:判断是否独特,判断是否过于具有创造性,以至于成为后来的发展所必须借鉴的。

---

① 思想/表达(idea/expression)二分法是版权法上的一项基本制度。它意味着版权法只保护作者具有独创性的表达,而对于思想,无论是否具备独创性,都不予保护。二分法构成了现代版权法上的一个格言,其宗旨被认为是划定了版权保护的对象与公有领域之间,以及版权保护的对象与专利权保护的对象之间的界限(李雨峰,2007)。Jones(1990)指出,思想/表达二分法是直到20世纪才发展起来的,李雨峰(2007)在信息经济的背景下重新表达了类似的观点。

（二）终审判决及其理由

2006年5月22日，北京市高级人民法院做出终审判决，维持一审认定，郭敬明所著《梦里花落知多少》对庄羽的《圈里圈外》整体上构成抄袭，判决郭敬明与春风文艺出版社赔偿庄羽经济损失20万元，春风文艺出版社与北京图书大厦停止《梦里花落知多少》的出版、销售行为。

与初审意见相比，终审更深地卷入了对文本的分析和判断。"对于郭敬明创作的小说《梦》是否抄袭了庄羽的作品《圈》，首先要结合庄羽的指控对涉案两部作品的部分内容进行对比"，审理法官详细比较了所列12个主要情节的字句，发现庄羽对两部作品的相应内容进行的概括个别内容不完全准确。例如，庄羽认为《圈》中有"高源因与初晓口角，失手将初晓推倒，导致初晓骨折"的情节，《梦》中有"陆叙因为与林岚口角，失手将林岚推下楼梯，导致林岚骨折"的情节。但在《圈》中的实际描写是：高源一甩胳膊，初晓被吓了一跳，往后一退，踩在可乐瓶上，倒在地上，导致骨折。在《梦》中的实际描写是：陆叙一甩手，林岚顺势滚下楼梯，导致骨折。可见，两部作品中女主人公骨折都并非男主人公"推"所导致的，庄羽的概括不尽准确，存在一定的主观色彩。但是，终审法官认为，即使庄羽的概括存在一定程度的主观歪曲，但从整体而言，"主要情节明显雷同"。

以第一个情节为例，《圈》中描写张小北请初晓为张萌萌帮忙，因最终没有办成，初晓被张小北误认为没有给钱而故意拖着不办，初晓十分郁闷。与之相应，《梦》中的情节发展及结局均与《圈》中相同。本院对郭敬明关于上述情节没有独创性，且情节的表达形式完全不同的主张不予支持。

这段表述和初审意见有很大差异。法官指出，虽然字句表达存在差别，但主要情节明显雷同，且否定"情节没有独创性，且情节的表达形式完全不同"，认定存在抄袭。也就是说，即使不是主要情节，即使语句表达上有所区别，情节表达上的雷同足以认定抄袭，且情节是与作者联系在一起的独特性表达。此外，文中的比喻和对话，例如"怕什么来什么，怕什么来什么，真的是怕什么来什么"，以及"她其实是个纸老虎，充其量也就是个塑料的"，也被认定为情节和语句上的雷同，被告方"虽然辩称上述情节、语句是一般文学作品中的常见描写，但未提供充分证据予以证明，本院对其主张不予支持"。可见，终审法官认为，后来的写作者不能使用已经存在的比喻和有独特性的表达方式，除非"提供充分证据"证明"上述情节、语句是一般文学作品中的常见描写"。

此外，终审法院非常明确地给出了一段关于文学的观点和判断，并在此基础上，论证了判定文学作品是否构成抄袭的一般性认定方法。意见认为：

小说是典型的叙事性文学体裁，长篇小说又是小说中叙事性最强、叙事最复杂的一种类型。同时，文学创作是一种独立的智力创造过程，更离不开作者独特的生命体验。因此，即使以同一时代为背景，甚至以相同的题材、事件为创作对象，尽管两部作品中也可能出现个别情节和一些语句上的巧合，不同的作者创作的作品也不可能雷同。

对被控侵权的上述情节和语句是否构成抄袭，应进行整体认定和综合判断。对于一些不是明显相似或者来源于生活中的一些素材，如果分别独立进行对比很难直接得出准确结论，但将这些情节和语句作为整体进行对比就会发现，具体情节和语句的相同或近似是整体抄袭的体现，具体情节和语句的抄袭可以相互之间得到印证。

在小说创作中，人物需要通过叙事来刻画，叙事又要以人物为中心。无论是人物的特征，还是人物关系，都是通过相关联的故事情节塑造和体现的。单纯的人物特征，如人物的相貌、个性、品质等，或者单纯的人物关系，如恋人关系、母女关系等，都属于公有领域的素材，不属于著作权法保护的对象。但是一部具有独创性的作品，以其相应的故事情节及语句，赋予了这些"人物"以独特的内涵，则这些人物与故事情节和语句一起成为著作权法保护的对象。因此，所谓的人物特征、人物关系，以及与之相应的故事情节都不能简单割裂开来，人物和叙事应为有机融合的整体，在判断抄袭时亦应综合进行考虑。

最终，终审认可一审判决对抄袭的认定，以及对春风出版社和郭敬明连带赔偿责任的认定，但在基础上增加了对庄羽的精神损害赔偿。意见认为：

侵犯著作人身权情节严重，适用停止侵权、消除影响、赔礼道歉仍不足以抚慰权利人所受精神损害的，还应当判令侵权人支付著作权人相应的精神损害抚慰金。抄袭是一种既侵犯著作财产权，又侵犯著作人身权的侵权行为。本案中，郭敬明创作的《梦》在整体上对庄羽创作的《圈》构成了抄袭，其侵权主观过错、侵权情节及其后果均比较严重，因此需要通过判令支付精神损害抚慰金对庄羽所受精神损害予以弥补，同时，亦是对郭敬明抄袭行为的一种惩戒。故本院对庄羽有关判令精神损害抚慰金的上诉请求予以支持。精神损害抚慰金的具体数额则根据侵权行为的严重程度予以酌定。

总体来说，终审全部意见都建立在一个基本假设基础上：文学创作是一种独立的智力创造过程，更离不开作者独特的生命体验。长篇小说作为极为复杂的叙事文学体裁，虽然可能存在某些巧合，但由于每个人的生命体验不可能雷同，作为不同生命体验表达的文学创作在情节表达和语句表达上就不可能完全雷同。因此，判断是否存在抄袭，必须对小说做整体把握，将情节和语句作为整体进行对比。因此，即使语句不完全相同，只要过多的雷同导致情节近似，也可以判定为抄袭的依据；即使一般而言人物形象被划归为公有领域资源，不归属于著作权保护范畴，但由于作者以其独特性的表达，赋予了人物形象以"独特"的内涵，从而发展出"独特"的关系，被认为与叙事融为一体，共同负载了作者独特的生命体验，因而也应当被考虑成为著作权的保护对象。

相比一审，终审意见在法律技术上明显更加成熟，很难再看到一审意见那样理不清楚的重叠标准，从认定是否存在抄袭，到判断如何赔偿，逻辑一以贯之。而认定标准的逻辑起点被放置在"作者独特的生命体验"上，这一体验为作者带来了作品的财产权，因此作品是否构成抄袭，就要看语句、情节、人物设定与"独特生命体验"之间是否存在关联，如果存在，那么就属于著作权保护范畴。侵犯了著作权，也就是侵犯了著作人基于"独特生命体验"的人身权利，所以普通的侵权赔偿方式无法弥补其损失，必要的时候可以适用精神损害赔偿，以专门性的赔偿方案来"抚慰"著作人，以及"惩戒"侵权人。

三 案件的争议点

除了具体的认定标准，两次审理意见处理的主要是以下三个问题：

A. 文学财产权究竟来源何处？

B. 公共领域与私人权利的关系究竟为何？

C. 作者与作品的关系如何理解？

围绕这些问题，终审意见给出了一个相当干净的答案：文学财产权来自作者独特生命体验的表达，因此，能够体现作者独特生命体验的表达都属于作者的著作权保护范围，涉嫌侵权人需承担相应之举证责任，证明某一情节表达是常见表达而非作者独特性之体现，则这一情节表达可保留在公共领域；作者与作品之间拥有人身性的联系，对作品所有权的侵犯，会导致对作者精神的损害。在此答案基础上，给出了对于抄袭如何认定的判断方式和结论。

相比而言，一审意见看起来叠床架屋，颇有相互抵牾之处，尤其在文学财产权来源上，意见纠缠于作者生命体验、文学产品独特性与法律规定三个权利源头，牵扯不清。首先，意见没有强调作者作为"独特个人"的"生命体验"，而是将重点放在作品上，强调文学产品本身的"独特性"，以及文学生产是一个以独特性为特征的生产领域。其次，在出版者和作家的责任分担上，意见通过将出版社的责任限定在"扩大损失"上，判定承认的损害赔偿连带责任，而非侵权责任，因此文学作品的财产权被认为诞生于创作行为，与写作者人身有关，而非诞生于出版环节。最后，意见又强调权利的边界在于著作权法律规定的"思想"与"表达"两分，而法律为何如此划分，以及具体如何判定边界，则在于作品与文化发展之间的关系。如果作品的社会效应非常大，以至于对文化发展有重要影响，则不能为私利垄断。

然而，虽然整个意见在逻辑上前后矛盾，难以自洽，法律技术不成熟的一审法官反而在意见中保留了更多的社会性考虑，也更丰富地呈现了文学财产权规定的内在张力。法官一直纠结于在本案中如何处理著作权法的古老价值难题：文化发展与创造力保护，换言之，即公共利益与私人权利的平衡。作者独特的生命体验固然值得尊重和保护，但即使是"用生命写作"的成果，它的意义也不仅仅在于进入文学出版市场，为作者和出版商挣取利益，更在于进入创造的领域，成为产业脉络中的一个节点。并无任何一部作品完全来源于抽象的个人生命凝结，作品只能来自作者在此脉络中的积累、学习、训练和推进，同时，被后来者学习，从而完成文化传承和发展。因此，文学财产权的设定除了在文学生产市场上保护个人的创作力和劳动之外，还应对这一领域的要求做出回应。

终审意见以清晰干净的浪漫主义假设回避了著作权法的内在张力，在大力保护作者生命体验表达的同时，以作者的优先性压倒了对社会维度的考量，将文学财产权的讨论限定在写作者伦理的法律确认层面。从司法角度来看，它由此开启了中国抄袭案被告精神损害赔偿的先河，而从社会舆论角度来看，这一判定给出了司法系统的态度和立场：使用他人所设定的情节、语句和表达方式是一个职业伦理问题，损害了"作家"这一身份所包含的伦理假定，法律不但要予以禁止，还要代表国家权力对其实行道德制裁。

四　社会层面的争议

社会舆论的两极分化大概是郭敬明案件引人注目的重要原因。一方面，媒体、作家、评论人、部分读者纷纷发表对郭敬明的鄙视和谴责；另一方面，部分读者和评论人为郭敬明抱不平。双方不能互相理解，以致互相攻击。在最激烈的情况下，反对方指责郭敬明毒害青年，导致粉丝价值观崩溃，需要纠正和重建；支持方则抨击庄羽及其出版方利用媒体和司法系统炒作自己，打压竞争对手，认为批评者嫉妒郭敬明才华，扼杀天才。

时隔十多年，以文学生产与法律制度的问题意识回看这次事件，我们当然不能局限于对郭敬明个人的评断，选择同意或者支持某种观点，而必须回到双方的论证逻辑，仔细分析各持己见者如何得出自己的结论。重要的是透过他们的分析思路，我们可以看到哪些相互抵牾的想象与观念。无论这些想象来自何方，当它们支配着人们对世界的意见和行动选择时，就已构成涂尔干意义上的"社会事实"，如何认识并理解它们，便构成了这部分讨论的内容。

《人民日报》下设的"人民网"、新华社下属的"新华网"在2004年12月10日同时转发了《新闻晨报》的记者报道，记者在采访青少年读者过程中流露出的错愕和愤慨充分说明，在（主流）舆论看来，抄袭不仅仅是一个单纯的法律问题，更是一个关涉人类未来的社会伦理问题。

> "80后"作家郭敬明侵犯庄羽著作权案的一审判决结果宣布后，在大、中学的校园里引起了震动。这既是因为郭敬明本身是名大学生，也因为他的"粉丝"多集中在大、中学校园里。按照法院的一审判决，郭敬明侵犯了他人的著作权。而记者在校园中采访时，却得到了令众多人大跌眼镜的答案———抄袭？无所谓！教育界人士为此深表担忧，认为在当下流行文化的大环境下，个人的喜好对社会的诚信观形成了很大的挑战。

尽管受采访的支持者说明了自己的理由，但记者仍然觉得惊讶：

> 还有不少人对剽窃行为表示支持。一名大二的林同学对"郭敬明事件"如此评价：刚听到判决时很惊讶，不过抄袭他人作品也很正常，反正天下文章一大抄，何况郭敬明开创了上世纪80年代人的

写作文风。记者在本市部分中学采访时，也有不少郭敬明的"粉丝"给出了令人惊讶的答案——无所谓。一名中学生直言，他喜欢的是郭敬明，根本不在乎他的书是否抄袭而来。而在网络中也有不少中学生力挺目前日益浮躁的抄袭现象，认为一个人能抄得让他人喜欢、能抄出名，已经证明了这个人的本事。①

首先，抄袭是个法律问题，法院既然认定郭敬明侵犯他人著作权成立，那么就应该接受这一判决，做出相应评价；其次，法律判决具有道德意涵，社会成员应与法律的道德取向保持一致，认为"抄袭他人作品也很正常"，"根本不在乎他的书是否抄袭而来"，则属于应当为此担忧的现象；最后，记者引用教育界人士的说法：这种令人惊讶与忧虑的评价来自"当下流行文化的大环境，个人的喜好对社会的诚信观形成了很大的挑战"。在这种观念里面，无论是郭敬明的拒绝道歉，还是支持者的"无所谓"，都有相当浓厚的反社会色彩。

> 这已经不简单的是一个著作权的官司了，更涉及一个人的道德观念还有一群人的是非观念。一个人用无耻的手段剽窃他人的著作，这难道是值得同情、值得骄傲的事情么？②

双方讨论极为热烈，成为当时的网络爆点。网易文化频道专门制作了收集言论的专题报道，试图以中立态度搜集各方立场和具体观点，以

---

① 文本原始出处为新闻晨报《"崇拜"不应丢了诚信》（作者：戴越庭），人民网、新华网 2004 年 12 月 10 日转载时标题改为《郭敬明抄袭案判决　不少学生竟认为抄袭无所谓》（编辑：周贺）。

② 同上。

全面展示公共讨论的全貌①。具体整理见表 1 - 1。

表 1 - 1　社会舆论对阵状况

话题1：他不是真的抄袭吧？	反对方观点 他是抄袭！抄袭可耻！	●法院认定即事实，抄袭可耻； ●故事梗概如出一辙，人物姓名都类似； ●为郭敬明做辩护的人一定别有用心
	中立方观点 我们要学会宽恕	●批评可以，不要进行人身攻击； ●抄袭不对，但我们也要体谅他； ●庄羽，你就得饶人处且饶人吧
	支持方观点 我们不应该怀疑他的才华	●以前没听说抄袭，现在肯定也是假的； ●小说从生活中来，难免有相似之处； ●流行小说本来就是一个样
话题2：该不该支持他？	反对方观点 瞧这愚蠢的 fans！	●可悲的不是郭敬明，而是无知的 fans； ●这些"孩子"懂不懂逻辑？ ●fans 们的脸皮厚度真是常人难及
	中立方观点 无条件支持四维	●他可能真错，但不能原谅？ ●我在文字中看见的小四，纯粹而真挚； ●庄羽该感谢他，郭把她的小说弄活了
	支持方观点 抄袭有理	●抄袭也能卖 50 万册，他就牛 B； ●四维再怎么抄，也比你们文学造诣高； ●抄得这么好，说明人家有才华

资料来源：网易文化频道相关专题页面。

大概可以看出，正反方基本都围绕以下三个问题在发表意见：

A. 如何对待抄袭？

B. 如何对待郭敬明本人？

———————

① 专题制作于 2004 年 12 月 14 日，标题为"'郭敬明抄袭案'网友大辩论"，分类和具体内容来自网站对网易辩论厅内网友发言的归类和总结。网络舆论容易观测，难以搜集整理，对于过去近十年的网络事件，更是如此。采用网易专题材料的优势在于，它来自网站对论坛平台上所有言论的技术性整理，虽然在理论上不能代表整个社会舆论，但此处并不探究各种意见的优劣势对比，仅需对基本舆论声音进行分类。在这个意义上，网易专题的材料具有足够丰富的信息。

C. 如何对待郭敬明的作品？

细细梳理，我们可以看到三类典型的立场和观点。

第一，法院认定即事实，抄袭者郭敬明极为可耻，抄袭的作品是没有价值的：

> 越来越觉得我们80年代有些人已经丧失了是非观。剽窃就是剽窃。法律要比虚幻的文学严肃得多，公正得多，现实得多，真理得多。
>
> 只是想到郭敬明竟然抄袭，真觉得可恶，还有可悲，一个文人（起码是自称的文人）去抄袭，那是对文学的侮辱。
>
> 大家如果看了《圈里圈外》，就会明白了。那小说要比《梦》真实得多、人性化得多。郭媚俗的可以啊，什么不好抄啊，专抄这种第一眼就看出是明显剽窃的东西。

第二，法院认定即事实，但抄袭无所谓。郭敬明相比庄羽写出了时代气息，《梦》是更贴近这个时代的作品，这就是作者和作品的意义，所以支持郭敬明：

> 不论是否真的抄袭（姑且不去考证抄袭这个词的意思）他的作品的那种很浓的我们的时代气息，是别人包括庄羽无法模仿和抄袭的。我觉得这才是最重要的。他写出了自己的东西，我们这个年龄的真实。
>
> 看完《圈里圈外》，不觉得好，没感觉。我很喜欢《梦里花落知多少》，《萌芽》连载时在看，出书了在看，看了不止一遍，很感动，哭了很多次。我觉得郭敬明确实吸收了别人的风格，说抄袭也行，但是这个风格是属于网络小说的风格，并不是什么独创性的风

格，对吗？郭的小说写的是还在上学的学生的一些事，感觉很贴近，尤其是顾小北这个人物，和我的一个朋友很像，很多发生在他和林岚之间的事，他说过的话，都让我觉得很熟悉。

我觉得好的文学作品重要的不是去谈它是不是抄袭的，甚至无所谓它是不是抄袭，它是一种内心真情的表达，是一种灵魂的交流。我们读者只想读到好的文章。再者，这也不叫抄袭，最多是共鸣，只是郭敬明的书能引起更多的共鸣，这就是事实，不服啊？

第三，法院认定即事实，但不构成抄袭，因为小说都从生活中来，难免有相似之处，流行小说本来就是一个样。郭敬明没有抄袭，而庄羽打官司只是自我炒作，不能写出更好的小说，用这种手段进行市场竞争，反而是可耻的：

> 什么情节雷同？天下发生的事本来有很多就是雷同的，借鉴一下又怎的。就算郭敬明看了《圈里圈外》模仿了些那又怎样？人家就是能模仿得出彩，就是能吸引很多读者，那也是人家的实力和魅力。有谁看过那个《圈里圈外》啊？不要因为相似的题材人家写得好就嫉妒，就到处打官司嘛。
> 八十年代后出生的人就一定一事无成吗？难道我们做出了一些成绩，就有那么多人眼红吗？抄袭？有证据吗？相似的文章有太多了，为什么只抓住郭敬明的不放？还不是因为人家大红大紫？借此来将自己炒作！

尽管所有言论都有偏激不理性的成分，但我们仍能从中捕捉到一些相当有趣的信息。

首先，抄袭如何界定？在这些意见当中，抄袭的界定变得非常复杂。

没有基本法律知识的外行人，给出的判断标准事实上说明了他们心目中文学作品最重要的因素究竟是什么："人性化"、"感动"、"共鸣"、"灵魂的交流"、"时代气息"等，而他们拒绝接受的标准则意味着他们觉得文学作品的哪些部分其实不重要："风格"、"情节"、"故事梗概"，等等。无论是在此案的一审意见中被强调的"思想"与"表达"，着意区分的"独创性构思"、"作品语言风格"、"作品主要人物特征"，还是终审意见所特别在意的"独特生命体验"，在这些外行意见中，都有表现，但这些意见却远远超出了法律所关注的范畴。在法律与社会两分的框架下，我们应当可以说，公众在抄袭界定上的关注点要比法律广阔得多。

其次，抄袭是否应当被谴责？在司法意见和某些社会舆论中，这个问题是有唯一解的，但在其他人的言论里，我们看到了更多的可能性：抄袭或许成立，但不一定需要被谴责。在这些读者看来，如果小说相比原作而言，有新的打动人的点，即便存在抄袭，也不意味着作者就应当被谴责。

最后，作者的价值在哪里？如果作者无须因抄袭而被谴责，也就意味着，作者的伦理标准并非像司法意见所假定的那样，是朝向写作群体内部的"行会伦理"，而是朝向读者的"职业伦理"。作者的价值不是在写作者的序列里不断贡献出有独特性的文字，而是在文学消费市场上不断向读者提供有独特性的产品。这完全不同于我们在司法意见中看到的观念假设。

在这些看似无逻辑、"厚脸皮"、"不可理喻"的意见里，我们看到了一审意见中出现而在终审意见中被扫荡掉的、对于作家个人利益之外的文化发展维度的讨论，例如，"抄袭也是一种能力啊，给你一本书，在它的构思上你再来开拓，而且要比原著更成功，这本身就说明能力"，类似的读者意见要求给"有能力的抄袭"以空间，让构思可以进一步开拓。此外，我们甚至还看到了两审意见中都被法律视角屏蔽掉的关注点：

读者和文学市场。

两审法官都没有提到市场和读者。事实上，在著作权法关于抄袭的认定中，它们也是完全缺席的。是否构成抄袭，法律的认定基于作者的独特性、作品的独特性以及作品对抽象文化发展的重要性，与读者的观感、评判无关，与市场的反应、运作方式也无关。但在读者这一端，至少部分读者非常强烈地表达了自己的存在感。当他们认为作品最重要的部分在于"感动"、"共鸣"、"灵魂的交流"、"时代气息"的时候，其实是在将自己的阅读感受注入文学作品的价值。也就是说，在他们看来，文学作品的价值并非客观存在于作品当中，而是在文学消费市场上，经由消费者的阅读和消费产生的。郭敬明的《梦》给了读者更多的共鸣，更贴合读者的生活感受，更能让他们哭和笑，因此在他们看来就是好的文学作品。在这个标准下，《梦》是有价值的文学作品，而《圈》相对来说更没有价值。那为什么要保护庄羽的利益，而让有价值的文学不能生产出来？在这样的读者眼里，庄羽不再是一个独立的写作者，而是一个用同类题材与郭敬明竞争的市场同业者。由此，我们大概可以理解"脑残粉"的愤怒，理解他们为什么"竟然颠倒黑白"，辱骂一个被剽窃的受害者。因为在这些读者的世界里，黑白本来就是易位的，他们对庄羽的鄙视，来源于消费者对一个生产商妄图垄断市场而产生的心理抵触。除了郭敬明本人的粉丝，大部分人的支持和愤怒，大概仅仅来自一个简单的需求：我想看好看的小说，不要妨碍我。

五　法律的忧思

综合对司法意见和社会舆论的分析，我们可以清楚地看到，对于作为公共事件的郭敬明抄袭案件，存在两种不同的视野——现有著作权制度的视野和现实文化消费领域的视野，受不同视野支配的人，在观念上存在三个层面的冲突（见表1-2）。

表1-2　法律与粉丝/消费者的观念冲突

观念的冲突	现有著作权制度的视野	现实文化消费领域的视野
作者身份	依靠个人生命体验和灵感进行创作的文化创造者，以唯一性来评断	内容生产者，以发展性来评断
作者-作品关系	作品是作者主体性的外向投射，反映独特的生命体验，作品代表作者的人格	作品是作者创意的外向投射，反映作者的创作能力，作品代表作者的天分
作品-读者关系	不关注	作品的价值由阅读者决定，作品与读者是共生关系

以上冲突为我们描画出新的文化消费时代及其基本特征：作者作为作品的"神"已然死去，文学作为一种生产，突破了作家-作品之间以个人风格连接的意识形态，作者成为文化产业的工人，凭借其创意能力为读者提供阅读对象，在这个市场上，什么是产品的核心价值与竞争力，无论是否由消费者决定，都已经无法如从前那样，由完全在市场之外的"制度"来判断。

在庄羽诉郭敬明案的社会舆论中，我们看到双方几如寇仇一般的相互指责，完全不能沟通的价值体系，甚至看到不同的人群利用自身的社会位置批评和压制对方，以完成自身价值观的整合。这些都在提醒我们，变革大概已经降临。建立在传统文化生产逻辑之上的制度，以及仍然习惯于传统文化消费模式的人们，分明感受到来自"流行文化"从价值到观念的全面挑战。虽然轰轰烈烈的流行可能只是一时风尚，随时间消逝无踪，但后续的历史发展大概让这些曾经怀有这样期望的"大人们"大失所望。

2005年，那个存在于"脑残少年"想象中的文学消费世界，可能还只是一个亚文化现象，但在接下来漫长而短暂的十数年时间里，这个世界却已经伴随着互联网的发展和文化领域的消费化趋势落地生根，日趋壮大，直到将我们带入本章开头所提及的2013年之后的世界。

今天愤怒的抄袭捕手，依然延续着郭敬明案中文化媒体、传统读者和大众舆论对非原创性写作的鄙视，凡是不来自个人生命体验和灵感的创造，都被归入他们想象中的法律制裁和社会道德谴责之下。但事情还是变了。在新的时代，大多数作者决定闷声不响，毕竟"还得每天更新，写字都来不及，实在没空"。被归入"脑残粉"阵营的读者虽然很不开心，却不再像2004～2006年那样感到边缘和由此而生强烈的表达欲望，他们虽然偶尔也投入战斗，但一般并不执着。毕竟那些批评只是些嘈杂的声音，作者还是会继续写下去，供应给他们日常消遣的粮草。网站和出版社一样要承担作者抄袭的法律后果，但它们无法那么坚决地表示绝不姑息，就像女频网站晋江的负责人所说，"网络小说多是模式化创作，许多情节模式是通用的。如果'跳崖遇高人'这样的梗也被认为是抄袭的话，打击面就太大了。我们反对抄袭，也反对反抄袭的扩大化"。庄羽诉郭敬明案中，司法和主流媒体舆论站在一起，浪漫主义文学想象大获全胜，它几乎改变了郭敬明的社会形象，让他成为文学世界里的一个负面符号。然而，今天无论是司法还是舆论，似乎都不再具有如此强大的意识形态力量。江南、流潋紫、唐七公子，都没有成为第二个郭敬明。出版商、网站、读者依然和他们站在一起。

我们曾经观察到的世界与世界的抗衡，相互之间的力量对比很可能已经发生了巨大的逆转。人们在这个新的世界框架下各自行动，奋力建立自己的平衡和位置。但遗憾的是，在法律的世界里，这些如波涛般汹涌的潮流却暗哑无声。18世纪初在遥远英国确立的基本原则，仍一如既往凝视着网络上的作者、作品和读者，试图为经验世界提供一个关于正确与错误的制度结构（布莱克，2009），并继续支配21世纪中国关于未来的想象。这中间的错位，或许才是今天的法律陷入忧思的来源："网络抄袭究竟为何屡禁不止?"

　　新时代在嘈杂的声音中展露轮廓,接下来让我们逆水行舟,退入过去,看看在过去的几个世纪里,法律的世界与文学的世界究竟是如何走到今天的交汇点,成为以上新时代的结构性背景。

第二章

旧制度：著作权与文学制度

一 把著作权带回历史

回到法律历史的脉络里，狂热读者所想象的严格法律和道德标准，其实也并非他们所以为的那么天经地义。用克尼佩尔的话说，这可能不过是现代法律体系越出自己的边界进入史学领域带来的错觉（2005：26）。

印刷文明出现之前，由于口头文化难以实现精确的文本记录和传播，任何作品都只被认为是集体的成就，诗人是借助其灵敏原始的感觉去领悟神旨的先知者：

> 诗人所唱诵的，是神的语言，而非其自身的创造。知识，以及将之呈献给人类的能力，都被认为是由缪斯给予诗人的一件礼物。或者就如柏拉图所说，所有理念都是与生俱来存在于人的脑子里的，由先辈的灵魂迁移至此。古希腊人并不认为知识是某种可以为人所有或者出售的东西。抄写员可以因其劳动而获得报酬，作者也可因其所做出的成就而得奖，但是，神的礼物却是免费给予的。因此，古代学院的图书馆是不出售的，而是作为礼物转交给教师的最杰出的接任者。苏格拉底因为诡辩派用学问换钱而蔑视他们。（Hesse，2002：26）

在漫长的历史里，人们关注的正是今天被轻视的"模仿"。"艺术家是天才"的观念直到"基督教文化"瓦解后才出现（转引自贝蒂格，2009）。柏拉图认为艺术家是"摹仿者"，摹仿现在的实体来完成对事物的认识。亚里士多德将"摹仿"的对象推进到"带有普遍性的事物"，艺术家和他们的摹仿因此是学习的最高形式。基督教之后，文艺复兴思想家重新发现了艺术家的意义，并将之提高到与上帝同在的位置：上帝创造了自然，而诗人创造了另一种自然。至此，我们所熟悉的主体与"创造性"之间的关系才进入历史（威廉斯，2013：9~24）。

与此相关联，关于作者和作品体系的保护出现也甚为晚近。罗马时代，虽然图书和相关贸易已经成为文明世界不可分割的一部分，但文学获得报酬仍然还是依靠人身性的赞助体系。即使在15世纪之后，图书交易日益增多，写作者开始主动出售手稿并获得报酬，但权利只是附着于书稿的物质形态，与原创者在文学生产中的权利还没有产生任何关系。

郑成思（1997）从宋代早期文献中发现了类似知识产权的保护形式，试图以此证明中国最早产生了知识产权保护的萌芽。但安守廉（2010）认为，这其实不能说明帝制中国发展出相当于知识产权法的有效本土制度。尽管存在类似的规定，但尊崇过去的知识生产观念一直支配着中国知识分子的想象，他们倾向于认为一切有价值的著作都必须且只能来自对过去的模仿，因此，个人在道德上没有任何正当性将之持为已有或独占。同时，传统中国往往利用对观念传播的限制来垄断对历史的解释权，这种政治文化也阻碍了个体获得对自身知识创造的财产权。郑成思与安守廉之间的争论，展现了知识产权作为制度的复杂性：它不是一组条文或者简单的行为规定，而是在具体的历史文化背景中产生、携带着确定的价值判断和取向的规范性体系。

关于出版业的历史研究表明，是古登堡带来的印刷革命促成了著作权诞生的特殊历史文化背景。印刷技术的发展，让人类第一次摆脱对手稿的依赖，书籍出版进入爆发期。据估计，到 15 世纪结束的 40 余年间，古登堡圣经已经印制了超过两亿册。

> 从很早开始……印书坊就比较像现代的工厂而非中世纪经院的工作室。1455 年，福斯特和萧佛就已经在经营标准化生产的印刷事业了，而 20 年后全欧洲到处都是大型的印刷厂了。（安德森，2005：31）

印刷业的发展直接促生了印刷资本主义（print-capitalism）的诞生（安德森，2005）。书籍作为最早的现代式大量生产的工业商品（McLuhan，1962），促使出版商迅速转向资本主义企业，并开始跨越国界开设分店，形成一个超出国家范畴的独立阶层。他们只关心获利，永不止息地追求市场。由于内容决定了书籍受市场欢迎的程度，出版商连带着开始了对内容的追求。安德森发现，这种追求使得出版突破了传统的文化精英格局，在欧洲造就了一个史无前例的读者市场。17 世纪中叶，拉丁语出版市场饱和，资金短缺让出版商开始涉足贩卖方言写作的廉价书籍。同时期，路德开始使用方言圣经扩大影响。一方面，新教运用资本主义所创造的方言出版市场来争取信众；另一方面，资本主义与新教的结盟也极大地扩展了出版市场的规模——为数众多的阅读群众诞生（安德森，2005：38~40）。

更少被注意到的是，资本对内容的追求神奇而非常合理地造就了对"作者"的需求。在成为资本主义企业的同时，印刷出版业仍处在政府管制之下，只有具备特许资格的书商才能够加入这个行业（Clegg，1997；Loewenstein，2002）。随着印刷出版业的快速发展，盗印开始大量出现。为了加强控制，伊丽莎白一世在英国采取专营思路，以特许制（imprimatur）将印刷权授予经过严格挑选服从王室的印刷商，允许其独占专利十年。拮据和感到希望渺茫的小印刷商为了反对出版垄断，必须寻找政府管制逻辑之外的正当性依据（Patterson，1968：134－142）。作为手稿的最初提供者，写作者与内容之间的自然联系引起了书商的重视①。

1707 年，13 位书商上书议会下院，强调他们在图书的创作、印刷和销售过程中付出了大量的时间和劳动，而盗印者严重侵犯了他们的财产权。同时主张，这种文学财产权（literary property）应当确保作者（writer）及其受让人（assignee）或买受人（purchaser of the copy）的利益不受侵害。请愿书中甚至没有提到出版商，只是反复强调保护"作者"及其"财产权"（肖尤丹，2011：147）。

基于复杂的社会背景②，1710 年 1 月，英国议会终于开始着手讨论新的图书印刷出版法案，利用作者及其财产权的新思路来平抑长久以来图书贸易中始终存在的垄断之争。最后，4 月 4 日，议会通过了《将印刷图书的版本在一定期限内授予作者或买受人以激励知识创作的法案》（An act for the encouragement of learning, by vesting the copies of printed

---

① 在此之前，作者在印刷出版业内毫无地位。由于他们不是书商公会的成员，所有与书商特权相关的利益作者都不能分享。他们的地位只是原稿的提供者，经济利益依附于出版商和书商。随着印刷出版业的日渐商业化，领域内出现了频繁的利益重组和分配，但仅仅停留在书商阶层内部，并未给作者带来多少好处。参考肖尤丹，2011：86～89。

② 肖尤丹详细梳理了《安妮法》诞生前的具体社会背景，认为《安妮法》之所以会走向将作者纳入主体的方向，主要是各种社会力量激荡的结果：第一，作者和内容的自然联系，将使政府对内容的监管变得更简单，因此政府不会拒绝这种变化；第二，书商内部争斗不休，在"特许权力"和"反垄断"之间拉锯，需要从外部寻找新的正当性依据；第三，18 世纪初民权勃发，争取出版自由的运动，将出版权推向天赋人权的高度，作者的主体意识在过程中萌发。详细论述见肖尤丹，2011：73～150。

books in the authors or purchasers of such copies，during the times therein mentioned），并在获得王室肯定后，于 4 月 10 日正式生效。由于当时处在安妮女王当政时期，后世习惯将之称为《安妮法》。

作为一部旨在对文学商品化的权利进行重新分配的法律制度，《安妮法》虽然第一次将权利保护范围从书商公会扩展到作者群体，但并未对作者与文学之间的财产权关系做过多讨论。它只是认定：原稿第一次转让之后，书商和作者同时享有对作品的财产权，且年限限定为 21 年和 14 年。那么，这种财产权的基础是什么？21 年和 14 年之后，书商和作者是否还能延展其权利，还是说必须向政府重新申请得到权利？也就是说，书商和作者的权利究竟是一种"民事权利"还是一项"政府赋予的特权"？《安妮法》并未直接承认从作品出版中获得利益的权利来自作者的创造活动（肖尤丹，2011：158～172），作者（author）在此阶段还只是一个职业身份，并未获得"作者"（authorship）相对于作品的神圣地位。直到 40 年后，现代意义上基于写作行为而对内容拥有排它财产权的"作者"的完整形象，才通过一系列围绕着文学财产权的法律诉讼，最终被"发明"出来（谢尔曼、本特利，2012：2）。

二 财产权属性：发明"作者"

（一）历史过程

1729 年，安德森·米勒花 242 英镑购买了对汤普森作品《四季》的权利。1763 年，来自贝里克郡的书商罗伯特·泰勒出版了该作品。1767 年，米勒起诉要求获得法律救济。按照《安妮法》的规定，《四季》的权利至少在 1757 年就已经过期了，但米勒主张，作者享有对作品的自然权利，基于这种自然权利的普通法上的版权是没有期限的。也就是说，作者通过辛苦的创作而将他们的想法和文字融为一体，那么普通法理所当然应授予作者对于其作品的永久绝对权利。因此，作者将其完成的作品原稿出卖给书商后，他所出卖的不仅是一份客观实在的有形书稿，还将附于书稿之上的印刷出版书稿内容的永久独占权利一并转让给了既受的书商（肖尤丹，2011：180~183）。

米勒的主张迫使法庭辩论走向哲学层面。为了讨论作者对作品的财产权利是否超越制定法的范畴，换句话说，是否不依赖于议会意志的自然权利，四位法官不得不动用自然法理论，从形而上的角度思考作者与思想之间的关联，并在此基础上尝试解决以下法律问题：作者或其受让人在其文学作品发表后，是否在普通法上仍然保留着一个永久性的财产权，《安妮法》的本质特征及其对该普通法权利的影响（谢尔曼、本特利，2012：12~13）。最后法官们以3∶1做出支持普通法文学财产的判决，四位法官针对此案的具体意见则对后来法庭内外讨论"文学财产权"问题的方向造成了深刻的影响。

审理中出现了三种观点：公正说、激励机制说和自然权利说。

首席法官曼斯菲尔德认为，作者权利的来源是固有的，在作品发表前后一样享有，因为这项权利建立在公正的基础之上："作者付出了才智和劳动而取得金钱利益是正当的。禁止他人未经作者许可使用其姓名也是正当的。"威尔斯法官从工具论的角度论证自己的观点，他将财产与创作激励机制联系起来，首先对不劳而获不符合公正的观点表示赞同，然后提出："对于任何国家而言，鼓励创作、鼓励学者努力从事研究活动都是明智之举。为达此目的，最简单最平等的方法莫过于保障他们对其作品所拥有的财产权。"阿斯顿法官和唯一否定普通法权利的耶茨法官都引用了自然权利理论（来自格劳修斯、普芬道夫和洛克的著作），但他们二人却从中得出了相反的结论：阿斯顿法官认为作者对抽象物如思想拥有财产权，该权利的存在以作者对其脑力劳动的成果享有自然权利为根据，而耶茨则认为自然权利不能附着于抽象物，作品一经发表，作者的财产权即告消灭（德霍斯，2008：36~38）。

以上三种论证思路的一致性在于，它们第一次将出版商间的诉讼从关于复制权保护期限长度的技术性讨论，转移到更具一般性的关于文学财产本体特征和根据的讨论。这导致著作权讨论关注点在《安妮法》之后发生了关键性的变化。

首先，围绕印刷出版权和复制权的利益争夺与权衡退出法律讨论，个人（作者）成为焦点，法律讨论和判断开始围绕个人及其权利被组织起来。无论是否接受普通法上的文学财产权，"作者"本身作为版权所有者的主体地位得到全面的确认。与《安妮法》中确立的作者－原稿所有人二元复合主体相比较，在案件审理过程当中，四位法官都围绕着作者及其劳动是否构成文学财产所有权来源这一问题进行讨论，劳动被放置在讨论的中心，"原稿"这一物质载体，无论在公正说、激励说，还是自然权利说当中，都再无地位。

其次，既然作者取代作者－原稿所有人成为单一主体，那么以下问题便成为关键：作为无体物的智力劳动是否能够成为财产的种类。耶茨法官的否定性表述最为简明：虽然一份物质载体的手稿可以被当作一种财产形式，但在"手稿之外，把这种主张扩展到思想本身则是非常困难的，或者说是非常疯狂的"（转引自德霍斯，2008：37）。其他三位法官正是在这个层面上持有不同意见。也就是说，智力劳动作为版权客体的本质特性与地位取代版权主体的论争，成为这场文学财产权讨论的核心问题。

最后，针对智力劳动能否成为财产的问题，法庭采取了本体论式的态度，将主要精力集中在文学财产权的根据上。值得注意的是，尽管观点不同，四位法官都在意见中或多或少地引用了自然法理论。曼斯菲尔德认为自然法指向"财产权利的正当性观念"，威尔斯法官认为"鼓励创作"是符合自然正义的，而阿斯顿和耶茨法官则大量运用从格劳修斯、普芬道夫到洛克的著作，这表明一个超出个人与行业具体范畴之外的公共范畴已然形成，且成为法官们判断"思想是否构成财产种类"的主要考虑内容。如果说《安妮法》中对作者主体资格的认可和对公共利益的提及，只是平衡各方利益主体的一种手段，那么在"米勒诉泰勒"案中，我们可以发现，个人 vs. 社会的二元格局，至少在法官所代表的精英阶层意识中，已然成型。

5 年后，"米勒诉泰勒"案被王座法院的上级审判机关议会上院在"唐纳森诉贝克特"案（Donald vs. Beckett）时推翻。1769 年，米勒的遗产继承人把继承所得的《四季》诗集普通法著作权拍卖转让给托马斯·贝克特和他的 14 个合伙人。苏格兰书商亚历山大·唐纳森在未经授权的情况下，不顾王座法院的判决而印刷出版了数千册的《四季》诗集。贝克特起诉到衡平法院，由于米勒案中已经确立的永久性普通法，法官直接就此颁布了"禁制令"。唐纳森不服，上诉至英国议会上院。法官和议院在讨论中都明确或潜在地承认了米勒案中所确立的作者作为文学财产权主体的意见，也继承了以公共利益的功利主义考虑来平衡私人财产权的讨论方式。但最终结果是，上议院以 22 票对 11 票支持唐纳森，反对普通法上的永久性复制权①（肖尤丹，2011：183～190）。

---

① 结果虽然重要，但过程中的细节也可以帮助我们理解在讨论的过程中，哪些观念得到了确认，哪些则被漠视。其中特别值得注意的细节是，在征询法律意见之前，上议院为了帮助理清唐纳森一案中诸多基础性概念，特别由上议院议长"御前大臣"阿普斯利（Lord Chancellor Apsley）提出了三个问题，随后上议院成员卡姆登勋爵（Lord Camden）又补充了两个问题。这五个问题如下：

A. 在普通法上，书籍或文学作品的作者是否享有首次印刷、出版、销售该书的专有权利，并且由此禁止其他任何人未经其同意而印刷、出版、销售该书籍或作品？

B. 如果作者自始享有上述的权利，那么在作者自行印刷、出版其书籍或作品之后法律是否撤回了这一权利，嗣后其他任何人为谋求自身利益而从事的重印和销售该书籍或作品时，是否仍违背作者的意愿？（转下页注）

谢尔曼和本特利认为，这一反对就此确定了文学财产权的制定法特

（接上页注）C. 如果普通法中确实存在上述权利，那么《安妮法》的制定是否撤回了这些权利，即根据该法令作者是否就此放弃以《安妮法》为基础的其他救济行事，并且受到该法令中关于权利期限和行使前提的限制？

D. 任何文学作品的作者及其受让人是否在普通法上享有永久性的印刷、出版该书籍或作品的专有权利？

E. 这种权利是否因《安妮法》而丧失或者受其限制、撤回？

虽然从内容上看这五个问题的核心实质是相同的，即是否存在普通法上的著作权。但根据 Patterson 的分析性研究，这五个问题显露了阿普斯利和卡姆登完全不同的取向（Patterson，1968：176）。阿普斯利的问题是针对作者权利的，而卡姆登勋爵所补充的则是针对书商权利的。从问题内容上看，卡姆登似乎对于打着单纯作者权利旗号而赢得承认普通法权利的动机心怀警惕，专门提出对于继受作者权利的受让人地位和权利的永久性属性进行讨论。提问的方式决定了回应的走向。12 位首席法官被要求针对这五个问题给出观点，投票结果说明，帕特森的分类是极具洞察力的。针对 A，即作者是否享有普通法权利，大多数法官都表示肯定（10：1）；针对 B 和 C，即该权利在作品出版后是否仍然存在，较弱的多数派表示肯定（7：4）；而针对 D 和 E，即《安妮法》是否排除了作者得以普通法权利为依据，则形成了对等的两派。也就是说，当问题只涉及作者权利时，法官们大抵已经接受了作者的主体身份和文学财产权的成立，但当以上在米勒案中确立的原则被置入印刷出版业的现实情境中，法官们的态度则开始出现更多保留。相对米勒案中单纯的本体论判断，此时的法官不得不感受到卡姆登勋爵的焦虑：如果作者永久财产权成立，就此授予伦敦书商以永久垄断权，将对图书交易造成怎样的影响。

卡姆登在上议院决议时重申了他的问题，并发出警告："所有我们的知识都将掌握在汤森和宁特斯这样的人手里"，这些将作者推到幕前作为掩护的书商"太上皇们"，将会把书籍的价格定到它们所希望获得足够利润的昂贵，直到所有的民众都成为他们的"书奴"，就像他们所拥有的负责装订的努力一样。对于卡姆登来说，普通法著作权的观点是"那么的古怪而自私自利，应当受到更多的批驳否则将会变得难以容忍"，"知识和科学不应当受到这些可憎的蛛网环节的束缚"。

以上史实部分参考了肖尤丹，2011：183～188。

征，米勒案中呈现出的向实质性问题开放的讨论模式，即经由法官的知识和权威，将"公正"、"历史"和"自然权利"纳入个案审查，使得权利本质始终保持开放的法律发展模式，就此隐没。作者权利从此只能来自制定法，其主体地位、权利性质与内容，皆由制定法规定（谢尔曼、本特利，2012：45～49）。持续了30多年的书商之争暂时结束，自《安妮法》开端的著作权法历史上一段最重要的时期终结："现代英美著作权法的所有根本要素都已经到位了。当然，最重要的是作为创作者和作为财产最终来源的作者概念。"（Rose，1993：132）

（二）发明之一：创造者与所有权人

回顾这段历史，我们会同意马克·罗斯的判断：创作者（author）与所有权人（owner）分别主导了现代以来文学观念与法律观念的这两个"作者"形象，其实是同时出现的，"它们是一对孪生子"（Rose，1993）。

如前所述，文学市场的扩大，印刷出版业的持续发展，17～18世纪日益市场化的社会背景，导致书商急于从传统的行业管制中解脱，并得到制度保障。在这种历史情境下，作者被书商推上著作权主体的位置。为了论证作者应当享有所有权，必须在个人与作品之间建立关联，只有当作品被看成创作者本人的完全反映（embodiment），是个人性（personality）的一部分时，才能够经由当时流行的权利和财产理论①，建立这个

---

① 出版自由观念和洛克的劳动－财产观念被认为构成了现代著作权制度的重要思想资源。事实上，这两种思想风潮是紧密联系在一起的，统一于"将民权从王权中解放出来"这一共同目标，深刻地支配了当时人们的社会行动。有关著述汗牛充栋，牵涉更复杂地理解现代社会生产的根本问题，本书无法深入涉及。这里要强调的是，对于这一时期的写作者而言，我们大概很难判断出，他们对于出版自由的呼吁和对洛克劳动－财产观念的接受，以及对于自身利益的发现与追求，究竟何为里子，何为面子，但对本书来说，这大抵不重要。重要的是对于理念的（转下页注）

关联。也就是说，只有当 author 成立，owner 才成为可能；只有当财产最终来源转向作品的 owner，author 才成为法律上有意义的主体。米勒案对《安妮法》的修正，确立了前者，而经过唐纳森案，后者才可能最终发展成 authorship。

在此过程中，一方面，写作者被塑造成极端个人化的创造者，仅仅消耗自己的智力劳动和思想，就能够创造"抽象物"；另一方面，写作者构成了日益商品化的文学生产链条的内容来源，整个出版业依赖他们享有所有权的转让，行业内的争斗、具体出版商的生死都将取决于写作者的劳动和意愿。也就是说，在作者这个二元化身份被发明出来的最初，在著作权制度的视野里，写作者就已经从精神到身体都深深地卷入商业化机制之中了。

（接上页注）接受和对于利益的追求，是如何在具体的历史情境下结合在一起，转化为统一方向的推动力。

出版自由属于争取民权运动的一部分，写作不再被认为是类似于工匠般的受雇行为，自由表达自己的思想成为写作者的天赋人权，与此相关，印刷和图书传播也不仅是单纯的技术进步和产业发展，而是被视为人类的基本权利。弥尔顿的朋友总结说，印刷技术将知识传播得如此广泛，连普通民众都知道他们的权利和自由将不再受到控制和压制（肖尤丹，2011）。

同时，洛克的劳动－财产论向人们展示了如何利用自然权利理论来论证财产权的合理性。简而言之，人运用自己内在能去改造上帝赐予人的材料，从而获得自己的财产，实现自我保存的目的，是人拥有的神圣不可侵犯的自然权利（洛克，1982）。虽然洛克实际上并未直接涉及无体财产权的讨论，但通过对劳动这一抽象范畴的强调，这一理论使得人们对财产权的讨论摆脱了有体物的限制，而转移到人与劳动的关系上。而在此之前，写作者很难绕开"手稿"这一具体载体来谈论自己与作品之间的关系，除非取得个人特权，否则一旦手稿交付给出版商，或者公开传播，他们就再也找不到依据来合理化自己要求继续报酬的愿望以及自行印刷作品的行为。

（三）发明之二：创造性与公共利益

相应地，创造性从此成为著作权成立不可或缺的一部分。或者这样
说更合适：身为著作权成立要件的创造性，其实是著作权的造物，而它
的"孪生兄弟"则是公共利益。

米勒案中，阿斯顿法官和耶茨法官虽然得出了相反的结论，但在叙
述中都运用了自然法理论来讨论"思想是否构成财产种类"。阿斯顿认
为文学财产从作者创作出作品起就属于作者。他将文学财产与有形财产
相比较，指出有形财产原属共有，然后通过占有行为才为个人所拥有。

> 但文学财产与通过占有取得的财产有本质区别。通过占有取得的
> 财产原本就属于共有，而不属于你，但由于你个人的行为被你所取
> 得。而这种（文学）财产原本就属于作者所有，因此，除非经过他个
> 人的行为且经他本人完全同意明确地将其赋予大家共有，该财产应当
> 仍旧属于他本人所有。（德霍斯，2008：37）

也就是说，阿斯顿认为，文学"财产"与有形财产的区别在于它与
作者之间排他性的唯一关系，它是作者本人的完全反映（embodiment），
是作者个人性（personality）的一部分。因此，在讨论文学财产应当属于
谁的时候，在他的观念里，作者与"大家"（公众）是相分离的两个领域。

耶茨也运用自然法有关财产的一般原则，结论却相反。占有不能成
为文学权利的基础，因为抽象物在"自然"上是不能被占有的：

> 在此所说的财产都是想象中的：它们是一系列没有界限、没有
> 标志、不能被实际占有、不具备财产的任何特征和条件的思想。它
> 们全部都只存在于人脑之中。（德霍斯，2008：38）

根据耶茨的论点，思想是人人都可拥有的，抽象物是人人都可利用的资源，是人人都自然有权接触并利用的共有财产的一部分。

> 除了智力性占有或者理解，不可能有任何其他的取得方式或者受益方式；由于其非物质性而变得既安全，又不会受到侵害；没有任何侵入行为可以触及它们；没有任何侵权行为可以影响它们；没有任何欺诈或者暴力行动使之减少或者受损。但这些都是作者可能抓住和约束自己的幽灵：而这些就是被告受到指控从原告那里掠夺走的。（谢尔曼、本特利，2012：28）

财产权处理的是个人与"人人"之间的关系，它只能建立在实际占有的基础上，"创造性"这种无体标准并不能成为群己之间的界限。因此，法律上的作者－作品关系里并无"创造性"这一维度，因此也就不存在与"作者"相对应的"公众"维度。

由此，我们也就理解了唐纳森案件的处理方式与阿斯顿法官意见的关联。尽管对作者是否在普通法上享有永久权利这一问题的回答迥然不同，但唐纳森案处理意见对于公共利益——鼓励创作和文化发展——的聚焦和关注，事实上恰恰建立在对作者基于智力劳动的独特性而享有所有权这一原则的认可之上。个人之创造性与公共利益，正是在这个意义上，构成了文学财产权的一体两面：创造性/独特性为个人对作品内容的占有背书，在划定私有财产的边界的同时，也制造出与个人利益相对的公共利益，法律对公共利益在一定期限之后的保护，反过来确认了在文学生产这一"公共"领域中特定期限内个人利益的合法性和优先性。

无论是"作者"的发明，还是"公共利益"层面的发现，都与文学生产密切相关。离开文学商品化的大背景，法律意义上的作者概念可能并不会出现，写作者或许还是以写手的身份维持与作品的精神性关系，无须涉及"所有权",也不会被建构成文学财产的来源,没有文学财产个人所有权的出现,公共利益也根本无须从整个社会中分化出来,成为需要被格外关注的独立领域。在这个意义上,这套法律逻辑与话语的每一次实践,都在强化作为财产机制的文学生产本身。

三 人身权属性:发明"作家"与"文学"

(一)作家-天才

历史的另一面是,写作者并非只是书商争取利益的傀儡。18世纪,伴随着图书贸易的兴盛和利益的扩大,写作者群体也开始意识到自身相对于书商的独立地位及价值。《安妮法》诞生前后,这种意识仍停留在争取劳动者对其劳动产品的财产权上①。到了18世纪中期,随着浪漫主义思潮的兴起,开始出现一种更激进的作者观念:作者与一般的劳动者不同,他们在传达思想的时候能够突破旧思维,创造全新的事物。原创性在此时被特别提及,成为讨论作者地位和权利的核心概念。早期类似的描写见于爱德华·杨(Edward Young)发表于1759年的《关于原创的臆测》(*Conjectures on Original Composition*)。杨在劳动产生价值的基础上,将"天才"(genius)概念与"大师-工匠"的传统分类结合在一起,宣称即使是"现代的作品,经由天才的劳动创造,有一天也会成为

---

① 笛福当时担任国务大臣 Robert Harley 的助理,在1709年的一份评论中,他将狡诈的书商和印刷商加入盗贼列表。"侵犯者破坏了作者的劳动,使他们的付出一无所获,作者对于自己作品的印刷权利又有那些奸诈狡猾的书商和印刷商把持,他们以穷人的血汗为食,反过来却肆意破坏他们的劳动成果,并且用低廉而糟糕的印刷品欺骗糊弄买书人,将由作者的辛劳和血汗建立起来的成果和信誉毁于一旦。"在他看来,书商印刷出版他人创作的书籍获利,实际上是掠夺了作者的财产。引自肖尤丹,2011:154。

经典"。这一意见突破了古典主义的基本假设，通过强调天才的个人能力，将艺术的创作放在一个无历史的并置平台上加以评价。他强调，好的文学不是经由学习和模仿，从传统中获取材料加工可以得到的，而是在天才的劳动中自然生产出来的：

> 我们或许可以说原创之作具有植株的秉性：萌起于生机蓬勃的天才之根；自生自长，而非他力造就。摹仿之作则多为技艺手法机械者的劳力之得，所用亦是不属于自己的现成材料……天才与深谙者之差别，犹如魔术师与建筑师之迥异。前者起栋梁以莫测之术，后者则倚仗凡器的巧施。（Saint-Amour，2003：30）

通过对"天才"的强调，杨颠倒了古典与当下写作的等级关系：亦步亦趋的古典式写作仅是付出劳动得到收获的工匠；拥有并保存着杰出天分的天才，才是打破停滞的大师。这鲜明地刻画出作家的新浪漫主义形象：主动叛离正统、连续性和社会约束的写作者。

杨的这种观念虽然当时在英国并无太多呼应，却因为其著作的德语版本对德国浪漫派作家如亨德尔、歌德等人产生了直接或间接的影响（Woodmansee，1984：39）。1815 年，随着浪漫派席卷全欧洲，华兹华斯（William Wordsworth）呼应康德在《判断力批判》中对天才（talent）的张扬，发表了著名的《抒情歌谣集前言》（*Supplementary to the Preface*）一文，标志着英国本土浪漫主义文学观的最终成型（Saint-Amour，2003：30 – 32）。

> 每一个作者，只要是伟大并且原创的，必曾经历开创其所愿意欣赏的品味这一过程。天才的唯一证明，便是为所值得为，行所未曾行。在高雅艺术，唯一信号便是人类感性领域的拓展。天才，就是

向智识世界中注入新的元素：若不容此说，则又或天才就是向事物加以未曾，或是彼时尚无人知晓的效果。（Saint-Amour，2003：32）

华兹华斯认为，天才是革命者——打碎旧有的规矩，创造新的规则，这使得他们要求成为世界的中心：公共秩序要允许自由的创造和革命，给文学以生产的空间。在这样的观念里，原创性不可能只是一个确定财产所有权制度局限的标准，它有独立于市场的内在价值，而天才（作者）相应的也不可能只是一个财产所有权制度的承载者，他是创造性的代言人。

天才观念和对原创性的强调让法律上身为创作者－所有权人复合体的作者概念黯然失色，也许中文更能轻易地表达出"genius-author"的这层新意思：作家。

（二）作家与文学

在浪漫主义认同的鼓舞下，作家们投入了争取作者死后权利保护的社会运动。

按照著作权法确定的新理念，作者的权利来源于劳动所创造的无体财产价值，所有权和作为创作者的人身权利归属一体，同时，制定法基于对个人之外的社会公众利益的权衡，对所有权设置时间限制。《安妮法》之后，虽然期限一再变更，但仍处在这一框架之下，越来越长的保护期限只是因为立法者在个人利益－公共利益的权衡上发生了变化。然而，当所有权被要求扩展到作者个人消亡之后，其权利基础已经无法在"作者"作为human的人身权利层面找到，也就是说，所有权的基础只能且必须附着于超越肉体生命的存在。

换个角度说，所有权将不再只是一种财产权利，而将变成法律对写作者肉体生命延续的认可，表达了法律对于死去作者"价值"的补偿。借用斯坦福·甘（Stanford G. Gann）在格特鲁德·斯泰因（Gertrude Stein）作品遗产受托声明里的说法，这种死后权利的意义"超过了坟墓：伟大作品中的永恒生命"（*Beyond the Grave*：*Continuing life through great works*）[1]，而这一点在浪漫主义作家的观念里其实已经深埋。1819 年，华兹华斯拒绝为诗人罗伯特·伯恩斯（Robert Burns）的纪念碑募款，在给朋友的信件里，他解释说，天才的作家不需要纪念碑，因为它们的作品已经屹立人间。这种持续性可以通过法律的纪念来保障。因此，法律对作者死后权利的保护，在此被理解为对"文学价值"及其实践者"作家"的尊崇，文学的普遍价值被作家认为应当加入法律的保护范围。当时的一位作家写道，"应该这么说，著作权带来的报酬不再仅仅是物质，它是精神性的。献给逝者，它将成为神圣的祭物"（Saint-Amour，2003：32）。

1837 年，身兼作者和议会成员双重身份的塔福德（Thomas Noon Talfourd）开始推动著作权法修正活动，积极主张权利期限扩展到作者终生再加死后 60 年，这直接引发了 1837 ~ 1842 年写作者之间的大论战。1839 年，华兹华斯为此组织请愿活动，支持延长保护期限，在请愿书上签名的包括一连串知名作家：华兹华斯、狄更斯（Dickens）、布朗宁（Robert Browning）、阿诺德（Thomas Arnold）。反对方也同样声势浩大，1838 ~ 1840 年两年间，就曾发生了 500 次以上的反对新著作权法案的请愿活动，并收集到超过 30000 份的请愿签名（Saint-Amour，2003：32）。

伯谢（Chris Vanden Bossche）认为，这场关于保护期限的论战，本质上体现了关于文学价值的生产主义者和消费主义者的对立（Bossche，1994：50 – 51）。知名作家们，作为文学的著名"生产者"，他们强调的是文学创作行为的原创性天才、突破性、对世界不可替代的贡献以及它

---

[1] 关于这篇受托声明所体现的文学与著作权观念之间的关系，参见 Saint-Amour，2010：263 – 264。

"总有一天会成为经典"的社会价值，即"文学"的特殊意义；反对者则对"拓宽不朽经典名单"不感兴趣，他们的重点放在日益增长的阅读群体上，认为法律的规范重点不应当在作者的"天才创造"，而是促进文本传播——自由流通，可接受的价格，以及满足读者的要求，给公众带来愉悦。在反对者看来，延长保护期限不啻建立一种垄断，导致高额书价和读者利益受损。借用反对派代表麦考利（Thomas Babington Macaulay）的说法，版权不过是"政府想要给写作者赏金，为此向读者征的税"。他抨击作家对版权保护期限的渴望，认为编辑、装订工、印刷工、插画师拿工资，作家却要拿版税，这是"作家认为自己木秀于林的自以为是"（Saint-Amour，2003：32）。

对此，浪漫派作家们的反对意见是，读者的欲望不应当成为法律条文考虑的内容，因为一般的读者不过是凭暂时偶然的兴趣来选择作品，以满足其"恰好路过的品味和需求"。真正有原创性的有持久意义的文学，不能够因此受制于读者脾胃的即时满足，而应当有充分的时间来被读者慢慢接受，认识其价值所在。因此，更长的版权保护期限有助于鼓励作者成为作家，"才能产生珍视并回报他们的真正品味"（Saint-Amour，2003：33）。

塔福德的提案在 1837 年之后多次被否决，但作家的声援活动持续不断，直到 1842 年，议会最终通过了折中性的保护条款：保护期限扩展至出版后 42 年或作者死后 7 年。虽然最后法律并未完全满足作家的要求，但将死后权利加入法律本身，已经将"文学价值"和"作家"的这一形象纳入法律的想象世界当中①。

---

① 华兹华斯对此并不满意，短短 7 年无法实现向文学不朽的跨越，为此他将一部分作品留到死后出版，以完整利用 42 年的保护期限，建立法律为诗人建立的无形纪念碑。参见 Sanit-Amour，2003：33。

（三）剽窃：文学界的罪犯

经历了历次文学运动、舆论和立法转变，法律尽管仍沿用"author"来指称写作群体，但此时其内核已经悄然转换。18~19世纪的欧洲，人正在斩断与"神圣"的必然关联，从而重新借由与"神圣"的关系来为自己加冕。在前一个阶段的文学财产权之争中，智力劳动还在争取获得和土地类似的财产地位，而在作家推动的这次法律改革前后，杨和华兹华斯的"天才"观念中，写作者与"精神"的特殊联系已经在谋求使作家具有"神圣性"。作家的智力劳动希望获得超出其他劳动形式的地位，它们和对土地的保护再也不应该被相提并论①。法律修订对作家呼吁的回应，则以延展法律权利期限的方式，认可了对这些天才们创作行动的保护。

在这样的作家形象里，模仿和继承被排除在外。作家的创作行动，不再归属于一个复杂的交流网络，而被建构为——借用卢梭的话——"一个孤独漫步者的遐思"。在一个高贵的领域内（果园），由天才的劳作，而结出从未有过的新的果实，则成为作家工作的写照。

在此基础上，首先"剽窃"（Plagiarism）开始进入著作权法保护的视野。既然原创性作品是孤独天才为世界做出的贡献，那么"无原创性"的作品便丧失了获得权利保护的资格。创作因此被划分为应该得到保护的"原创作品"和不应该得到保护的"剽窃作品"，相应地，写作者也就被分为"天才的作家"和"卑鄙的抄袭者"。如前所述，《安妮法》及后续判例主要调整的是书商之间的利益之争，作者只是用来让法律论证变得更容易的幌子，但在19世纪晚期，作家的写作本身获得了关注。著作权制度探入"创作"本身，直接参与对文学价值和写作者价值

---

① 从之前的例子可以看出，即使是麦考利这样的反对派，也不再攻击作者与作品之间的精神联系，而是转向攻击他们试图利用精神生产来压制其他生产者的倾向。

的判断，而不再仅是对创作产品利益的分配机制。

到了 1899 年，关于"剽窃"的责难已经从法律规定走向了普遍意识。一个反证是，E. F. Benson 在著名的《论剽窃》（*Plagiarism*，1899）一文中，以相当激烈的态度表达了对新权利体系及其个人主义创作模式的愤慨：

> 就艺术角度而言，未琢之钻自可名正言顺地从那些有眼无珠的藏家手中窃走，前提是此窃贼将真心诚意将之精雕细琢，赋之以新泽。此非偷窃，恰言之：此乃分内之事。不论归你归他，钻石的好归宿都该是被窃，唯一必不可缺的前提是——新的藏家须呈之以更胜之等。这些钻石或许已罹瓦砾之屈，苟存于粗蛮之厕。艺术家的工作则是将其从彼处窃出，制成适合女王的头面。（转引自 Saint-Amour，2003：23）

但经由这段表述，我们反而更清楚地看到著作权对"天才作家"的主体假设在人们观念中的牢固位置：那些不应当被保护的原创性作品，只是因为还不够天才，没有让钻石得到应有的闪光，原本的所有者因此不配成为可被法律认可的作家，它们只是材料的拥有者，窃取法律的力量，将原本应当在文学史上留名的伟大想法禁锢在无关紧要之地（toilet）。作为真正的天才，有责任去"偷"／"解救"这些蒙尘的宝石，献于文学殿堂之上。法律的假设并未被挑战，Benson 所不满意的，只是法律的这一逻辑还未彻底贯彻。

"作家"和"文学界"在制度层面的诞生，直接决定了怎样的文学生产模式可以进入法律的视野。正如本章开头所描述的，现代意义上的文学生产是印刷资本主义发展的结果，而读者群体的扩展构成了最关键的前提。18 世纪初，欧洲中产阶级的扩张①导致了读者群扩大到史无前例的规模②，职业作家——以写作为唯一职业的群体——第一次成为可能。通过预售的方式，蒲柏翻译的《伊利亚特》和《奥德赛》给他带来约 9000 镑的收入，以至于他可以在伦敦近郊过上舒适的生活。这样的作者人数并不多，但这是人类历史上写作者第一次有可能摆脱与庇护人的人身关系。蒲柏说，"多亏了荷马，我平生以来/生活再不必仰仗王公贵族"（科塞，2004：45）。

取代王公贵族出现在写作者对面的是以匿名面目出现的读者"群"。但也正因为读者前所未有的市场影响力，写作者开始了新的焦虑。出版商为了获利，必须拓展市场，寻找更多商业机会。在这个过程中，面对销量和兴趣，作家开始面对一个难解的问题："为谁写作？"一个常见的困惑是：读者的品味缺乏可靠的标准，那么由谁来判定写作的优劣。约翰逊说，"通过写作追求名声的人，热衷于讨好大众变化无常的乐趣，或是埋头于商业事务，无暇享受理性的欢愉；他迎合为情绪所左右或为偏见所败坏的鉴赏者"。在这种复杂的情绪里，"一个著作界终于诞生了"（科塞，2004：49~51）。这种新职业面临着贵族庇护时代没有的尊严和自主，也面临着没有过的困难，因而激发了从业者强烈的自豪感。

在这种背景下，将自身与超越性、精神性的浪漫主义创作观联系在一起的作家们，奋力影响法律，试图让自己的精神性特殊地位被制度固

---

① 科塞认为，这包括中产阶级人数及其特殊重要性的增长、中产阶级受教育水平的提高、中产阶级妇女变化了的社会角色，三者相互关联促成了一个新市场的形成。见科塞，2004：40。

② 1704 年，每周买报纸的人不足 1%，而在后来的 50 年里提高了三倍，印刷所数量不断增加，书籍销量也在不断扩大。复辟时期伦敦有 50 家印刷所，1724 年为 75 家，1757 年为 150~200 家。*Pamela* 一年之内就销售了 5 版，*Joseph Andrews* 13 个月内销出了 6500 册，18 世纪中叶之后，潘恩的《论人权》，在几周内售出了 5 万册以上。综合引自科塞，2004：41。

定下来，成为产业无可争辩的核心。如前所述，在这个阶段，作家们又一次赢得了法律的认可：只有天才作家原创性的精神性生产，才是"文学"生产本身。

至此，我们所熟悉的浪漫主义作家、文学及其生产形象出现在历史舞台上，将古老的写作者群体分成两个泾渭分明的世界：一边是闪耀的人类群星，一边是污浊的剽窃者。

四　全球文化工业

尽管今天的具体法律规定已经发生了很多变化，但在英国版权历史中产生和发展起来的基本原则仍然在发挥作用：主体、客体、保护对象、对作者－作品关系的理解、对公共利益的保护、对文学价值和对作家的带有美学和道德意味的评价。只是，我们所面对的已经不是英国法及其后确立起来的各个不同版本的国内法，而是一个建立在民族国家和国际条约基础上的国际著作权法体系，以及它的想象、它基于想象而对全球文学生产施加的塑造力。一系列复杂的军事、政治、经济变化造就了这种跨越时间空间在意义上的重叠。在本文的问题与背景下，作为当代国际文化贸易最重要框架性文件的 TRIPS，也许能帮助我们最清晰地理解这个法律过程究竟带来了怎样的全球性文学制度①，是否如前文所分析的那样，浪

---

① 和文学有关的国际性版权公约主要指 1886 年在瑞士伯尔尼缔结的《保护文学艺术作品伯尔尼公约》（简称《伯尔尼公约》），1952 年缔结、1971 年修订的《世界版权公约》，以及 WTO 的附件 1C《与贸易有关的知识产权协议》（简称 TRIPS）。《伯尔尼公约》和《世界版权公约》性质接近，但由于《伯尔尼公约》保护水平较高且可做适当保留，大多数国家都优先加入《伯尔尼公约》，且根据世界知识产权组织的规定，在不发生冲突时，两个公约均可适用，一旦发生冲突，则《伯尔尼公约》优先适用。

漫主义的文学设定已经在法律世界里彻底驱逐了作为贸易要素的文学？

（一）著作权的全球化

二战后，为推动国际贸易"自由化"，在美英等19个国家的倡议下，关税及贸易总协定于1947年10月30日在日内瓦签订，1948年1月1日开始临时适用，旨在通过削减关税和其他贸易壁垒，削除国际贸易中的差别待遇，促进国际贸易自由化，以充分利用世界资源，扩大商品的生产与流通。1994年4月15日，关贸总协定乌拉圭回合部长会议决定在1995年正式成立更具全球性的世界贸易组织。TRIPS（《与贸易有关的知识产权协议》），作为关贸总协定乌拉圭回合谈判的21个最后文件之一，和WTO同时在1995年1月1日生效，要求成员国政府为了使国际贸易不致遭到"扭曲和阻碍"，知识产权保护措施不致成为"合法贸易的障碍"，必须制定知识产权保护的"新的规则和纪律"。

该协议涵盖了所有的知识产权类型，吸收了《伯尔尼公约》中关于版权的规范，采纳了《世界版权公约》关于保护水平的最低标准，并且扩充了保护范围和保护期限。所有国家都被要求建立充分有效的国内外执行机制。协议使得WTO争端解决机制可以处理因TRIPS引发的争议，并对拒绝遵守WTO争端解决机构裁决的国家实施交叉报复提供了可能。侵犯知识产权的行为可以导致对货物实施制裁。WTO被授权对执行情况进行监督，从而保证被告在合理时间内履行其义务。如果被告拒绝服从，在必要时，WTO将授权原告实施报复性贸易制裁[①]。

---

① 百度百科"TRIPS"词条提供了TRIPS的基本背景信息，保罗·戈斯汀（Paul Gold-stein）的《著作权之道：从古登堡到数字点播机》侧重于分析TRIPS与著作权的关系，彼得·达沃豪斯（Peter Drahos）的《信息封建主义：知识经济谁主浮沉》则通过大量的访谈，分析了TRIPS制定背后的国际知识经济政治秩序。参见戈斯汀，2008；达沃豪斯，2005。

结合前文所分析的版权保护体系，我们可以在三个张力之下理解 TRIPS 对全球文化生产模式构成的影响。

第一，文学与贸易。

尽管作为原型的英国版权法也是一部商业利益斗争史，政府和书商之间、书商和书商之间、书商和作者之间的利益分化和博弈推动了版权法原则和基本框架的建立，但历经《安妮法》和相关判例，以及 19 世纪的浪漫主义风潮侵袭，著作权法已经被建构成为以天才作家为保护主体，以作家利益和包括文学发展在内的公共利益为调整对象的法律。在它的视野内，文学及其创造者占据了法律设定的核心位置，为此，图书贸易产业和读者，都逐渐被从这个作者权利体系中驱逐，成为看不见的影子，无法进入法律话语系统。

TRIPS 在效果上延续了以上思路，在空间上极大地扩展了所有人的权利，但也重新将"贸易"带回版权法的视野之内。尽管以民族国家为基本单位，但贸易的主体永远是企业，按照 WTO 的相关规定，申请入世的基本前提之一是遵守 TRIPS 的所有条款，并按照 TRIPS 的基本规定来修改国内法，使之相符合。这也就是说，企业经由国际贸易相关规定的强制性，又被纳入国内版权法的调整体系内，并成为首要考虑因素。

《安妮法》所设置的作者-书商双重主体架构，因此在国际贸易新秩序当中再一次成为潜在的现实，曾经被作者挤出权利体系的产业主角，在全球文化产业的背景下，重回制度的中心。只是这一次，它不再是试图维护印刷专利的个体书商，而是跨国文化企业。

第二，私权与公法。

当贸易重新回到版权法的视野，跨国公司重新成为法律世界内的主角时，这一私权主体像当年的伦敦书商一样，试图通过体系和制度的力量，保护他们的垄断利益。苏珊·塞尔（2008）通过研究 TRIPS 建立之前的政治活动和各方争论，揭示出这样一个事实：TRIPS 并非国家力量主导的国际协议，而是 12 个有影响力的跨国公司的首席执行官游说的结果。彼得·达沃豪斯在 1994 年采访美国高级贸易谈判代表时，听到了来自局内人的类似意见："决定 TRIPS 命运的可能也就不超过 50 个人。"来自不同行业的私人部门代表，从最初的孤军作战发展到相互合作，同时寻求欧洲、日本相关行业的支持，充分运用跨国公司的私人影响力，利用体制和制度的力量，完成了将私人权利上升为公法，最后通过国际法来保护和影响市场的目的：私人部门联合起来，通过行业协会等中介向政府游说并表达自己的利益诉求，要求国家在制定对外政策时充分考虑这些私人部门的利益；在特定情况下，这些私人部门甚至可以绕过行业协会等中介，通过向政府部门的直接渗透来表达利益诉求，如为政府决策提供原始资料和信息；私人部门实行跨国联合，调动一切资源，分别游说各自的政府及国际组织，完成将私人诉求上升为国际法的过程（达沃豪斯，2005）。

这一次，他们将自身利益与国家利益绑在一起，通过将个人诉求上升到国家利益、公共利益，从而将个人诉求变成国家政策，进而通过 TRIPS，争取到与"作者"平行的版权主体地位。具体到文学层面，可以看到的变化是，"文学"重新回到"私人财产"和"人类财富"的两极之间，前者占据了国际经济组织的法律想象，而后者依然体现在国内法的一整套设定当中。

第三，发达国家与发展中国家。

在 TRIPS 反对者看来，接受这一协议等同于放弃重要的产权法主权，它决定着文化、信息和技术的所有权归属，是影响公民基本权利的核心领域。民族国家将这一主权让渡给一个超国家的国际经济组织，无视其基本原则来自少数跨国公司的利益诉求，由此在发达国家和发展中国家之间造成的不同影响，在达沃豪斯看来，正体现了前者对后者的不公平贸易。"TRIPS 是我们（发展中国家）为农业做出让步的交易"，他在采访中得到的典型回答，充分说明了这是一场借由贸易不平等地位而发起的知识生产领域的压榨：少数美国公司是知识游戏的主角，攫取了确定美国贸易议程的方法，与欧洲和日本的跨国公司合作，起草了知识产权原则，成为 TRIPS 的蓝图，并通过贸易强权和贸易战的威胁来压制发展中国家的反抗（达沃豪斯，2005：11）。

文学领域也适用以上逻辑，但除了实际的"知识"输出之外，更值得我们注意的是，TRIPS 同样建立在以英国 19 世纪中期形成的一整套逻辑和语法为蓝本的法律框架之上，虽然它事实上将贸易主体带回法律世界，但作者作为权利主体的保护方式，保护期限的设置所体现的对"作家"神圣性的假设和尊重，以及以作者为核心建构起来的产业联合方式，仍然完整地保留在 TRIPS 的协议当中。整个欧洲现代法律系统之外的国家，如果要加入这个几乎已经控制了全球经济的联合体，加入这个游戏，就必须接受深深嵌入在西方历史和文化背景中的法律体系，以及体系所设定和认可的那个特定的文学生产模式。

TRIPS 借由其所依托的强势经济组织，几乎彻底改变了《伯尔尼公约》所建立的基于法律保护而形成的跨国"文学界"，取而代之的是跨国"文学产业界"，贸易重新成为法律视野内文学的主题，公司的利益成为法律必须关心的保护对象，西方法律史中逐渐形成的文学生产模式，以利益为载体，带有强制性地扩展到全世界范围，包括数千年来只以"文人"为主要知识生产主体的中国。

至此，目前受到最多抨击、激发最多反思的全球著作权模式终于确立起来。作者权利、天才、作者的道德义务、文学及其价值、公共利益构成模式的内在维度，世界文学/本土文学、全球化、产业发展构成模式的外在维度，这两个维度在全球文化生产与贸易的背景下相互依存，构成了一个以作者为主导、囊括跨国出版业和世界文学发展在内的全球文化工业模式。

（二）世界文学和全球文化工业

回到本书的问题脉络，以上模式的最大影响在于，它通过法律制度及其内在价值观念在全球范围内的扩散，最终通过某种特殊"文学"观的全球化和民族国家化，成为支配我们——21世纪中国人——想象的制度文化。

阿帕杜莱（Arjun Appadurai）区分了个人想象和集体想象，认为后者是一种集体特质，而不仅仅是一部分有天赋的个体所具备的能力。"大众媒体借助集体性的阅读、批判和娱乐等条件，使情感共同体成为可能，这一群体能够共同想象和感受事物。"（2012：11）我认为他是对的，但集体想象的来源不仅仅在于文学和阅读。事实上，"文学"和"阅读"里所蕴含的作者－作品－读者关系本身，便是集体想象的一种，而它的来源之一，且在目前的情境下，特别重要的来源之一，是TRIPS协议下各国的文学著作权制度及在日常生活中反复发生的法律实践（诉讼、审理、社会舆论、当事人声明）。

在全球文化工业模式的视野下，我们可以这样理解关于文学生产与消费的集体想象。

第一，"文学"的去历史化。更确切地说，应当是现代文学观念的去历史化。本章开头引用的不同国家和地区的研究都在表明，在人类的大多数历史时段，在大多数文化中，写作者及其作品的评价并不以原创性和排他性为前提。"作者专有权利"和"明确禁止非版权所有者对原作进行任何形式的修改变动"，这些被TRIPS当作天经地义的原则，在中国传统创作理论中，甚至是不可思议之事。石涛在《画语录》中说：

> 夫茫茫大盖之中，只得一法，得此一法，则无往而非法，而必拘拘然明知曰我法，又何法耶。（石涛，2007）

古人眼里"拘拘然"装糊涂的矫情之事，伴随着法律的变化和对日常观念的影响，即使在中国，也开始成为普通人对"文学"本质的理解之一。郭敬明案件的终审法官、今天费时费力抓抄袭犯肃清网文界的读者，在文学创造的意义层面，显然持有的是与英国 19 世纪诗人一般的浪漫观念；评论者因郭抄袭而对其发出的种种道德恶评与鄙夷，可能已和300 年前的石涛无共同语言，这中间的种种曲折的理解、想象和伦理观念，只有放在这一章的现代西方背景下，才能够完全被理解；脑残粉关于"写得更好抄了又怎样"的言论，仿佛再现了 1899 年 Benson 对剽窃者的经典辩护，却已经被后来的世界发展遗忘，成为史料。所有人其实都已经活在著作权之后的时代，无论是主动还是被动。

这当然不仅仅发生在中国。荷马史诗的作者是谁？莎士比亚有没有拿到版税？没有版税的时代，作家为什么要写作？当这些问题成为困扰现代文学社会学研究者的难题时，当"口头文学"、"集体创作"这些存在内部张力的概念被发明出来的时候，华兹华斯和康德心目中的天才形象和天才创造文学的执念，已经被从具体的历史和文化背景中抽离出来，成为支配全球生产和消费的集体想象。

第二，"文学"的全球化和本土化。一方面，单数的"文学"在世界范围内确立，超越文化差别的单一作者形象和单一生产模式成为集体想象；另一方面，与此相对应的，是对作为世界文学系统内"本土文学"的重视。安德森（2005）有力地指出，印刷资本主义作为一种重要途径，使从未谋面的人得以想象自己是印尼人、印度人或马来西亚人。"想象的共同体"诞生之后，维持其存在在很大程度上继续依赖于文学与阅读。"本土文学"暗藏着对全球普适性认同机制的拒绝，以及对本土文化认同的执着。TRIPS 承载着另一种对文学的集体想象：和贸易紧密联系在一起的意识形态系统，借由跨国文学版权交易，伴随着印刷资本主义商业逻辑，流向输入国，背后是发达国家文化霸权对输入国文化认同和文明的侵害。

综合以上，第三，"普世价值＋中心边缘"的全球文化等级制度成为今天"文学"的基本设定。只有一种文学——由天才作家创作出来、以"原创性"为价值标准的"文学"。在这个意义上，"本土文学"仍然是标准的"文学"，事实上，本土作家反而被寄予了更多关于天才的想象，因为"本土"的定位已经假设他们要承担完成本民族文化认同的使命；只有一种文学生产——作家孤独地追求灵感，面对自己和某个精神性的世界，独立地生产，排他性地生产，出版商承担文学贸易功能，将精神性的产品以物质/类物质载体的形式传播出去；最后，这个单一性的文学生产世界有中心和边缘之分。不同地区被统合到单一的文学生产世界之后，文化差别则被转化为文学与"本土"文学的问题。当人们期盼本土文学可以抵制住来自"霸权"文学的侵袭时，他们已经接受了身处边缘位置的现实。在这个意义上，"与世界接轨"和"本土化"其实指向的是同一个结果：中国需要书写本土经验的作家，他/她有能力将这个世界里独特的生存体验创造性地表达出来，但他/她的市场影响力也同样重要，经由文化输出和贸易体系进入世界，能够从精神和观念的角度让中国加入外部的中心世界和全球化体系。产生于异时空的制度精神在这个想象中被不断确认，注入今天我们的社会生活和想象体系，成为几乎不被反思和怀疑的结构性背景。

写手变成作者，作者变成作家，作家在全球化的角度重新被理解为文化贸易的金矿，却在本土化角度继续被想象为承载并表达"本土文化经验"的天才性人物。商业和精神的二元张力，从18世纪到今天，或隐或现地萦绕在著作权制度体系的发展历史中，为了解决这一张力，著作权制度逐渐塑造出一系列关于作者、作品和文学生产的想象，它们在制度的时空里前后相因，跨越时间和空间，共同塑造了法律和法律化的人们眼中的"文学界"。

那么，在文学自己的时空里，又是怎样一个故事呢？

第三章
新阅读：文学的焦虑与突破

一 写手的存在

研究者已经注意到著作权价值理性与浪漫主义文学观之间的相互促进、吸收和影响（Kaplan，1967；Woodmansee，1984；Rose，1993；Sanit-Amour，2003），尽管还无法确凿地说明二者相互建构的具体社会机制，但学术界已经普遍接受：经由浪漫派作家的制度努力和著作权制度对文学风潮的回应，二者曾在19世纪中期以后亲密呼应，共享对"作者"和"文学"浪漫的个人主义假设（Saint-Amour，2010）。

这是上一章法律世界里发生的故事。回到法律之外的社会生活，我们却不难发现，始终存在另一种不符合想象的文学生产现实：有一类写作者，如果严格按照制度的想象，他们只配被称为写手。不具备浪漫主义文学－法律观念所描述的那种天才，没有"作家"这个身份所包含的创造性、激情与天分，他们甚至没有资格变成凭借智力劳动、不依赖任何人而独立获得文学财产权的"作者"。这种倒向消费主义的写作者，就像麦考利所描述的那样，就是出版商麾下的写作工人，与装订工无异，为从出版商那里获得报酬而写作，没有超越性的精神追求，只是满足读者短暂欲望的幻想制造机。

这类写手和这类写作，同样诞生在18世纪图书贸易大发展的时代。事实上，当文人第一次摆脱庇护人的控制，成为独立群体的时候，就同时诞生了两种写作、两种写作者。蒲柏以预定方式出版他的译作和诗歌，住在伦敦郊区的乡间大宅，写手们却只是用笔做苦力的人，挤在格拉布街（Grub Street）上①。詹姆士·拉夫（James Ralph）在 1758 年出版的《以写作为业》（*The Case of Authors by Profession or Trade*）中这样写道："阁楼上的作家与矿井里的苦力没什么两样"（转引自汉密尔顿，2008：37）。罗杰·诺思（Roger North）对蒲柏时期的格拉布街这样描写："一想到书商利用出版社干下的扒手勾当就令人恶心。他们绞尽脑汁寻找可以出售的题材，把雇来的人关在顶楼上赏以粗茶淡饭，让他们进行写作。他们把一张八开纸就能容纳的内容，扩充到足够的篇幅，于是出现了一本卖价 6 先令的书，它在一个半小时内便可读完，而且此后大概再无人问津。"（转引自科塞，2004：46）

浪漫的"文学殿堂"和卑微的"格拉布街"构成了现实存在的两种不同写作模式。一些人成功地进入花园耕耘，一些人甘心做"大众消遣的饮食供应商"（科塞，2004：56），而 18 世纪的大多数写作者则在二者之间寻找平衡点，在"对金钱的渴望"和对"作品的完美性和名声的持久性"之间抉择。他们中有些人成功找到了自己的位置，有些人则在压力和不安中彷徨无着②。

———————

① 罗伯特·达恩顿考察了法国大革命前巴黎的"格拉布街"和街上的"地下文学"。法国的情景与英国类似："巴黎充斥着小职员、会计、律师、兵士等青年男子，哪怕稍有才具，就去当作者。他们死于饥饿，甚至乞讨，炮制小册子。"（达恩顿，2012：17~18）

② 科塞考察了司各特、萨克雷、狄更斯和艾略特的困惑和选择，相当传神地刻画出写作者所面对的可能性：走向出版、透支写作、迎合大众以及坚持自我。有趣的是，如果对比中国当下的大众文学出版，我们会发现，现实似乎仍然只能提供这四种选择。关于科塞的分析，见科塞，2004：57~74。

本章要讨论的，正是 19 世纪末著作权法和浪漫主义文学合流之后，文学本身所面临的新的压力和不安。科塞认为，这种不安来自文学商业化对写作者的诱惑和抗拒诱惑的努力（2004：55~74）。这种看法的问题在于，它将 19 世纪刚刚形成的作者和文学观念凝固化，从而先验性地设定了文学对抗商业化的简单模式。我将努力说明，文学的商业化和文学的浪漫化同时构成了不安的来源，正是这二者之间的对立和张力，推动着文学内部的理论更新，最终在 20 世纪完成了先锋理论对前一章所详细论述的传统文学想象的突破。

二　想象：生意 vs. 艺术①

你们要明白一个像里尔登（Rearden）这样的人和一个像我这样的人是不同的。他是那种不切实际的老派艺术家……如今的文学就是一种生意。撇开那些靠神力而成功的天才人物不谈，那种成功的文人正是手腕高明的生意人。他首先考虑的是市场需求，当一种商品开始走下坡路的时候，他就得时刻准备提供某种新鲜、诱人的货

① 这部分的材料主要来源于三个研究：约翰·马克思韦尔·汉密尔顿（2008）的《卡萨诺瓦是个书痴——关于写作、销售和阅读的真知与奇谈》，刘易斯·科塞（2004）的《理念人》以及拉塞尔·雅各比（2006）的《最后的知识分子》。汉密尔顿的研究收集了文化出版史上的各种奇闻逸事，全书共引用了 466 本并不常见的出版类著作，从市场和销售的角度几乎重写了一部文学发展史，其中"写作经济史"部分大量涉及了 18 世纪以后的商业文学。科塞和雅各比的研究则注重对知识分子历史的挖掘，下文中关于格拉布街和格林威治村的部分，大量参考了科塞的著作，而关于格林威治的部分，则综合参考了科塞和雅各比的著作。由于这三部著作都建立在大量二手重要文献的综合和分析的基础上，因此能够帮助我们简略而概要地勾勒出 19 世纪之后的两种文学生产风潮。

物……里尔登做不来这些事情，他落后于他的时代了；他以为他还可以像萨姆约翰逊生活在格拉布街的时候那样卖他的手稿。但是我们今天的格拉布街已经不同了，这里已经有了电报通信，这里知道全世界各个角落需要什么样的文学食粮，这里的居民现在都是些生意人，不管有多落魄。（汉密尔顿，2008：36）

以上段落来自吉辛（George Gissing）创作于 1891 年的《新格拉布街》（*New Grub Street*）。这部小说展示了写作者在个人的创作理想和市场之间的不同选择。书中，米尔韦恩选择了迎合市场的商业化写作态度，最后功成名就，而里尔登这种"不切实际的老派艺术家"则由于一直坚持个人理想写作，得不到大众的承认，生活陷入困顿，遭妻子离弃，贫病交加，孤独死去。

在吉辛看来，18 世纪的格拉布街居民，即使贫寒、受雇于人，但仍可保留作为"写作者"的尊严，他们与"作家"之间也许就隔着一个机遇。但在 19 世纪末，"这里的居民现在都是些生意人，不管有多落魄"。格拉布街在这个时候已经成为一种象征，成功与否并不是关键：住在这里的人有落魄的，也有得意的。对吉辛来说，是否会被打上格拉布街的标签，取决于一个非此即彼的人生选择：要么成为米尔韦恩，留在这条街上，主动考虑市场需求，拥抱商业机制；要么成为里尔登，落后于他的时代，但坚持理想。

现实当然不是如此截然两分，但至少在吉辛与同时代很多人（由小说的影响力可以推断）看来，写作者的形象已经出现了清晰的分化：生意人和艺术家。这两种人处在不同的轨道上，遵从不同的行动逻辑。不仅如此，这两种形象还被假设通往不同的人生境遇，因此，要坚持自我成为艺术家，就要"发愿受穷、沉默寡言和写作"（汉密尔顿，2008：

60）。格拉布街被艺术家排除在"文学"和"作家"的范畴之外①。

当时的各种图书界逸事也显示，19 世纪的生意人自己同样也发展出了二元化自我意识。他们主动将自己看作商品的制造者，而将"文学"留给了那些贫寒的艺术家。这与文学商品化刚刚发端的 18 世纪相比，发生了很大的改变。那时候，只有以说话辛辣讽刺著称的熟练写手约翰逊博士，才会大胆宣称"要不是为了钱，只有笨蛋才去写作"（汉密尔顿，2008：46），而他的朋友戈德史密斯（Oliver Goldsmith）虽然赞赏书商对作家的支持（科塞，2004：49），却同时谴责格拉布街上的作家"把羽毛笔当钱包用"（汉密尔顿，2008：45）。

（一）格拉布街的生意人

把羽毛笔当钱包用的"生意人"是 19 世纪印刷资本主义大发展催生的职业作家。历史上首次出现了大批专职从事写作的人，和杨所设想的有机农夫不同，这些人看起来完全就像工厂主，而工人是他们自己的大脑和钢笔。

库博（James Fenimore Cooper）②被有些研究者认为是美国小说界的第一个米尔韦恩，公开宣称自己写的"仅仅是商品"。他在 31 年的职业生涯里，平均一年写作一部长篇，此外还为杂志写文章，出版了 20 多本其他内容的书。据说他每天都在固定时间写作，几乎不修改，也不校对，因为没有时间。他也没有表现出要把小说写得更好的"创作"愿望，除

---

① 1847 年的一份英国杂志提到，"所有写作的人都不愿意把自己说成是职业作家，他们几乎都要假装自己是纯粹的律师或者绅士"。引自汉密尔顿，2008：46。这一段话充分展现了当时作家的想象与现实之间的错位，以及作家之外的人是如何清楚地意识到这种错位的。19 世纪中期职业作家背后的消费主义倾向在此得到验证。

② 美国 19 世纪小说家，被誉为"美国小说的鼻祖"，代表作有以猎人纳蒂·班波为主要人物的五部曲《皮袜子故事集》等。

非可以再版重新拿版税。他曾要求出版商为一部航海小说付更多的版税，因为其中加入了印第安内容，"这就好像是汽车销售让顾客多看看内饰的真皮"①（汉密尔顿，2008：82）。

相比作品的创造性，劳动生产率是格拉布街作家关注的重要问题。几则小故事可以帮助我们了解当时作家们交流经验的盛况。据说卓别林在写自传的时候非常不满自己的写作速度，某次牌局上，乔治·西默农②（Georges Simenon）告诉他，诀窍是字要写得小，手腕可以省点力。在其他逸闻里，西默农还曾半真半假地宣布自己的写作习惯：挂上请勿打扰的牌子，拉下窗帘，填满五六个烟斗，以节约续填烟丝的时间。每次开始和结束写作一本书的时候要称体重。这些自我管理的习惯帮助他在1924～1931年，写出近200本通俗小说。阿西莫夫则被人称为"写作牲口"，他每分钟打90个字，一天写作12个小时，没有休假，自称没有瓶颈。他一共写了400多本书，所有出版字数大概有2000万字。别人问他如果只剩下六个月的生命他干什么，他说，打字得再快点。

模式化写作因此在"格拉布街"蔚然成风。要保证写作速度，除了个人勤奋之外，情节固定、易于复制也相当重要。阿加莎·克里斯蒂（Agatha Christie）的推理小说和格雷斯·莱温斯顿·希尔（Grace Livingston Hill）的罗曼史小说，在基本故事结构上几乎都保持一致，不同角色来来去去。当时有些作者为畅销小说制定了一个公式：一本书的工作量包括最少五次谋杀、两个浪漫爱情事件和不超过20个人物（汉密尔顿，2008：85～86）。

---

① 关于库博以及下段卓别林、西默农和阿西莫夫的故事，引自汉密尔顿，2008：82～84。

② 法国著名侦探小说作者，作品超过450部，全球销售超过五亿册，是全世界最多产与最畅销的作家之一。

从吉辛所描写的盛况和光辉前景来看，正是这样的写作者和写作，构成了 19 世纪末文学市场的主力，但不是以著作权法所想象的"作家"和"文学"的方式，而是"生意人"和他们的"商品"。

（二）格林威治村的波希米亚

> 那时有个格林威治村落
>
> 一个苦命人的避难所
>
> 他们满脑子幻想，双手太弱，
>
> 无法和世界的要求配合。
>
> 这些空中楼阁的建造者，
>
> 也需要个歇息之地
>
> 他们来到这儿，图个房租便宜。
>
> ——科塞，2004：121

弗洛埃德·德尔（Floyd Dell）在诗中所描述的格林威治村，形成于 1910 年前后，它的背景正是格拉布街的日渐繁荣："多余的知识分子……变成了无业游民、局外人、不满者，他们聚集在波西米亚，梦想着未来和回忆着过去。"（雅各比，2006）廉价的租金让"发愿受穷"来到纽约寻梦的文艺青年聚集在这里，逐渐形成社区。廉价的出租屋，潦倒的写作者，靠卖文来维持生计，这让格林威治村从表面上看起来很像格拉布街。但它们完全不同：后者最初意味着穷困潦倒不得不然，后来则被理解为向生活和市场屈服①，前者的生活则是一种经过抉择而采取的理想生活方式。刻意要追求无产者生活的艺术家——"苦命人"，一边主动反抗资

---

① 比如《新格拉布街》中的描写。

本主义商业化的潮流，一边想要接续浪漫主义高尚文化的传统（转引自科塞，2004：120）。追求艺术和不守常规从一开始就成为这里的唯一风格，1916 年，杜尚（Marcel Duchamp）爬上华盛顿广场的拱门，宣布"格林威治的自由共和国"在这里"独立建国"。

这里的写作不是生意，而是表达和制造自我的最高方式。弗里德里克·霍夫曼（Frederick J. Hoffman）研究了格林威治村在 1921～1945 年出版的 600 多种小杂志，它们被创办的目的很直接："反对传统的表现方式和尝试新的形式的愿望；以及希望克服在介绍尚未证实其商业价值的作品时出现的商业和物质的困难。"（科塞，2004：131）也就是说，从格林威治大街的《群众》（The Masses）到西十六大街的《小评论》（The Little Review），以及各种村办小杂志，追求的就是"新"和"反商业"。美国文化史上最著名的先锋杂志《小评论》①，面对的读者大约只有 2000 名，刊头明确宣布："小评论是一本艺术杂志，绝不迎合公众趣味。"（科塞，2004：138）②

个人主义，反叛，创造，先锋，张扬天才，拒绝市场，漠视读者。这里的青年正如德里所描述的，陷入理想与个人主义之间，焦虑而骄傲。

　　理想主义者，美好事物的热爱者和自由的追求者；在他们看来，

---

① 它最著名的事迹是将《尤利西斯》引入了美国，这个过程所引发的出版史公案，在本章的后半部分将会出现。

② 科塞引用厄普顿·辛克莱（Upton Sinclair）和《小评论》主编玛格丽特·安德森（Margaret Anderson）之间著名的对话，来论证这一点：辛克莱写信说，"请勿再送《小评论》，我再也看不懂上面任何东西，所以对它已不感兴趣"。安德森则回信说，"请勿再送你的社会主义文章，那上面的东西我全懂，所以对它已不感兴趣"。见科塞，2004：138。关于安德森、《小评论》和欧美现当代文学的关系，还可参考纪录片 Beyond Imagining: Margaret Anderson and the "Little Review"，1994。

似乎整个世界处在违背理想、践踏美、把生活仅仅变成束缚的一场巨大阴谋之中……个人主义是我们生活的真正结构，我们已在孤独状态中沉思得太久，因此无法再毫无痛苦地成为我们所属社会团体的一部分。（科塞，2004：120）

亨利·詹姆斯、爱伦·波、尤金·奥尼尔、安迪·沃霍、鲍伯·迪伦、罗伯特·德尼罗、艾尔·帕西诺……这些后来几乎塑造了整个美国现代文化的人物，在他们还是理想青年的年纪，都曾被格林威治村的这种气质吸引，在此聚集，然后四散，他们所创立的出版物、沙龙和俱乐部，最终溢出地理边界，形成拥有自己的制度和符号的艺术家共同体，在城市中心实现了反主流的大繁荣。科塞认为，正是这种繁荣，"对支配着19世纪美国人的价值观的攻击由这种反主流文化提供着支持，开辟了现代文化的主流"（2004：127）。

生意人对"文学"的放弃和艺术家对"商业"的拒绝，以上历史片断同时构成了对19世纪法律-文学想象的反驳和认同：投身写作的青年人，一部分住进了格林威治村，一部分留在格拉布街的小阁楼。格林威治村的青年用生命写作，格拉布街的鬼手为读者写作，前者符合人们的想象，后者满足人们的欲望。这是20世纪初文学生产面对的两种并存模式，但关于文学的想象却并未因此发生分化。一边是商业写作对自身定位的主动"非文学化"，一边是先锋写作对个人主义式理想"文学"的极度张扬，在文学资本主义化的这一关键时期，格拉布街的生意人和格林威治村的艺术家尽管分道扬镳，却在观念上联手延续了18世纪以来文学传统对个人主义的坚持，抵制住了商业扭转"文学"本质的力量，让个人主义的写作和理想主义的写作者形象继续成为现代文学的主流想象。

想象的意义在于，观念的世界选择了一种生产方式作为真正的"文学"，而抹去了另一种生产方式的存在。然而，回到文学生产的经验世界里，无论是写作者还是评论者仍须面对由此而生的焦虑：如何在前一种"文学"的秩序里，安置另一种的存在——如本雅明所发现的——在机械复制带来的发达资本主义时代，越来越明显且更具扩张性的存在（本雅明，1989）。

三 焦虑：文学究竟是什么？

这种焦虑让我们想起华兹华斯时代那些不争气的同行和无品味的读者。刚刚从庇护时代走出来的浪漫派作家对这些人可以表达真诚的愤怒，因为他们还没有被彻底卷入文学资本主义和文学市场。然而，20世纪初，随着资本主义在文学领域越来越深的卷入，文学除了用单纯的骄傲和坚持来化解这种焦虑①，还需要一种理论来着手处理这种焦虑，在观念上应对"文学是什么"，来处理文学和资本主义、市场和消费的关系。

本雅明②展示了安置这种焦虑的一种极具代表性的方式：通过将写作和作者的社会性引入讨论，从而重新定义资本主义时代的"文学"，以及"作者"的意义。

首先，本雅明提供了一种新的讨论文学的方式：重视作家的社会位置和生活方式，进而探讨作品风格赖以形成的实质（张旭东，1989：1）。

---

① 早在19世纪晚期，欧洲已经出现了多个"格林威治村"：德国慕尼黑的施瓦宾区（Schwabing）、法国巴黎的蒙马特区（Montmartre）和蒙巴纳区（Montparnasse）。艺术家聚集在一起，集体生产骄傲与安全感。

② 关于本雅明对于文学与生产关系的观点，主要参考张旭东为《发达资本主义时代的抒情诗人》所做的中译本序《本雅明的意义》，以及这部对波德莱尔的分析著作。选择这个文本，而不是看起来联系更紧密的《论机械复制时代的艺术》，是因为它更为直接地应对了作家在商业出版时代的角色问题。

这种讨论方式的前提是，拒绝文学与作家"去历史化"和"去社会化"的形象，文学不再被看作纯粹的精神性存在，社会位置和生活方式也不是一个可以被作家选择加入或完全拒绝的社会背景，它必然通过作家的生活经验以寓言的方式进入到作品的风格之中。作家对社会越敏感，作品也就越深地卷入到社会层面的变化当中，从而"在寓言的意义上具体地呈现出完整的时代与体验的内在的真实图景"（张旭东，1989：1）。

在这种讨论方式下，本雅明以惊人的敏感捕捉到了19世纪之后文学生产的新局面，以及写作者们面对这种新局面在心理上的震惊。

1820年以后，报纸期刊的改革导致普通读者的数量在20年间发生质变。20年间，巴黎的订户从47000户激增到惊人的20万户，围绕期刊展开的巴黎日常文学生活随之发生变化，"日常文学交易的慷慨的报酬不可遏制地泛滥起来"。1845年，大仲马如果每次给报纸提供18卷作品，可获得至少63000法郎的报酬。同期，欧仁·苏因的《巴黎的秘密》收益10万法郎。1838~1851年，拉马丁年薪达到令人震惊的500万法郎。文学生产的现实让一部分作家彻底转向写手，他们不再关心自己名字的使用。当时巴黎文学圈没有人知道有多少书是由大仲马写的，连杂志评论都讽刺说，大概大仲马自己也不知道，"除非他有一本借主与贷主的分类账，不然他肯定忘了不少他的合法的、不合法的或是收养的孩子们"（本雅明，1989：44、46~48）。

以直面事实的洞察力，本雅明宣布，文学写作就是/只是一种生产，整个文化活动领域就是一个市场。资产阶级的市场文化决定了作家不过是出卖劳动力换取报酬的人，成功的作家与不成功的作家之间的差别因此类似于熟练工人和非熟练工人之间的差别，二者只在接受训练的多寡上有所不同（张旭东，1989：7；本雅明，1989：146~148）。如果作者是生产者，而作品是商品，那作者的写作就是资本主义体制下的雇佣劳动，在此，本雅明采用了一种不同于著作权设定的写作观念——马克思的劳动观：写作被看成一种类似于产业工人的劳动①，只是本雅明将之扩展到对于抽象观念的生产领域。

虽然同样认为文学写作不过是一种产业工人式的劳动，但本雅明与格拉布街上的生意人存在本质的差别。首先，他在观念上取消了生意和文学之间的二元对立。面对文学生产的资本主义化，没有人可以外在于这种作为生产的文学，即使是主动抗拒商业写作的作家，如波德莱尔，也不例外。所有人（无论其内心生活在格拉布街，还是格林威治村）都生活在市场关系之中，生活在生产－交换－消费的资本主义生产框架之下。在本雅明看来，这决定了雨果和波德莱尔之间划时代的差异——从英雄主义的古典时代向大众和人群的现代转向。资本主义文学生产时代的文学，注定不是个人向深海孤独的凝视，而只能"诞生于人群与社会之光的照耀下"（本雅明，1989：78～84）。

其次，以上并不意味着对文学的想象就此完全滑向格拉布街的生意。通过对写作者劳动意义创造性的二元理解，本雅明在作为生产者的"作者"内部重新安置了"文学"和资本主义之间的张力。把作为类的作家放进生产性语境的同时，他也把一些特别的人从整体背景中挑选出来——他们放弃了被收编进入资本主义体系的可能性，游手好闲，在现代社会的边缘拾荒，成为现代社会的"收藏者"，"在最高的意义上说，收藏者的态度是一种继承人的态度"。从书籍到只言片语，都是收藏的对象，"他把它们收集起来，置于自己的关怀之下，从而把它们永远从市场中分离出来，恢复了它们自身的尊严和价值"。收藏者要提供给人的，"不仅

---

① 马克思在《剩余价值论》中即指出，"作家所以是生产劳动者，并不是因为他生产出观念，而是因为他使出版他的著作的书商发财，也就是说，只有在他作为某一资本家的雇佣劳动者的时候，他才是生产的"。见马克思，1973：149。

仅是他们在日常世界所必需的东西，而且还是那种从实用性的单调乏味的苦役中解放出来的东西"（张旭东，1989：11）。

本雅明因此捕捉到文人的劳动——文学——在资本主义之外的意义。通过弗洛伊德，他在普鲁斯特式的劳动中发现了这个意义：资本主义的高度发展和机械复制的普及，不断侵占和控制人的感觉、记忆和潜意识，为了保持住自我的经验方式，人不得不日益从公共场所退回室内，把外部世界还原为内部世界。收藏对于收藏者因此是一种建构的过程，"构筑起一道界限，把自己同虚无和混乱隔开，把自己在回忆的碎片中重建起来"。在此，普鲁斯特给我们提供了另一种关于写作的意义：把握住过去的事情，把握住一个活的自我形象，是能否在这个时代有意义生存的关键（张旭东，1989：21；本雅明，1989：130~132）。

通过对文人劳动的双重理解，本雅明融合了现代的个人主义与马克思式的社会性生产，为后来的文艺理论理解文学奠定了架构："文人"一方面被恢复了在社会生产中的位置，"还原"成现代文化产业的工人；另一方面仍然保留了在历史和文明中的位置，被看作一种反叛性和解放性的力量，在资本主义文化生产体制之外，成为"退居书房的革命家"，试图找到"对抗现在的堡垒"（张旭东，1989：12）。文学在成为资本主义文化生产的同时，也借由意义的生产蕴含着革命性的力量——揭开意识形态的蒙蔽，实现认识论的颠覆，让事物从一个固定的轨道中被释放出来，恢复其原有的初始性、独特性①。

---

① 伊格尔顿在《马克思主义与文学批评》中认可和评价了本雅明的理论影响：赋予形式这一概念以新的意义；重新考虑了作家这个概念；重新考虑了艺术生产的概念。经由这三点，将后来的文艺批评引向"意义与生产"的方向。详细分析见伊格尔顿，1980：72~82。

经由这个双层架构，本雅明以近乎天才的方式重新处理了文学关于作者的"特殊性"和"创造性"的想象，以及这一想象与资本主义生产之间的张力所导致的焦虑。一方面，所有人都必须面对资本主义及其机制；另一方面，因为某种特殊的作者——精神游荡者——的存在，文学并不会完全被资本主义体制所吸收。经由文人面向自我和个体经验的劳动，文学仍然保有抗拒资本主义、在资本主义内部保留革命力量的能力。通过这种方式，文学面对资本主义的张力，从文学理想和生产现实之间，被转移到发达资本主义时代的抒情诗人内心里。

需要特别强调且在后续分析中我们将不断看到的是，无论是抒情诗人，还是产业工人，文学理论对作者与作品之间关系的理解，都已经与著作权所确立的个人主义想象相去甚远。"人群与社会之光"闪耀在写作的全过程，作品很难再能够被理解为一个天才的创造，而是文人对过去、现在一切可贵经验的收藏和保护。正是在这个意义上，本雅明宣称自己的最大野心是用引文（而非"原创"）构成一部伟大著作。

四　焦虑：什么是作者？

在某种程度上，本雅明关于作者的野心被同时代人乔伊斯部分实现。虽然很少有人敢说自己看懂了这位作家在日常时间里塞进纷繁缭乱平行宇宙系统的处理方式，但评论者大概都同意拼贴是乔伊斯最突出的特点。乔伊斯就是本雅明笔下野心勃勃的收藏家，他最著名的两部小说，《尤利西斯》（*Ulysses*）和《芬尼根守灵夜》（*Finnegans Wake*），基本架构都非原创。前者来自古希腊的评论史诗《奥德赛》，后者则借用了维柯关于世界在四种不同社会形态中循环的基本设定。他收藏前人创造的世界，收藏一切他认为用得上的材料：《圣经》，莎士比亚，古代宗教，近代历史，都柏林地方志，爱尔兰语小说，劳伦斯·斯特恩的意识流写法，萧伯纳的对白，叶芝的诗，普鲁斯特的喃喃自语，交往过的作家，杰茨费拉德、海明威，交好的朋友，庞德、艾略特、贝克特，都被收藏进他的小说，用不同的方式给予新的位置。他打破传统小说的叙事机构，因为他并无意去创造一个故事。他在一个普通人的普通时间里，拼贴出这个人的生命、爱尔兰的全部、人类的历史和宇宙的运动。为了突破人类语言里暗藏的逻辑和时间，他甚至自造了一个"拼贴"语言系统。

尽管并未像本雅明那样哲学地剖析自己的位置和角色，但乔伊斯确实是主动将自己暴露在人群和社会之光的照耀下，他在社会时间之外构筑复杂的平行时间，正是为了对抗社会时间以及其中暗藏的方向和意义，让普通人的经验重新得到位置。因此，他宣称《芬尼根守灵夜》是全人类的作品，在和欧仁·约拉（Eugène Jolas）的一次交谈中，他更直白地表达了这一想法："这本疯狂的书真的不是我写的。是你，你，不同的你，那边的男人，隔壁桌的那个姑娘。"①

对于本章想要回答的问题来说，乔伊斯的意义，不仅在于他实践了本雅明所假设的文人写作，同时他和他的写作也构成了一个典型的案例，可以让我们仔细检视本雅明留下的问题。

就在乔伊斯主张《芬尼根守灵夜》（以下简称《芬》）的作者不是自己而是全人类的同时，他在《芬》的正文中提醒读者回忆《尤利西斯》所遭受的不公待遇：因为所谓的淫秽问题，它"不能被 Ourania 合众国的著作权法保护"（not protected by copyright in the United Stats of Ourania）（伯明翰，2018）。Ourania 合众国显然指的是美国。《尤利西斯》同时被英美政府列为禁书，经历了长达十多年（1921～1934 年）的地下出版，

---

① "Really it is not I who am writing this crazy book. It is you, and you, and you, and that man over there, and that girl at the next table." 转引自 Saint-Amour, 2003：159。

最后经由英美数十位作家、评论家①和出版商的共同努力，才突破禁令，得以正式出版，这是在图书出版史、文学史和法律史上都留下一笔的重要案例②。乔伊斯本人为了争取开禁，也投入了积极的行动。1937 年，他放下正在写作中的《芬》，来到巴黎国际笔会，就"作家的道德权利"（Moral Right of Writers）主题发表演讲。值得注意的是，为了对抗审查委员会，他在辩护中竭力争取法律的保护力量："作品属于它的作者，这是自然权利"，既然法律规定了著作权，承认了这些权利，就应当为作家提供法律保护，使得他们的作品免于被删节、查禁，他们的名字被滥用。即使侵害方是政府及相关机构（Saint-Amour，2003：159）。

"《芬》的作者不是我，是全人类"，"作品属于它的作者，这是自然权利"。乔伊斯在两种关于"作者"的想象中被拉扯，一边是本雅明式的反映"时代与体验"的"收藏者"，一边是个人主义的天才作家。在这里，我们看到著作权想象的社会意义：除了个人与社会的关系之外，对于身处文化产业中的作家而言，他永远是产业联合中的一环。著作权制度既然从根本上规定产业的联合方式，以及作者在其中的位置，在某种意义上已经成为关于文学和创作的元话语（meta-discourse）。它借由作家的社会存在，进入文学本身，参与构成了文学内部的张力。

这个张力在文学批评者中最明显的表现，就是究竟要如何认识乔伊斯作品当中大量的"拼贴"和"戏仿"。《尤利西斯》中最受争议的"太

---

① 即《小评论》的主编玛格丽特·安德森。在小说被封禁期间，安德森冒着坐牢危险连载《尤利西斯》，指出乔伊斯的小说是"为自己而写，为那些有志于探讨命运如何欺凌、伤害自己的而写"，"唯有不凡的人，才能够将陈腐、枯朽及淫猥完美地转化为人类的批评史诗，以向那些腐蚀他心志的人类劣根性讨回公道"。

② 关于《尤利西斯》的出版全过程以及它对于现代出版审查制度的意义，可参考凯文·伯明翰极为精彩的著作《最危险的书——为乔伊斯的〈尤利西斯〉而战》，社会科学文献出版社，2018。

阳神牛"一章，使用了爱尔兰口头故事和爱尔兰作家斯威夫特的作品。
在乔伊斯创作的逻辑里，这样的使用大概没有问题。但如果放在身为
"创作者和所有权人"的作家逻辑里，这是否构成一种"偷窃"，就需要
极为复杂的文本分析和阐释①。Saint-Amour 指出，"拼贴"代替"复制"，
用"戏仿"代替"模仿"，本身就是为了消解这种由著作权元话语带来
的张力而被制造出来的文学装置。换句话说，这种张力已经没有办法经
由对"作者"的重新定位而消化，面对日益庞大的印刷资本主义，作家
的卷入程度超出了本雅明的处理方式可以涵盖的范畴。

焦虑仍然在。

在这种焦虑下，重新阅读本雅明。安德烈亚斯·胡伊森（Andreas
Huyssen）梳理了文艺批评面对大众文化的研究脉络，他认为，本雅明的
贡献在于对艺术家和生产过程的关系做出了开创性的扭转：他不再追问
"艺术家相对于生产过程持有什么样的立场"，转而提出新的问题，"艺
术家在生产过程中持有什么样的立场"（2010：154）。这一点，我们从
"做艺术家还是生意人"到"书房里的革命家"的转变，可以看得很清
楚。但乔伊斯的摇摆和"后撤"表明，也许提问还需要再补足以下维
度：艺术家在生产过程中究竟占据什么样的位置？如何理解他与作品之
间的关系，他与其他作者、读者、社会、历史又是怎样的关系？在这个
问题所构成的位面上，著作权制度形成的"元话语"与文学写作之间的
张力，要如何处理？

---

① Saint-Amour 梳理了相关讨论和研究，并结合这部分的文本和"美国千禧年数字化
版权法"（Digital Millennium Copyright Act），做了一次跨越时空的"思想试验"
（thought experiment），尝试说明，如果乔伊斯处于当今美国的互联网基本法律框架
下，写作本身会有怎样的区别。见 Saint-Amour，2003：168 – 185。

五 突破：“谁在说话又有什么关系？”

文学理论后续某一分支的发展可以说是在回应以上问题：作者和作品之间的关系逐渐被打破，作者和读者之间的关系也开始被重新“发现”，不是在贸易和流通的层面，而是在生产的层面。

1968 年，罗兰·巴特发表《作者之死》，从文学内部彻底批判作者观念。他将问题从本雅明式的“作者的立场”拓展到“作者的历史位置”，从而把作者与作品和读者的关系重新置入社会文化脉络当中。虽然没有过多涉及制度在“作者”支配性地位的形成过程中的意义，但他对于传统作者观念的描述，与著作权所假设的作者形象如出一辙：

> 作者是一位近现代人物，是由我们的社会所产生的，当时的情况是，我们的社会在与英格兰的经验主义、法国的理性主义和个人对改革的信仰一起脱离中世纪时，发现了个人的魅力，或者像有人更郑重地说的那样，发现了“人性的人”，因此，在文学方面，作为资本主义意识形态的概括与结果的实证主义赋予作者“本人”以最大的关注。（巴特，2005）

在作者的王国里，作者是作品的源泉，作品是作者的派生物。作者对作品拥有独占和排他性的支配权。巴特针对的正是批评家对这种关系无反思的全盘接受，以及完全集中在作者身上的文学批评方式。

这样的作者在 1968 年被宣告死亡。巴特（2005）认为，逐渐死去的过程早在 19 世纪末期就已经开始，马拉美被认为是法国的先驱，他认为是言语活动在说话，而不是作者，应当被重视的是写作本身而非写作的那个人。瓦莱里把求助于作家内在性来理解文学看成一种迷信，超现实主义让人们逐渐接受了一种多人共同写作的原则和经验，从而让作为个体的作者失去了神圣性。普鲁斯特的生活即创作，以及语言学对说话人的解构，也参与了这场谋杀作者的革命。

如果"作者"死亡，曾经纠缠乔伊斯的问题便不复存在。在巴特看来，乔伊斯式的拼贴和戏仿根本就不是什么奇特的方式和创造性的发明，因为文本就本质而言就是多维空间，"在这个空间中，多种写作相互结合，相互争执。并不存在一种原始写作……它们来自文化的成千上万个源点"。真正的写作总是在模仿之前曾发生过的动作，而写作者"唯一的能力是混合各种写作，是使一部分与另一部分对立，以便永远不依靠于其中一种"。

相应地，巴特认为文学应该伴随着作者一起死去，从此以后只剩下写作和文本。一个文本由多种写作构成，写作源于多种文化并相互对话、戏仿和争执。在传统的想象里，文学中没有别人，只有写作的那个人①。而在巴特看来，真正让写作和文本拥有生命的，并非作者，而是读者。读者的介入，让位于不同文化和时间的多重写作在具体的生命层面的汇聚，形成了一个新的独立文本的意义。"我们已经知道，为使写作有其未来，就必须把写作的神话翻倒过来：读者的诞生应以作者的死亡为代价来换取。"

著作权制度想象作为元话语介入文学之后而产生的张力，通过作者的死亡和读者的诞生，被巴特以最简单明快的方式解决掉，元话语被击溃，自由的写作和阅读空间被重新开启。

———————————

① 正如我们在第二章所看到的，18 世纪中期著作权确认作者为唯一主体时，出版商、印刷商、编辑、装订工就已经在关于文学的想象中消失，而到 1840 年左右文学界诞生的时候，读者也已经消失在制度的视野里。巴特对历史的认定，佐证了本章的分析思路：文艺理论面对着来自法律参与构建的文学元话语的压力和焦虑，而理论的意义正在于破除它。

一年后，1969 年 2 月 22 日，福柯在法国哲学协会发表了题为"什么是作者？"（Qu'est-ce qu'un auteur?）的演讲，开篇却指出，"作者仍然是一个悬而未决的问题"。他明确将巴特（实际上也是我们之前）的讨论方式排除在外：

> 我不打算对作为个人的作者以及在这种语境里值得关注的许多问题做社会历史分析：作者是怎样在像我们这样的一种文化里被个人化的；在我们开始研究作品的真实性和归属之类问题时，我们已经赋予了作者怎样的地位；他被划入哪些评价体系；或者，英雄的传奇在哪一刻让位于作者的生平；"人与其作品"这样根本的批评范畴，是在哪些条件的滋养下逐渐程式化的。①

在福柯看来，巴特的处理方式仍然是不彻底的。首先，即使承认作者在文本开辟的空地里不断趋于消失（如巴特所言），但更重要的问题是，作者消失或"死亡"之后的结果是什么。福柯认为，随着写作者个人特征整体上的被消抹，写作者和文本之间塑造出来的矛盾和对抗，也就丧失了个人的标记。作者的消失同样造成了文本的死亡。因此，作者和作品是互相建构的，一旦取消了作者的存在，那么"作品"这个词和它所指称的那个统一体的性质都同样是成问题的。在作者之外坚持文本相对于"一段引文、一纸约会备忘录、一处地址，或者是一笔洗衣店的账单"的特殊意义，是无法成立的。其次，巴特将原初性的地位赋予"写作"，用来取代文学，从而一方面促成"作者"的消失，另一方面继续维持"文本"的意义。福柯认为，这不过是将作者的经验特征转化为一种先验的匿名性，从而重新肯定了对写作的神圣起源的神学确认，或

---

① 此处与以下引用的福柯文本来自未刊译稿，李康、张旭译，王倪校对。

者是对写作的创造性本质的信念。

也就是说，宣布"作者死亡"不但没有消解掉作者和文学的神圣性，反而从另一个角度重新强化了作者的优先地位和文学创作的先验性。与巴特所幻想的革命性相反，传统文学－法律制度所构造的元话语仍然控制着对于文学和作者的想象。

所以，作者生存还是死亡，这不是最重要的问题，"作者消失后留下的空洞空间"才是真正的关键。由此，福柯把讨论从对作者主体性的关注，彻底引向一个全新的维度：什么是作者的名字？它是如何起作用的？通过这种提问方式，"作者与文本之间的功能性关系"被重新发现，而这正是 18 世纪以来整个文学制度和法律制度通过主体性建构所努力要消抹掉的。事实上，福柯接受了巴特对于"作者"的社会历史分析，充分认识到"作者"是在极为特别的欧洲政治文化背景下出现的制度，但在他看来，这不意味着这种制度是没有意义的。作为话语的特殊存在方式，"作者"与文本之间在话语实践层面上的功能性关系，才是消解"作者"主体地位，以及更深入地认识文本作为话语进入社会历史的真正意义。

功能性关系被进一步放入话语实践体系中加以理解。用福柯的话说：

> 作者的名字标志着话语的一种特殊存在方式。它始终处于文本的轮廓之内，用以区分各个文本，确定文本的形式，刻画出它们的存在模式的特征。它指向某些话语群的存在，指向这种话语在某个社会和文化中的地位。作者的名字不会随个人公民地位的改变而改变。但它也并非单纯的文学之事。它处在裂缝之中，处在非连续性当中，引发了新的话语群和它们独特的存在模式。作者的功能就是刻画出一个社会里某些话语的存在、流通和运作的特征。

回到我们的问题脉络里，这段抽象的表述其实直接开启了以下讨论维度：当作者被看作话语的一种特殊存在方式，其与文本之间的关系便远远超出了"限制、规定和表达话语领域的法律和制度"的传统假设和想象。更进一步，它为我们提供了重新理解传统想象及内部张力的方式。

首先，作者－作品之间的"所有权"关系是"作者"作为话语实践的一种方式。通过"作者"之上附着的所有权设置，话语在神圣与世俗、合法与非法、虔信与渎神等两极间的固有的越界特征，被转化为"合法"和"非法"的系统性的越界实践，"写作"本身的危险性和财产利益同时得到确认。

其次，作品－作品之间的精神性权利，体现了文学财产权制度对于"作者"在文学领域特殊实践方式的影响。福柯注意到，并非所有类型的文本都被认为需要一个作者，比如大概不会有人追问街上的小广告究竟由谁来写作，但在"作者"占据中心地位的文学传统里，"作者"确定了写作者对文本的主权。"文学性"话语通常必须在附有作者名字的情况下方得以被接受。对于匿名作品，总是会有大量的研究投入对作者的猜测和定位。作者的名字支配了读者和评论者对文学文本赋予意义的方向和方式。

再次，"作者"的确定并非就是将一篇文本归之于其创作者，就能确定文本与创作者之间的精神性和财产性关联，而是一系列复杂而精确运作的结果，运作的目的就是要构建我们称之为作者的那个理性实体。在这套程序运作的过程中，作者的名字，指引我们谈论某个人的"原创性"或"深度"，解析他在写作中如何体现了他的生命体验和意图，由此我们也就完成了18～19世纪著作权法律所创立的那套"作者"话语的一次实践。制度想象得到维护和巩固。没有作者的名字，这一套程序则无从运作。

最后，当以上想象和模式经由我们的行动得到巩固时，"作者的名字"作为话语的特殊形式，就完成了对一系列复杂自我的生产。对于一部有作者的小说，事实上存在着三种"作者"的形象：（1）写作这部文本的那个人；（2）在写作过程中被读者感知到的，与文本时刻处于矛盾和对抗的"主体"；（3）讨论写作本身的目的、困难，处在一系列写作当中的"作者"。"在这类话语里，作者功能这样的运作是为了使三种自我同时散布。"换句话说，如果《红楼梦》是一部没有署名的小说，那么无论是（1）幼时富贵老来凄凉的曹雪芹，（2）被认为和贾宝玉的形象若即若离的"作者"，（3）悼红轩中批阅十载创作出《红楼梦》的曹雪芹，以上三个层次都不可能加入后来者对《红楼梦》文本的意义建构。

"作者的名字"是一个话语实践。借由这个特别的角度，福柯实际上完成了对"作者"传统主体性认知的全新解构。同时，他也不得不面对另一个问题：如果说作者的名字只是话语实践的一种方式，那为什么他在之前《事物的秩序》中以语词的聚合来讨论话语单位时，还在使用某些作者的名字呢？福柯对以上质疑的辩护其实也是对巴特的批评：即使"作者"是一种制度建构，提及作者的名字却不仅仅是对制度的无意识反应。它有超出文学－法律制度之外的意义。

福柯认为作者对文本的这一层功能体现在作者的名字与话语实践的关系上。由此，第二，福柯透过作者名字的实践功能这一维度，重新划分出两种"作者"（的名字）。

有一类作者的名字，它的意思是成为分类的依据：

> 十分明显的是，即使是在话语的领域里，一个人也可以成为除了书籍以外的许多东西的作者，比如一套理论、一种传统，或者一门学科，在那些领域里，可以增生出许许多多的新书和新作者。为方便起见，我们可以说这样的作者占据了一种"跨话语的"（trans-discursive）位置。荷马、亚里士多德和早期基督教会的教父们都扮

演了这样的角色，最初的数学家们和希波克拉底传统的创建者们也是如此。可以肯定，自有我们的文明以来就有这一类作者。

但在19世纪的欧洲，还产生出一类独特的作者，他们不能被混同于那些"伟大的"文学作者、宗教典籍文本作者和科学的创建者。福柯将之命名为"话语实践的创始者"。这些作者的独特贡献在于，他们不仅生产出自己的作品，而且生产出构成其他文本的可能与规则。

在这个意义上，他们的角色完全不同于像小说家这样的作者，后者只是他自己的文本的作者，而他们确立了话语的无尽的可能性。

在这一类作者里，包括弗洛伊德、马克思。这很容易理解，一般来说，我们会用"开创"某一理论、学派来指称这类"话语的创造"。创造意味着出现了"新"的东西，例如，说弗洛伊德开创了精神分析，那么重点就在于他促成了之后讨论精神分析话语领域时的概念、假设以及其中存在的讨论空间，至于他的重要概念究竟完全来自他自身还是在他之前 Karl Abraham 或 Melanie Klein 的著作，对于我们称之为"创造"，并无影响。

但福柯同样将一些明显并不重要的小说家的名字也放入了"话语实践的创始者"之列。他以拉德克利夫的小说为例：

在拉德克利夫小说的推动下，以其作品为摹本的一些相似性与类比开始流通开来，包括各种各样可以融进其他书中的独特的符号、人物、关系和结构。简而言之，说拉德克利夫创造了哥特派的传奇小说，意思是说在她的作品和19世纪的哥特派传奇小说之间共同存有某些特定的要素：因自己的幼稚单纯而失身的女主人公，作为城市对立面的远僻城堡，立誓要报复这个使他落难的世界的充满叛逆精神的男主人公，等等。

"话语实践的创始者"，其意义在于为后来者开辟空间，设定基本要素。在此，福柯发现，即使不是为了强调作者对作品的个人控制合法性和经济权利，他仍然不能避免在不同的场合下提到某些作者的名字。这种提及是一种不可避免的"回归起源"。"回归"意味着一种从现在向过去的实践，是在意识到"遗漏"的情况下，而发起的"根本的、建构性的"实践行动。它不是"重新发现"，也不是"正本清源"，而是在后来的变异中去重新观看"起源"，逆流而上去寻找过程中发生的分化、曲解和变异。因此，这种"回归"，无论就其目的，还是结果，都是为了引入改变，抛弃最初的"创始"，建立新的话语实践。

"作者"作为一种制度，不仅是在巴特所理解的被遮蔽的无意识行为中才不断得到确认和巩固，在指向生产性的"回归"与"创造"的实践领域，也会不断增强作者与其作品之间神秘莫测的关联，更进一步在"原创"作者与间接作者之间构成某种关系。在这个界定里，模仿不是对"原创"作者的冒犯，或者权利的侵害，甚至不仅仅是巴特所认为的固有的写作，而是一种必需。正是后来者在这些话语实践关键要素上的不断模仿，才造就了之前的写作者的"作者之名"。

至此，在从传统到现代的文学发展脉络中，福柯给出了一个完全不同于著作权法律想象的对于"什么是作者"的理解。在这种理解之下，所谓作者之死，死掉的大概只是建立在浪漫个人主义和资本主义生产之上的那个文学的想象。

回顾法律和文学的历史，19世纪，文学的想象和法律的想象曾经达到一致，他们共同选择了一种写作，而抹掉了另一种。

20世纪，文学开始重新界定自己的想象，被抹掉的开始复活，写作在"社会性"的视角内被重新审视。写作者、写作、文本、读者，所有一切都开始进入重估。

20世纪末，法律的想象还活着，一个坚持个人主义、孤独高贵，却因此被印刷资本主义更自由运用的那个想象不但还活着，且经由西方所构建的国际经济秩序，被推向更广阔的文明领域，带着以民族国家为依托的更强大的压制性力量。

进入21世纪，中国新一代的阅读者说，"重要的不是去谈它是不是抄袭的，甚至无所谓它是不是抄袭，它是一种内心真情的表达，是一种灵魂的交流"；法官说，"文学创作是一种独立的智力创造过程，更离不开作者独特的生命体验"。当我们看到司法界、新闻媒体、网络上因此而发生的近乎白热化的互相攻击，看到法律、舆论和写作领域因为不能互相理解而不得不各行其是、互相攻击的时候，福柯关于"什么是作者"的疑问，对我们来说，已经不再是前卫理论面对法兰西学院知识分子的遥远声音，而成为一个非常具体的提醒：一类"作者"在理论家的帮助下，重新出现在想象的世界里，他们不是天才，但却更应该拥有名字，他们之所以能够拥有名字，不是因为天才，而恰恰来自不断被模仿的后续实践。这个比"脑残粉"更彻底的逻辑，到底是主张怎样的一种写作制度？首次读到福柯这篇文章的2000年，我对此完全一无所知，甚至毫无想象的能力，但今天的网络文学读者可能会觉得太过熟悉以至于轻轻打一个呵欠吧。

在法律的世界里，天才和商业的张力被复杂地安置在"作者－作品"和"独特性－公共利益"的框架里；在文学的世界里，这种安置却无法让写作者安身立命，"文人"在资本主义时代的焦虑不断带来对传统文学制度的突破。以下，让我们正式进入互联网带来的文学历史，看看在这个技术开放出的新社会空间里，故事将如何被改写，或者被复制。

第四章
从类型小说到网络"文学"：
格拉布街的逆袭

关于网络文学的发展历程，土著历史学家 Weid 做出过极为详细而精彩的总结，以《网络文学十年事》和《一部标签的丰富史，一则原创小说类型谈》两篇文章在网络上广为流传，不但引起了网络文学圈内的共鸣和热烈讨论，更成为后续所有网络文学研究者无法绕过的重要资料。即使具备研究者和爱好者双重身份，我也绝不认为自己有资格和能力重新完成类似"通史"的搜集和写作。

因此，本章的工作将以 Weid 和其他评论者的历史性写作为基础，综合媒体报道、圈内观察、重要人物自述和其他相关文本材料，把这段"历史"放进我的问题脉络，探究它与其他时空的可能关系，并通过材料的重组和叙述来进一步挖掘它所可能开放出的关于现在的理解。相比起"让过去像它们当初曾经发生的那种重现……彻底展现它们的方式只能是重新经历它们（reliving them）"（米德，2003：27），考虑到网络文学至少生活在三个不同的参照体系里，以下我将在"网络文学如何在期待和谈论中发展"、"网络文学出现在哪条文学脉络里"，以及"网络文学如何伴随着互联网的发展而发展"三条线索里，争取更真切地"经历"它诞生的过程。

一　概念史：讨论网络文学时，我们在讨论什么？

网络文学指的是哪一类文学性写作？研究界对此理解曾经存在三种意见：网络催生的新文学（黄鸣奋，2002；姜英，2003；金振邦，2008）、网络原创文学（何学威、蓝爱国，2004）、在网络上完成生产与消费的文学（苏晓芳，2011；曾繁亭，2011；禹建湘，2011）。在很多研究中，这三个模式往往被混在一起，统称"网络文学"，再以广义、狭义来区分现实存在的明显差异，其中较有代表性的来自欧阳友权的界定：

> 网络文学是一种用电脑进行创作、在互联网上传播、供网络用户浏览或参与的新型文学样式，包括三种常见形态：一是传统纸介印刷文本电子化后上网传播的作品，这是广义的网络文学，与传统文学的区别仅仅体现在传播媒介不同；二是在电脑上创作、在网上首发的原创性文字作品，这类作品与传统文学不仅有载体的区别，还有网络原创、网络首发的不同；三是利用多媒体电脑技术和Internet交互作用创作的超文本、多媒体作品，以及借助特定软件自动生成的机器之作。（欧阳友权，2004：17）

这种定义方式是有问题的。首先，它忽视了互联网覆盖社会生活和文学市场的速度和广度。在今天的网络普及程度和内容数字化浪潮之下，纸质出版的新书几乎都会有电子版同时发行，至于以前出版的内容，google图书馆、百度文库、新浪共享、国家数字图书馆以及无数小网站组成的数字化力量，正在以不可思议的速度推进内容资源的网络化。如果接受这种定义方式，只要和网络有关系的文学通称为网络文学，就等于宣布人类文明范围内还有人阅读的文学都是，或即将成为网络文学。定义在此失去了意义。

其次，它在根本上模糊了技术、文学和市场之间的复杂关系，关闭了讨论技术与文学、技术与文学生产、"文学"与生产之间的理论空间。按照欧阳友权（2004）自己的解读，以上定义中包含的网络文学只有三分之一是文学，三分之一是准文学，三分之一是非文学。这种说法等于推翻了"网络文学"作为一个单独概念的可能性，实际上讨论的仍然是"网络对文学的三种影响"，它对于"文学"的观念因此是静止而封闭的，即无论技术如何发展，无论技术对文学的生产有怎样的影响，"文学"的本质并不会因此发生任何实质上的改变。

基于以上原因，真正有意义的概念界定应当充分认识到生产、技术与文学的相互关系，并在发展的脉络中，把握网络文学定义内涵和外延的变化。运用这样的认识方式，我们发现，以上三种关于网络文学的理解虽然对应着网络与文学相互影响的三种方式，但放在中国网络文学发展的过程中，却体现出很明显的时间性，分别对应着网络发展的不同阶段，以及各阶段人们对于网络与文学生产之间关系的关注。

（一）早期：互联网催生的新型文学

文学和互联网结合之初，人们在"网络文学"这一概念下讨论的，其实延续的是之前随着计算机的发展而出现的数字文学脉络（digital literature）。作为后现代文学理论的支脉，数字文学诞生于20世纪80年代，以文字处理器和数字出版系统为技术起点，主要讨论写作媒介的变革对于文学样式的革命性影响。数字文学对技术寄予了极高的期待，认为技术所带来的降低写作门槛、传播成本以及超文本特性，将催生与传统基于纸媒印刷出版的文学截然不同的新样式①。互联网的出现对于数字文学理论来说，几乎等同于梦想成真的开端。因此，在数字文学基础上建立起来的"网络文学"研究，备受鼓舞地加倍投入对文学实验性的探索。

1991 年 4 月 5 日，海外中国留学生创办了全球第一家中文电子周刊《华夏文摘》，通过电子邮件进行传播。同年，王笑飞创办中文诗歌通讯网（chpoem – 1@ li-stserv. acsu. buffalo. edu）。1992 年 6 月，美国印第安纳大

---

① 考斯基马（Raine Koskimaa）把 20 世纪 80 年代出现的文字处理器和数字桌面出版系统看成数字文学诞生的技术起点，这实际上继承了 20 世纪 50 年代凡尼瓦·布什（Vannevar Bush）之后的技术发展脉络，以"多人共同开发"为这一轮数字化的本质属性。在此基础上，批评家们普遍将尼尔森（Theodore Nelson）的超文本项目放在数字文学历史的前端，从而将数字文学与仅改变传播介质的传统文学划开界限。正如尼尔森在 1980 年出版的《文学机器》一书的封面中所说："这本书描述了大胆而富有传奇色彩的仙都项目，一次朝向瞬间性电子文学的行动；一项对知识、自由和即将在计算机王国中出现的最美好世界的最大胆和特别的计划；一个原创的（或许是最终的）超文本系统。不要将该书与任何其他电脑书籍相混淆。"（考斯基马，2011：12）具体来说，文学处理器给文学带来的变化是"降低了写作的门槛"，使写作的数量显著增加，也给文学问题从字体、页面到整体分割的设计提供了技术支持。同时，数字桌面出版系统打破了纸媒印刷出版的垄断，为非营利性的边缘文学的生存提供了可能。更关键的是，技术的发展使得"互相关联的语言比特"（考斯基马，2011：3）被赋予最大效力，而这一语言特性被总结为"超文本性"，构成数字文学的根本特征，从而催生出传统文学创作环境下很难实现的"高虚拟性"。因此，数字文学主要关注的是两类新的创作："应用由数字格式带来的新技术的文学创作"，包括超文本小说、交互性诗歌等充分发挥数字媒介功能的典型数字文学创作，以及"网络文学——运用那些只有在互联网上才能实现特性的超文本文学"，即不是通过其他数字媒介而必须是通过网络实现这种特性的超文本文学，最为鲜明的特色在于外联结功能，即文学文本通过与其他网页联结实现及时更新的功能。在研究者看来，技术发展所导致的"超文本性"和"互联性"，直接导致了文学自身时间性与空间性的变化，从而改变了人们展开想象的可能性与具体表现形式，以及最终决定和改变了"语言唤醒世界的力量"。关于数字文学的脉络，见考斯基马（2011）的综述性研究。

学的魏亚桂为推广汉字码，请学校的系统管理员帮助建立了一个名为
alt. Chinese. text 的互联网新闻组，成为互联网世界上的第一块华语空间。
当时的主要参与者是最早使用网络的留美中国学生，除了聊天讨论之外，
很快就开始有文学爱好者手打文学作品用来分享。1994 年，ACT 上活跃
的中国学生方舟子创办《新语丝》网络期刊，收集和摘录网络原创作
品，解决 ACT 为代表的新闻组里文学作品"多为随意贴出，过分分散"
的问题。此后，诗阳、鲁鸣等人创办了第一份中文网络诗刊《橄榄树》，
女性群体创办了第一份网络女性文学刊物《花招》，越来越多的期刊陆
续诞生①。

　　尽管这些新闻组和网络期刊多是为海外学生提供用中文交流的机
会，且交流也大多限于聊天、感慨、吵架，政治时事是最重要的主题，
但文学与网络的最初结合仍然使参与者和研究者相当兴奋。最初的文
学网站被人们寄予了虚拟"格林威治村"的期望，方舟子在《新语丝》
创刊一周年的感言中热情地表示，"她力尽于文化自身的探讨，不空谈国
是，是恪守于纯粹而多元化的文化刊物"，而"新语丝"的名字也是为
了表示"任意而谈，无所顾忌"的自由性质和"吐丝成网"的现代技术
特点②。1996 年，笨狸（Benly）创办《无梦岛周报》，后改名《激流》，

①　关于中国互联网早期历史的梳理，可参见早期参与者发布在网络上的回忆文章。
　　作为"历史"的全程亲历者，为了避免个人化记忆可能带来的疏漏和偏差，本部
　　分综合参考了网络上大量写作者和阅读者的回忆和记叙，以个人记忆为校正辅助。
　　学术著作中总结全面且清晰的较为少见，其中比较接近经验事实发展过程的，可
　　见金振邦，2008：78～104。
②　方舟子在 1998 年发表系列文章《中文国际网络纵横谈》，构成了理解中文网络和
　　网络文学发展最直接的"史料"。这些文章至今仍可见于方舟子个人新浪博客空
　　间，http://blog. sina. com. cn/u/1195403385。此类文章将被当作材料使用，来源会
　　以标题和网页信息在注释中提供，因此不列入参考文献。

他在《激流》的序言中表达了极为浪漫主义的情怀：

> 激流的宗旨在于心与心之间的交谈、心与心之间的撞击，弥补心灵的空白，捕捉刹那的灵感，使人们的触角伸向那冥冥之际，伸向那大自然和社会的一角。

这种对“新文学”的期待，不但存在于当时参与者的自觉中，也构成了后来者回顾这段历史时的主体基调。笨狸 1998 年发表著名网络评论，总结前几年的写作特点和发展态势，他指出，网络文学发展的动力乃在于“网络本身的特质而将在未来的网络文学形式上所起的作用”，即多媒体的立体信息传达、超文本性，以及虚拟现实、互动创作①。

这一阶段对网络文学的使用和批评基本处在对新技术及其影响的震惊阶段，参与者和评论者激动于技术所开启的写作与阅读全新的可能性，认为这是网络文学的特性和特殊性所在。但这种作为具有实验性质“新文学”的网络文学，与其说是互联网发展之初写作的现实，不如说是一种美好的期待和想象。当时发表的内容，其实只是最早接触互联网的一批文学爱好者的习作，或许“清新”、“多元”，却很难被归类到文学理论意义上的数字文学范畴之中。这也是为什么后来者一旦采用这种从先锋理论中继承下来的定义，就只能去现实上处于极为边缘地位的“网络诗歌”和台湾实验文学网站寻找素材（姜英，2003）。

在现实经验层面，网络催生的新文学很难成为“网络文学”的定义。

（二）中期：网络发布的原创文学

1995 年以后，BBS 取代新闻组和网络期刊成为传播文学的主要形式，

---

① 文本引自笨狸的《织文成网》。

其特点在于很强的互动性，有创作冲动的写作者在 BBS 发布小说，可以得到即时回馈，也可以迅速形成写作－阅读之间的交流。同期，已出版的作品也被大量输入、扫描并粘贴到 BBS 进行传播。当时最热门的事件是黄易《大唐双龙传》的连载，清华大学的 OCR 小组每个月将最新出版的部分从香港邮寄回大陆，拆开扫描或者联合手打、校对、上传，各大 BBS 再有人专门对上传的部分进行编辑和制作格式，时间优势和版本优势都能带来更大的用户群。一时间，"大唐中文"、"晨星"、"爱心小屋"、"卧虎居"等 BBS 红极一时。

然而，早期的 BBS 是一个相对嘈杂的公共空间，随着作品数量不断增加，无法实现有效分类，尤其是在所有人都追看热门小说连载的情况下，更导致冷门帖的作者/张贴者慢慢丧失热情，也减弱了原创的动力①。

在此背景下，原创和收藏开始出现分化。1997 年，曾在洛杉矶警察局任职的美籍华人朱威廉带着美元投资回国，创办"榕树下"全球中文原创文学网站，1999 年，变个人主页为榕树下计算机有限公司，试图借网络的新生命力集聚原创文学作者，之后更联合已经成名的作家、评论家和其他门户网站举办网络文学大赛，吸收投稿，旨在拉动新的原创文学及出版生产力②。1998 年，"黄金书屋"成立，以个人网页形式致力于

---

① BBS 时代之后的网络阅读及其历史，仍然主要来自研究者的参与经验，也同样参考了流行最广、引发最多讨论的网络历史回顾文章，其中主要参考文献为《奇幻小说发展史（1998－2008）》和《网上阅读十年事》，前者更多侧重于生产，后者则加入了阅读者的主观视角。写作者的参与度（网络文学最早一批写作者、产业发展全程参与者）和文章相对于其他回顾的"转载"生命力，增加了材料细节的可信度。

② 例如，"榕树下"曾与 Tom. com 联合举办网络文学研讨会，见光明网，http://www.gmw. cn/01ds/2000－07/19/GB/2000%5E309%5E0%5EDS1505. htm。

建立网上书库，提供网络在线阅读。它一方面依靠大量作品与详细分类吸引读者，另一方面采用《大唐双龙传》的最佳扫描版本，保持相对领先的发布优势，很快就成为最热门的网络书库，跻身当时最具影响力的十大站点之一。1999 年，它被综合门户网站多来米中文网收购，成为一个商业网站的文学频道。

尽管"榕树下"和"黄金书屋"后来由于经营策略都逐渐式微，但在 2000 年前后，它们分别代表着网络与文学结合的两种方式：原创文学网站和网上书库。前者构成了一个以网络为中心的写作－阅读世界，而后者则承担了文学电子化的任务，建立了网络上的文学图书馆。在它们的努力之下，"网络文学"开始摆脱最初的"网络震惊"，逐渐向文学生产方向发展，成为网络原创文学的代名词：一方面强调"文学"，与网络文学资源相区别，前者承担了文学生产的意义，而后者则以资源为名，仅停留在传播和流通领域；另一方面强调"网络"，与传统的文学创作相区别，前者无须经过出版审查，也无须经过编辑处理和市场定位，遵循写作即发表的原则，暂时构成出版制度与国家管制之外的文学生产。

在这一阶段，尽管仍有实验性文学尝试零星闪过[①]，但总体来看，当人们谈论这个时期的网络文学时，已很少再谈论抽象的技术－文学特征。网络基于技术而集聚人的力量这一特性得到更多关注。作为新的文学生产空间，网络在寻找新的作家和读者资源方面的优势，让它被理解为"文学发展的肥沃土壤"，朱威廉在以此为题的评论里写道：

> Internet 的无限延伸创造了肥沃的土壤，大众化的自由创作空间使天地更为广阔。没有了印刷、纸张的烦琐，跳过了出版社、书商

---

① 比如 Flash 文学，以及 TOM 中国文学网推出的开放结局超文本小说，等等。

的层层限制，无数人执起了笔，一篇源自平凡人手下的文章可以瞬间走入千家万户。[①]

在这个背景下，关于网络文学的讨论也从纯文本实验性特点的期待和讨论，走向了对写作行为的关注。最具代表性的大概是李寻欢在《我的网络文学观》中的观点：

> 网络文学不是写网络的文学，也不等同于网络上的文学，它的准确定义应该是：网人在网络上发表的供网人阅读的文学。这个定义包含三层意思：其一，网络文学的主体必须是网人，即网络的使用者。其二，网络文学的传播渠道必须是网络。其三，从作者的创作动机来说，必须是为网上受众写作的。[②]

李寻欢想象着一种理想的网络写作，它诞生于网络，服务于网络，且停留在网络。它就像是将传统文学出版体制完整地搬到网络上，同时切断网络与现实出版的关系。这究竟会通往怎样的文学生产，谁也不知道。因为网络以不可思议的速度快速普及，让这个理想很快就失去了被实践的可能。网络原创文学这一界定方式也随之失去了意义。

（三）定型：网络作为生产机制的"类型文学"

2000 年前后，互联网泡沫风暴。以个人主页为主要载体的小型书站纷纷倒闭，以争取资本投资为基础的网络社区开始兴盛。新浪论坛上以讨论金庸小说为主题的"金庸客栈"逐渐成为华语范围内武侠爱好者的

---

① 参考朱威廉《网络——文学发展的肥沃土壤》，《人民日报（海外版）》，2010。
② 文本可见 http://www.ilf.cn/Theo/71902.html。

聚集地；西陆 BBS 在此时代背景下趁势合并了倒闭的众多小型书站，包括提供最精良扫描版本的"卧虎居"，形成多元独特版块并存的西陆社区。顺此潮流，在前一个时期已经积累了写作经验和阅读经验的用户们开始全面进驻论坛。

社区的日渐兴盛催生了所谓的"网络影响力"①。因为在虚拟空间里的活跃表现，原本默默无闻的普通写作者得以快速成名，而支持者对新作者和新作品的讨论、支持或批评，在其他社区、个人主页和 BBS 上的大量转载，在交往空间内，都可以转化为作品和作者"号召力"的背书。对于文学出版业来说，这看起来构成了一个极具吸引力的内容富矿②。1999 年，在整个华语区流行的台湾 BBS 写作《第一次亲密接触》开放版权引入，当时大陆 30 多家出版社加入版权争夺战，出版后不出意料的热销，终于在大陆造就了第一次网络文学出版热潮。

随着互联网的普及，网络社区与论坛上的写作越来越兴盛，阅读所造成的社会影响也越发明显。此时，在出版界和文学网站的共同推动下，热门的网络原创文学开始转向实体出版。"网人为网人写作"的"网络文学"认知格局被打破。原创仍然被坚持，但"网络原创文学"所划定的与出版文学生产链条之间的界限开始模糊。2000 年，"榕树下"推出了旗下迄今唯一成功且极为成功的新一代女作家安妮宝贝，《告别薇安》

---

① 这个词今天看来已太过平淡无奇，以至于大概很少有人会想到，它只有在网络使用者打破匿名/无面目状态，在虚拟空间内以个人身份浮现时，才成为可能。也就是说，它关联着社会交往与主体性。早期邮件列表和网络周刊时代，人们仍借由文学内容交往，而在 BBS 时代，人们开始进入人际互动，而论坛则极大地扩展了人际交往的广度和深度。影响力由此产生。

② 当"影响力"转变为"号召力"，在传统出版的视野里便制造了一个虚像：这些网络号召力可以延伸到现实空间，省却商业推广和营销的成本和风险。

热销，影响了之后十年的城市女性写作；由清华 BBS 开端的《大话西游》解读热潮，催生了西游精神的全新解读之作《悟空传》，在"金庸客栈"引发热潮之后，于 2001 年初由光明日报出版社正式出版；受北大未名 BBS 上一篇王语嫣同人短文的影响，江南以金庸人物为基础写出北大校园爱情小说《此间的少年》①，2001 年出版发行，销量与后续引发的文化影响均极为惊人②。

2002 年之后，当人们提到"网络文学"并试图在此分类下谈论某一话题的时候，"网络"作为"原初生产空间"这层意思逐渐被网络与纸面出版的融合突破。起初，出版商在推广新作者的时候，还会将"网络原创"作为营销口号，为不知名的作者背书，提高传统文学阅读市场的兴趣。逐渐地，当网络越来越普及，传统阅读市场和网络阅读市场日渐重叠，即使是在意识上远远落后于网络读者的传统出版社，也开始减少对网络看起来过于大惊小怪的强调。

回顾网络文学的进一步发展，其外延收窄的趋势清晰可见。2008 年之后，媒体、论坛和普通网络用户在提到网络文学的时候，基本上已经固定在第三个阶段：在网络上完成生产、阅读、消费全过程的文学写作。不仅如此，最有意思的变化在于，尽管网络文学还在被使用，但在大多

① 参见胤祥在北京大学广播台对江南的专访，文本内容可见于网络资源。一个有趣的后续是，江南致敬金庸的这本书，却在 15 年后被金庸告上法庭。江南接受败诉结果，并在道歉信中将《此间的少年》总结为年少时候的一次错误。如果这是一次可以被抹掉的错误，大概整个网络文学领域都不会存在。

② 直到 2010 年，这部小说终于被以北大毕业生为主体的团队拍成同名电影，尽管国内市场反应寥落，但在海外市场引发了怀旧包场。这从侧面证明了小说与那一代读者之间的精神关联，但也可以通往另一个事实：作为网络文学发展的主战场，国内对这一门类的阅读风潮已经发生了变化。

数情况下，它已经成为"商业取向的类型小说"的代名词①。

这一发展趋势具体如何形成，很难精细捕捉。但我们可以清楚地看到，生产内容的发展趋势与技术的特性之间存在一定程度上的亲和性，在网络社区取代"书库＋文学推手网站"成为网络文学生产的主要架构时，可能已经为内容生产设定了一个潜在的方向：类型化。

首先，"交流"取代"分享"，成为网络空间最核心的主题。在社区时代，原创作品不再是写作者自述胸臆的结果，而是在论坛参与者的互动中诞生的交流副产品。"上网的价值来自积极的谈话、联系和形成社会团体"，聊天、讨论、吵架构成写作的主要推动力，而写作则相应成为个人获得在互动内塑造社会地位和关系的主要方式②。

交流化导致"点击率"成为衡量作品的直接标准。与传统的写作方式不同，网络写作是在与阅读者的不断交流和争吵中连续进行的，为了争取更多的读者、关注度以及塑造自己在这个空间里更好的位置，写作者必须重视读者的反应，而读者的反应最直接的标志就是点击量的高低。在写作与阅读共进的后社区时代，"热"（点击量高）和"冷"（点击量低）是区分不同写作的第一标准。

其次，主题板块作为互动空间的基本结构，制约以及推动了写作的

---

① 这种趋势最明显体现在媒体推出的排行榜上，如每年各家推出的网络文学优秀作品盘点活动，以及读者自发制作的心目中最佳网络文学的榜单。其中，影响最大也最能支持文中观察的是 2008~2009 年的"网络文学十年盘点"活动。活动体现了相当浓烈的官方和主流文学色彩，由中国作家协会指导，中国作家出版集团、《长篇小说选刊》杂志社和中文在线共同举办。最后评出的十部最佳文学作品，包括《此间的少年》、《成都，今夜请将我遗忘》、《新宋》、《窃明》、《韦帅望的江湖》、《尘缘》、《家园》、《紫川》、《无家》、《脸谱》，无一例外皆为典型的商业化长篇类型小说。

② 可参见《网上阅读十年事》及网友追忆"金庸客栈"时期的纪念文章，后者在 2007 年结集出版，见新浪网友，2007。

类型化发展。写作者们直接面对的世界不再是"时代"、"社会"与"心灵",而是论坛主题。主题构成了这个社会空间的第一法则,主题下不断被重新提及和解读的经典作品和作家,则构成了论坛内写作的"对话对象"。

主题化明显加强了"谱系"和原创之间不可分割的关系。在传统写作方式里,独立作者独立写作,每个人都希望自己开创了一个全新的空间,并强调自己与前人的不同之处,但在板块空间架构之下,无论是写作者还是阅读者,都自觉地将自己置于某某类型小说爱好者的身份定位中,与经典作品之间的联系才是第一位的,而在此基础上将经典翻出新意,或者揭示其隐藏深意,才是让其他用户衷心钦佩的"好文"。

需要特别注意的是,网络文学站点不是一个零成本运作的"虚拟"机构,即使站长、编辑、主管都是爱好者义务劳动,服务器和购买域名所需的费用却不可避免,且随着互联网日益成为重要经济领域和创业热门选项,文学站点已经不是当年方舟子创立《新语丝》时的公益项目。服务器、域名、空间、专职经营和管理的人员、专职编辑,每一项都需要资金支持。无论是自负盈亏,还是要争取资金注入,网站的盈利模式开始成为每个文学站点都必须面对的难题。在此情况下,原本只是作为单纯热帖指标的"点击量",被逐渐注入商业色彩,写作者出于个人"虚荣"对点击量的追求,经由网站利益的转换,被纳入商业利益取向的轨道。同时,原本是基于人际交流而形成的类型化特征,也因为相对于非类型写作更能积聚人气和阅读量的特点,成为文学站点的主推内容。

技术的"规定性"和经验事实所呈现出的趋势非常吻合。2004年以后仍然有持续影响的文学站点("龙空"、"幻剑书盟"、"铁血"、"读写"、"明扬"、"起点中文网"、"晋江文学城"、"红袖添香",等等),全部都以类型小说为唯一内容。不以类型小说为主的站点,如"榕树下"、"天涯"、"博库"，则在点击量战争中纷纷败落。"榕树下"和"博库"全面走向传统文学出版业，将网站作为低门槛发现新人作家的阵地，试图通过垄断新人资源切入出版界。勉力支持之下，"榕树下"最终彻底丧失网络地位，由其曾经的签约作家李寻欢接手，转行为图书出版公司。"博库"携美国产业投资而来，四处挖角传统书业资深人士，与中国青年出版社、北大等单位联手合作文学推广活动，在大量收购作品电子版权之余，以培养中国的"斯蒂芬·金"为名，与王朔、陈村等大批作家签约合作，试水传统出版的电子化，结果 2001 年底便因为盈利模式不现实，宣布倒闭。"天涯"曾经以"闲闲书话"、"关天茶舍"，吸引了大批学院派人士，文学创作氛围浓厚，但因政治敏感和无法盈利，最终成为中国目前最大的八卦集散地和耸动新闻空间。

2010 年之后，当网络文学作为一种产业和文学现象引发知识界、产业界和政策部门的热切关注，各界被其与日俱增的影响力所震惊的时候，我们发现，网络上发布和消费的"商业化类型小说"，这个和传统文学观念、互联网开端时人们的理想相距最远的定义，已经成为网络文学这一领域能够在互联网发展脉络中维持下去，并最终引发"文学新变化"的唯一希望。这个结果对于互联网写作的早期参与者而言可能非常意外，但正如以上复杂时间线所展示的，它其来有自，也在过程中确立了技术和写作最终结合的样态。

正是在这一意义上，本书将在"商业化＋类型小说"的定义上来谈论网络文学及其与互联网、法律制度和"文学"的关系①。

---

① 这种关于网络文学的理解方式，也已经成为目前网络文学研究的唯一定义。回溯这个定义逐渐确定的过程，除了可以让我们看到技术、创作和市场结合的具体历史过程，也能提醒后来者，技术所能够打开的创作类型可能更加多元。在经验的层面上，我们必须看到商业类型文学的胜利，但如果回到理想的层面，无论是研究者还是技术方，也许都不应该完全忘记那些消失的可能性。

二 史前史：前网络时代的"地下"文学

商业取向的类型小说并非自网络时代开始。18 世纪的格拉布街出产的"看过一次便被忘记"的粗劣读物，19 世纪文学"生意人"为了提高劳动生产率而进行的格式化创作，都可被放置到类型小说史的前端。但真正具有直接影响关系，需要作为 2005 年之后中国网络文学发展史前史被我们看到的，其实是 1950 年以后的台湾武侠小说市场。

首先，台湾武侠小说发展历程突出体现了类型化与社会和产业背景互动的丰富性（叶洪生、林保淳，2005）。其次，网络文学发展历程与台湾类型小说产业的境况存在极为密切和直接的现实联系，讨论作为"商业化类型小说"的网络文学的时代背景，需从台湾武侠小说发展说起，是一个看起来有点奇怪却符合经验发展逻辑的选择。

关于台湾武侠小说从无到有、由盛而衰的全过程，以及背后的动力机制，叶洪生与林保淳教授（2005）著有《台湾武侠小说发展史》，视野最广，考证最为细致，是本书引用材料的主要来源。

"武侠小说"作为独立的类目，始于林纾 1915 年在《傅眉史》中的创造。平江不肖生的横空出世，让武侠小说正式脱离传统侠义小说成为独立的小说类型，也奠定了之后的基本格局：武、侠客与虚拟之江湖。武侠在民国蔚然成风，影响巨大，并随国民党南渡，成为当时台湾文化生活中最受欢迎的消闲读物。

1951 年至 20 世纪 60 年代，台湾武侠创作开始发轫。出于政治原因，留在大陆的民国武侠作家作品当时一律被打入黑、黄反动读物之列，禁止出版流通，平江不肖生、还珠楼主、郑证因、王度庐等名家都在此列，传统武侠小说不得不进一步走向地下，公开市场难以获得。这种背景催生了市场对武侠小说"原创"的热烈期待。大量文化人士在此背景下投

身新的武侠创作,报纸副刊、专业杂志连载和结集出版,成为原创作品
的产业背景和支持。

这一时期创作最引人注目的特点便是"承前启后",此时期的作者
主动且积极地接续民国"旧派"武侠的故事框架、人物设定、文风乃至
关键情节①,加以发展。其中,还珠楼主的《蜀山》系列由于几乎再造
了一个奇幻宇宙,被封为"武侠百科全书",影响力之大,无与伦比。
"绝大多数武侠作家皆把《蜀山》视为源头活水,可取之不尽,用之不
竭",以至于形成早期武侠创作的"泛蜀山化"。

20世纪60年代,武侠小说基本格局已经奠定。与此同时,台湾经济
高速发展带来更强大的消费能力与欲望,台湾当局在戒严法之下,一边
继续加强政治控制,一边鼓励开放电视与歌舞厅,引导消费,疏导情绪。
大众消费需求推动了通俗文化市场的爆炸性增长。武侠小说作为通俗文
学中最受欢迎的类型,迎来了创作最为兴盛的十年。

此时参与武侠小说的写作者已经不再是南渡的文人,据1974年真
善美出版社发行人宋今人总结:"出版武侠书的约有十家,各有其作家阵
容。极盛时武侠作家可能有二三百之多,武侠作家中,军人最多,学生次
之,一般人士阶层都有;年龄十六七至四五十岁不等,唯无女作家……"
(2005:152)1960年代初,台湾当局宣传"家庭即工场","正合乎闭门
造车者多快好省的愿望与要求"(2005:161),拥有大量自由时间的
"军人"与"学生"正好投身其中,以文谋生。当时以"上官鼎"之名

---

① 据两位研究者仔细梳理,当时的"创作灵感"特别来自"北派五大家的代表作:
例如,还珠楼主《蜀山剑侠传》系列、白羽《十二金钱镖》系列、郑证因《鹰爪
王》系列、朱贞木《蛮窟风云》系列,以及王度庐《鹤惊乾坤-铁骑银瓶》五部
曲等。他们或从中取材,或观摩借镜,或模仿人物故事,乃至打断抄袭,不一而
足"(叶洪生、林保淳,2005:46)。

红极一时的，其实是身为大学生的刘氏三兄弟。后来陆续担任台湾清华大学校长和"行政院"院长的刘兆玄回忆说，当年武侠小说采取论集计酬，每集（4万字左右）稿酬从500~3000元不等。新手每月两集，便可获得大约一个中级公务员的工资。"上官鼎"三兄弟便是靠武侠小说收入陆续赴美留学的。

虽无完整统计数字，但据业内人士推断，其时武侠书总产量至少在1200部，25000本以上，多则约达2000部，40000集，每集通常约40000字，产量极为惊人（2005：152）。在巨大的产量中，武侠小说内部开始出现类型分化。据叶、林两位的分析，当时的台湾武侠小说界主要有四大流派和八大书系，流派与书系相互鼓荡，逐渐加速类型分化与固定。

在四大流派中，我们能很清楚地看到它们与民国武侠之间的继承脉络与新发展：超技击侠情派，强调神功秘技和玄妙招式，敷陈儿女英雄传奇；奇幻仙侠派，模仿还珠楼主的飞仙剑侠及神怪、法宝，构筑奇幻世界；新派，借鉴西洋小说技法和日本剑客小说，采用新式分段，刻画人物内心；鬼派，模仿《蜀山》中构筑的邪魔外道系统，内容非鬼即魔。以上流派中以超技击侠情派为绝对主流，每年出版的长篇小说有数百部之多，远超其他小说类型的影响力。

八大书系构成了以上类型延续和分化的产业背景，它们指的是专门印行武侠小说，与作者建立长期合作关系，出书最多、各拥山头的八大出版社，分别聚集并培养了一批专属武侠作者，自成书系，作为号召。小说出版大多采用分集印行的方式，每部每月仅出两三集，每版印数两千至三千不等。装订成册后，由特约经销商或自兼总经销发往全台湾约3000家租书店及书报摊，或租或售，随时补货。由于出版社和分销网点之间存在相当直接的销售回馈，热销作者与主题便会得到更多鼓励，对于流派的分化和巩固起到了极为重要的影响。

20世纪70~80年代，台湾武侠小说创作开始逐渐退潮。经济发展带来了城市生活的普及，冰果室、咖啡厅、撞球间林立，逐渐挤占租书店在日常休闲生活中的位置，同时，电影、广播剧、漫画、连续剧陆续入侵武侠领域，让一部分武侠小说的忠实读者退出小说阅读，转而从媒体中寻求武侠梦带来的快感。媒体业对武侠剧本的需求，也让一大批成名武侠小说家退出辛苦的爬格子生活，转为编剧，小说创作量锐减。在此形式下，八大书系业务纷纷停滞，除了南琪出版社因取得古龙小说出版权得以幸免外，其他各家在1970年以后便已无新人新作，1970年书系中最重要的真善美出版社发出"暂停出版新书"公告，于1977年正式停业。

写作者方面，即使之前盛极一时，武侠小说在台湾也未突破"地平线"，一直处在主流市场与文化领域之外。1959年胡适甚至曾在香港世界新闻学校公开演讲时痛斥"武侠小说是下流的"！其观点经《联合报》转载回台湾，造成极大冲击。面对文化界的轻视，武侠作家的认同感只能来自读者与稿酬，而20世纪60年代的狂飙突进造成了为稿酬写作的流行风气，知名作者往往为了又快又多，不断陷入自我重复，使用同样的情节和对话，"编辑"作品。在70年代的停滞期，写作者的荒废更快地导致了市场的萎缩，获利减少，武侠小说作家们更加缺乏动力。一时间，代笔泛滥，古龙、卧龙生、诸葛青云都有只写开头请人续作的记录，出版社为了牟利，不惜将新人作品冠上受欢迎作家的名字，先做"试销"，若有好反应，再予以"正名"，如李凉的《奇神杨小邪》虽然后来爆得大名，最开始却是以"卧龙生"的名字出版的，至于冒名伪作、剽窃抄袭，更是层出不穷。

虽然创作陷入自我重复，但读者经由20年多则数百少则数十部小说的熏染，早已经历了见识、眼界和欣赏趣味上的巨大发展。老读者对武侠小说已有自己的评判标准，而新读者习惯了电视、电影等新媒体的快节奏与画面感，对小说阅读有了更高的期许。一退一进之间，出版社与武侠作家已经很难再像20世纪50年代初时那样留住读者。作为最后一个有创新意识的作家，古龙在经历了后期的散文式文体和为人性而人性的自我改革之后，也逐渐丧失了读者基础，走向过于实验性的"自我戕害"。至此，台湾武侠创作领域已濒临停滞。

最后一击来自金庸文学的开禁。1973年，金庸以《明报》创办人身份到台湾访问，1979年，金庸小说第一次在台湾解禁出版。《联合报》于1979年9月7日开始连载《连城诀》，《中国时报》于9月8日开始连载《倚天屠龙记》，以制造声势。1980年，金庸作品集出版，1986年高价转让给远流出版社，袖珍本、典藏本、普及本陆续出版，连续数年高居排行榜销售冠军。同时，与金庸相关的香港连续剧、电影也同时登陆台湾，形成不可阻挡的"金学"潮流。

金庸小说经由文学出版社与文学报刊联手引入台湾，激发了文艺界的广泛热情。但这场金庸风潮的制造者，并不是这30年来武侠小说的推手，而是文艺界与学术界的著名人士。武侠小说在金庸文学的推动下，第一次成为文艺界研究的对象，由此获得了"文学"身份。然而，事情的另一面是，在文艺界推崇金庸并挖掘其文学价值的同时，也开始了对武侠小说的批判和排挤。除了古龙因为"西洋文学"的底子获得些许承认之外，以小出版社和租书店为阵地的武侠小说均被弃为商业之作。武侠小说在被提高到"文学"的同时，也完成了一次分化：以金庸为代表的"武侠文学"与包括绝大多数武侠写作在内的不登大雅的"通俗小说"，前者继续在大出版社和书店系统内发行售卖，后者则继续依赖苦苦支撑的武侠小出版商和大街小巷的租书店。到20世纪80年代以后，小出版商和租书店几乎已经无法靠武侠小说维持，转而推出"香艳武侠"系列，加入色情内容来吸引底层读者，"非文学"的武侠小说从此更加没落。

极为戏剧性的是，台湾武侠历史的最后一段生命是借由"盗版"登陆大陆市场的。20 世纪 80 年代,台湾武侠小说全面被金庸风潮排挤,急需开拓新市场,而港澳东南亚的市场潜力已经在前 30 年的发展中被耗尽。此时,大陆通俗文学市场经历了 30 年的喑哑,刚刚重新开放。台湾出版社开始取道香港,经由港澳本进入中国大陆图书批发市场。按照"旧雨楼/清风阁"资深版主顾臻在《沧海横流却是谁》中对港台武侠小说进入大陆历史的考证,1970 年末,港澳版武侠书便已通过特殊渠道,进入大陆沿海城市销售,1981 ~ 1982 年已逐渐进入内陆各地。来自 1990 年天津两家大型图书批发市场的书目显示,当时武侠书目共计 879 种(2005:467 ~ 470)。

港澳版虽为地下流通,但仍是进口产品,价格昂贵。大陆小租书店无法负担,转而购买"黑书",即从 20 世纪 70 年代末开始出现来历不明的低价盗版书。除了供应租书店之外,这些书在私人书摊上也广泛售卖。这些书大多没有出版单位,即使有也是捏造的,作者名字一般无法相信,张冠李戴、胡编乱造者极为常见。1982 ~ 1985 年,国家出版局宣布,"为了遏制武侠小说泛滥成灾的趋势,国家决定三年内禁止武侠小说出版发行",这一规定将本来就很少的正规出版扫荡一空,给地下出版留下了广阔的市场。市场的巨大,导致当时不少正规出版社进入黑市,为此被整顿的文学刊物多达百种以上,甚至《长江文艺》和《鲁迅研究》也不能幸免。黑书盗印的普遍程度,在以下新闻中表现得淋漓尽致:1985 年 11 月 16 日,《文艺报》报道,地下黑书滥印,致使中小学教科书面临无纸印刷的窘境,开学三月后仍拿不到新课本;同年《中国青年报》披露:内蒙古赤峰一所小学对四五年级学生 106 人进行课间突击检查,共搜出 358 本武侠小说(2005:472 ~ 478)。

非常吊诡的是,正是类似阅读环境中的小学生,到了 1997 年前后,成了网络类型小说最早的热心参与者,在他们的讨论、交流与热情中,诞生了最早的网络原创文学①。

三　网络"文学"史：类型小说在技术时代的逆袭

港台武侠小说在 20 世纪末的最后几年，已经进入日暮西山奄奄一息的状态，金庸、梁羽生早已封笔，古龙故去，温瑞安虽然还在创作，但已陷入个人重复，再无新意。整个港台地区只有黄易一人在苦苦支撑，然而，中国大陆的网络文学热潮，正是从这个几乎冰冷的灰堆中诞生。

这个灰堆，后来被网络文学观察家 Weid 称为"阅读的真空"，弥漫着不知餍足的饥饿感和几乎不可满足的对阅读的需求。"那时的我们，对于阅读确实处在一种类似饥渴的状态……"

港台几十年积累的类型小说创作经由盗版进入大陆市场，培养了这样一个在传统出版视角看来极为畸形的市场和读者群：他们追求海量阅读，以近乎吞噬的速度消费着上百万字的小说，并不断渴望更多更新。他们对出版流程全无认知，文学作为一个产业，牵扯着包括作者、出版

---

① 在早期写作者的回忆和自述中，"租书店"是最频繁被提及的关键词。《网络文学十年事》的作者 Weid 则回忆了自己在 2000 年开始在网络上广泛与书友交流阅读背景时遇到"战友"般的激动，并给出了详细的背景书单：《说岳全传》、《封神演义》、唐传奇、"四大名著"、《金瓶梅》、"三言二拍"、《聊斋志异》；荷马、莎士比亚、巴尔扎克、大仲马、马里奥·普佐、西德尼·谢尔顿；还珠楼主、金庸、梁羽生、古龙、倪匡、温瑞安、黄易、田中芳树；鸳鸯蝴蝶派、琼瑶、亦舒、席绢……也许在传统文学研究者的视野里，这些书似乎不太可能出现在同一个脉络里，但对我来说，它们却散发着统一而极为熟悉的味道。Weid 验证了我的假设，证明我们也分享着 20 世纪 80 年代共同的阅读背景："那时的我们，对于阅读确实处在一种类似饥渴的状态。最近的一次丰富的大餐，来自之前的盗版盛宴，倪匡二十多年的积累，黄易出道以来的作品，连同席绢的十余部小说，集中地出现在书摊、租书店中，散发着自温瑞安以来许久未曾闻到的墨香。"

商、发行商与其他各个环节的利益，这样的观念几乎很难进入他们的考虑范围。

那时的我，并不清楚一部小说，从最初出现在作者的脑海中，到最终以某种纸张印刷的形式被读者捧在手头，需要多么复杂的流程，需要多少人在里面斗争博弈。

那时的我，也并不理解自己的阅读习惯有多么的可怕。《黄易作品集》、《卫斯理系列》、《原振侠系列》、《田中芳树作品集》，这是不多的可以让我看三天左右的作品目录。

"小说，好看的小说，看得起的好看的小说。你瞧，就是这么简单，就是这么简单的愿望，都无法得到满足。"个人－作品之间这种简单的需求与被需求关系，构成了当时现实存在的对于文学及其生产的全部理解。网络的出现，让这种曾经因为太过脱离"现实"只能成为过分欲望的要求得到了满足，并在这个过程中，在技术发展的各个阶段制造出各种不同特征的文学生产机制。

（一）BBS 论坛时代："盗版"

1998 年，黄易的《大唐双龙传》由黄易出版社推出，开始了缓慢又漫长的出版发行，饕餮读者的"粮草"得到持续供应，与此同时，BBS和论坛的出现改变了人们在批发市场和租书店等待港台版和盗版的模式，网络连载时代到来。例如，当时清华大学的 OCR 小组，通过网络合作，利用实验室里的扫描仪，将此小说分页扫描上传互联网，再由网友转载到不同论坛，或者由个人书站站长收入个人主页，供用户下载。我和很多朋友，大概就是在这样的网络环境下，重新获得了少年时代在租书店看武侠小说的快乐。

OCR 阶段的网络连载，就像一个被压缩了时空、取消了商业利益的"盗版"链条。中间环节被悉数取消，经由寄送者、OCR 者、手打者、上传者以及版本修订者的共同努力，哪怕是最偏远地区的《大唐双龙传》爱好者，只要能够上网，也能以最快的速度免费获得阅读，而能够以最快速度提供最新连载的网站，则最能吸引和聚集闻风而来的读者。所有提供中间服务的人和网站，都构成了这个链条的关键节点。当时，清华 BBS 上传最新 OCR 文字之后，各大个人书站为优化阅读体验，还会对"原始"文件重新排版，制作版式，以更精美的版本提供下载。这些新的版本会被转载至更接近读者的论坛，仿佛书籍的不同版本，在论坛经受读者的评论和臧否。最受推崇的版本会得到更多的推荐、转载、点击和下载，这成为排版者唯一的收获和动力①。网络在取消了纸张、油墨、运输等成本之后，似乎同时产生了一种动力，让置身其中的人同时放弃了对自身劳动的"成本"核算，在一个全新的动力基础上将盗版事业从实体出版的边缘地带，带到虚拟交流的核心位置。

（二）免费网站时代：类型小说

OCR 盗版占据主体的网络文学时代终结于 2000 年左右。当时，吸引大批读者上网阅读的《大唐双龙传》进入尾声，而 OCR 盗版声势的逐日浩大同时引来了资本和法律的目光。1999 年，"黄金书屋"被重金收购，从个人主页转变为商业站点。为了避免盗版带来的法律风险，尚在版权保护期内的作品被大量下线。

供给的受限和读者不灭的阅读需求相配合，在互联网的世界里，造

---

① 在读者和写作者的回忆文章里频繁出现的"卧虎居"，正是在这样一种环境下，由站长"卧虎居士"对上千万的文字手动排版校对，重新制作版式，为各大文学网站提供了最好版本的阅读文本。

就了与 20 世纪 50 年代的台湾同样的原创需求。一个类型化小说的创作时代，经由互联网的推动，在与台湾武侠市场非常类似的环境里重新萌芽，但又因为互联网的特性，走上了当时的参与者完全预料不到的方向。

2000 年左右，为了追随黄易的《大唐双龙传》连载而开始使用文学网站的人，逐渐发现了其他正在连载的新小说，罗森的《风姿物语》开始吸引依然饥饿的阅读者跨越“地理边界”，频繁穿梭于台湾网站。这种跨越在文学研究层面，可能会被理解为网络时代文本的超链接特性，由此展开关于新文本的讨论（陈定家，2011），但对于饥饿的阅读者，这只是传播方式特性所带来的新的可能性：以最快的速度将可以阅读的文本带入同好聚集的论坛，传播、分享，并在相互交流中获得阅读的快感，完成社会交往。

当时最大的三个繁体文学网站：“鲜网”①、“六艺藏经阁”② 和“无限传说”，大量活跃着来自大陆地区的 ID，他们就像清华 BBS 的无偿 OCR 提供者一样，转载、重新排版，在西陆上推动新作品的连载，提供评论和意见，同时直接在繁体网站上参与作品的讨论，与台湾地区的原创写作者商讨写作的细节。同时，有一批 ID 开始利用这些相对成熟的网站与读者群，发表自己的原创。同时，台湾写作者也频繁出没于西陆等简体文学论坛，即使是正式连载出版的作品，作者也并不会对大陆的转载提出任何版权方面的要求和禁令，相反，很多成名写作者会在自己的

---

① 鲜网（www.myfreshnet.com），对中国网络文学影响最大的网络社区，成立于 2000 年 6 月 1 日，最初由鲜文学网、鲜闲情网、鲜娱乐网与鲜科技网等四个子网所组成，总公司设于美国硅谷，出版公司位于中国台北，网站以鲜文学网为主体，网友来自台湾、大陆、香港以及海外各地区，号称是全球第一个架构式互动内容的网站。具体介绍见百度百科“鲜网”词条，http://baike.baidu.com/view/271666.htm。

② 六艺藏经阁（http://classicwriter.ath.cx），最直接继承了台湾武侠小说脉络的文学交流社区，具体宗旨和介绍可参见《六艺藏经阁：虚拟武林中的刀光剑影》。

作品连载期间，被邀请到西陆 BBS 与读者版聊、接受现场采访。

两地无空间限制的交往，让网络文学在早期加入了台湾武侠小说遗留的历史时空，试图重新恢复通俗文学传统出版市场的荣光。

2000 年，"无限传说"上活跃的创作者①在西陆 BBS 上成立了台湾"无限传说"的简体站——"红尘阁"，成为奇幻写作者的聚集点。2001 年 1 月，"红尘阁"联合西陆 BBS 中其他三个最大的文学论坛②，宣布退出西陆，成立"龙的天空原创联盟网站"（以下简称"龙空"），以华语地区第一大原创文学网站为内部目标，开始独立运行。"龙空"从一开始便旗帜鲜明地模仿"鲜网"，以出版为经营模式的核心，申请当时最热门的台湾写作者③的创作转载权，同时确立"驻站作者"，为他们开设专属会客室，由作者自己管理论坛，以驻站作者及其作品作为网站的主体架构和运行核心，为作者群体提供相对私密的网络交流空间。

"龙空"与"鲜网"、"无限传说"共享作者资源，打通了网络原创小说的两岸版权通道。2001 年，"龙空"建站不久后，随着流量增大，服务器资源明显不足，为摆脱困境，"龙空"决定加强与"鲜网"的出版合作，走向实体出版市场，以手头具备市场潜力的买断小说来营利，补贴网站运营所需。2001 年 7 月，"龙空"成立关联出版机构——北京世纪幻想文化发展有限公司；12 月，与台湾狮鹫文化有限公司合作出版《神魔纪事》小说繁体版，开创了大陆原创作者在台湾地区进行繁体出版的先河。此后 4 年间，"龙空"与台湾 8 家出版公司合作出版各类型长篇小说 140 余部，成为"台湾小出版公司＋租书店"出版模式的最大内

---

① 飞凌、天照幸运、Rly、胖毛虫和红尘。
② "自娱自乐"、"一意孤行"和"五月的天空"。
③ 包括罗森、莫仁、苏逸平等最热门作者在内。

容提供商，而台湾方面付出的版税则成为这一时段大多数大陆原创写作者的主要经济来源。

作者和市场两个层面的资源共通，导致"龙空"的自身发展极大受限于对岸那个相对成熟却已经是夕阳状态的狭小市场。在那个市场上，大部分小说都采取连载出版模式，租书店的销售信息反馈直接决定生产的速度、内容和产量。虽然整个租书店市场对小说的需求巨大，但单本能够消化的销量，最好也只有一万册左右，大量作品都没法达到2000册。大量大陆写作者的加入，又进一步恶化了生产与需求之间的关系，台湾作者几乎全线退出这一行业。到2006年，台湾玄幻类小说销售前十名的作者里，只有两位来自台湾。当网络阅读人数逐渐增加，原本可以并存的网络连载与租书店实体出版的二元格局被打破，越来越多的读者习惯了网络阅读，开始远离租书店。本来就相当紧绷的出版链条断裂，2003年，在台湾通俗小说市场占据很大份额的出版商狮鹫停业；2005年，台湾租书店由5000家缩水到3000家，同时减少了网络连载小说的进货①。

总的来说，经由互联网取消地理边界的特性，台湾作为一个外部因素加入了大陆原创文学的发展过程。一方面，那段看起来和我们非常遥远的"史前史"及文学生产基本格局，催生了今天仍然是网络文学主体的文学网站，奠定了文学网站作为作者发布作品和实现交流的场所的基本定位，甚至作为很长一段时间内作品的唯一买方，决定了网络文学的基本内容：武侠、玄幻、言情；另一方面，它作为一个市场走向衰落的必然趋势，则在提供了早期网络文学输血的功能之后，又将网络文学的

---

① 关于大陆网络文学早期发展与台湾租书店业的关系，可以参考《网络小说发展史》、《论二十一世纪以来大陆网络类型小说的兴起与演变》以及《台湾出版社投稿指南》。

发展逼上了一条必须不同于台湾模式的道路。

（三）VIP收费时代：网文

2001～2004年，文学网站为了生存，经历了各种各样的尝试和挣扎。除了台湾市场之外，网上书店、无线合作，都是一时的热点，网站管理者迫切地想要打通与各个销售渠道之间的关系，来推动手头既有内容资源的营利化。非常自然的，加强与传统出版社的合作是被寄予最多厚望的突破点。掌握两岸最多作者和作品资源的"龙空"从2002年开始，也积极投身大陆实体出版市场，从台湾知名玄幻作品的引进开始，策划"幻想文丛"、"奇幻之旅"、"幻想之城"等系列图书，声势最为浩大，但未有任何一本走上过文学类的销售排行榜，路越走越窄，直到2007年与合作出版社发生利益纠纷。2008年12月15日，"海洋出版社与北京世纪幻想文化发展有限公司、李利新行纪合同纠纷案"在京开庭审理，被告北京世纪幻想文化发展有限公司被判给付海洋出版社书款1414677.8元，服务器封机，网址关闭。

无论是跨境版权合作、网上书店、无线运营还是国内出版协作，都是将网络文学及其生产放置在传统出版链条中的解决方案，网络文学网站在此被理解为一个更快速网罗更多创作力的平台，这个平台营利的关键，在于怎么和其他平台对接。然而，现实残酷地否决了这一思路。

2002年2月，"读写网"试运行，首次发布"为推动原创文学的发展，本网计划向作者支付网络刊载的稿酬，欢迎原创作品加入"的声明。直接向读者收费，开始成为一个选项，进入文学网站自救的方案列表。2002年底，中华杨和苏明璞等网络军事小说写手，离开"铁血中文网"，成立"明杨全球中文品书网"，继承了向读者直接收费的思路，以点击和点击量作为读者付费和作者获得报酬的标准，正式提出VIP概念，通过自身及其作品的吸引力，吸引大批会员注册。至此，成为今天网络文学主要消费模式的 VIP 收费制雏形正式确立。

互联网终于从自由交流的网络社区，发展成支持线上支付等经济制度的虚拟"社会"，正是这样的技术发展使 VIP 收费模式本身成为可能，也决定了未来文学生产的基本特征。

第一，它取消了作者与读者之间的全部中介环节，读者的订阅构成作者之间竞争的唯一标准。编辑、审稿、版权代理、出版社，在 VIP 制度为基础的写作和阅读世界中，可以根本不存在。网络文学的生产和消费无须寻找与其他平台的接口，经由网络的互联，就可以在作者和读者之间直接完成。

作者与读者的直接关系，以及作者如何经由读者的阅读而获得名声，在网络文学兴起之初已经是这个领域的基本运行方式，但在 VIP 制度出现之前，包括"龙空"在内的写读交流网站，都仍然延续传统，人为地建立作者与读者之间的区隔。无论是设立专门的作者讨论区，开辟评论人专属空间以连接作者与读者，还是将网络文学作品经由版权代理和杂志向线下的读者推出，其潜在的前提假设都是：写作和阅读是分属不同领域的行为，需要不同性质的中介来解析读者需求，剖析作品的特点，从而做到精确匹配和推荐。在很长一段时间内，这个来自传统文学出版的逻辑，牢牢支配着文学网站的参与者和管理者。

直到 VIP 制度诞生，这一传统假设才被彻底抛弃，网络文学正式走上了台湾武侠小说无法想象的新世界。读者在文学网站的平台上，用极少的时间成本即可阅读所有作品，根据自身的喜好直接做出判断。读者用鼠标完成的付费行为，构成了对作品的评价和消费，这种反馈直接体现在网站的各种点击数据上，成为写作者进行创作的市场依据。从此之后，网络文学生产进入了读者消费行为直接引导的生产模式。

第二，它催生了一个难以想象的巨大文学市场。要想吸引读者付费阅读，并让他们一直留在这个网站空间内进行文学消费，必须维持收费的低廉。同时，要想吸引作者在平台上持续不断地发布作品，夜以继日地更新，又必须保证足够的收入，维持经济动力。这两个看似矛盾的需求要想同时得到满足，就必须保证有足够多的小说同时更新，以及保证足够多的读者同时在线阅读。网站在技术和制度层面最大的工作目标，就是要尽可能地促使作者疯狂地写，以及吸引更多的读者。

第三，因此，连载成为作者写作和书站更新的唯一模式。连载作为网络文学"出版"的方式，使得作品与读者之间的关系不是一次性的，而是持续性的。章节数和每章节的阅读人数，直接决定了作者的收入。这就要求创作者必须持续不断的更新，且保持更新的数量和质量，随时关注和回应阅读者的喜好和评论，才能持续不断地从写作中获得收入，同时吸引更多的阅读者，扩大收入的基础。

由于对作者的速度和读者的规模有太高的要求，VIP制度建立之初，并未马上挽救"读写网"和"明杨"，很多人仍然将未来寄托在传统出版市场对网络文学的认识和接纳上。然而，没有人能够估计网络用户以及流量可以爆炸性增长到何等惊人的地步。2003年10月，新手"起点中文网"正式启动VIP制度时，似乎赶上了命定的机会。到11月10日优惠期结束时，虽然"起点"只有23部VIP作品，但全额支付制度使得第一个月就有作者的稿费超过千元，与之前的VIP网站相比有了质的飞跃。在此情况下，"起点"发表《起点中文网VIP订阅制度试行回顾》，宣布"在VIP会员的踊跃订阅下，VIP优秀作品已经达到10元/千字的稿费水平"；2003年底，宣布"VIP计划中订阅率最高的作品已经达到20元/千字稿费级别"。在产业繁荣的刺激下，越来越多的新人投入网络写作行列，"2003年9月17日，起点书库收录原创文学作品3000部"；2004年初，在此基础上增加了一倍。2004年4月1日，"起点"公告称，"经近半年的不断努力和发展，其中稿酬最高已经达到创纪录的每千字40元，数十部作品稿酬收入在每千字20～40元，起点累计发放稿酬已近 10 万余元,仅 3 月份起点 VIP 作者稿酬冠军就得到超过 4000 元的月收入"。

"起点"带动了同期其他文学网站的跟进和发展。几经竞争、洗牌,2004 年,国内几乎已经形成了"起点"和"幻剑"南北对峙的局面,背后则是 VIP 网络文学收费机制的一统天下:大量的写作及其阅读仅发生在网络领域即可实现持续生产。类型小说终于借助互联网发展的帮助,进入了一个传统出版业完全无法想象的巨型市场。在这个市场上,低廉的价格使得饥渴的阅读者可以毫无经济压力地满足自己的饕餮胃口,从而养活也许是历史上最庞大的写作者队伍。

(四)资本时代:"文学"

从商业化类型小说到作为一个文学现象被讨论的"文学",这是台湾武侠小说界最终也没有实现的跳跃。这个在传统的高雅/低俗文学二分框架里,几乎不可能实现的任务,最终在今天以网络"文学"之名被实现,关键的力量可能并非如文学研究者所言,依赖学术界的视野突破(邵燕君,2011),而是来自资本及其携带的整套生产机制的注入。

2004 年,盛大游戏公司(以下简称盛大)建立 PT 文学网,以《致幻想作者的一封信》宣告进入网络文学界,在经历了几个月与"起点"和"幻剑"争夺流量的斗争之后,盛大决定采用更直接的方式来加入这场竞争:10 月,它以 200 万美元直接收购起点中文网为全资子公司。资本的介入,给网络文学的发展带来了巨大的变化。

首先,盛大利用自家游戏在二级城市铺设的既有渠道,快速打开网文阅读点卡的销售通路,解决了之前困扰文学 VIP 收费规模的支付方式问题,"使起点中文网拥有了业内 90% 的作者和读者资源"。这迫使幻剑书盟也开始寻找资本合作方,相继与网易、腾讯建立战略合作关系。尽管"幻剑"在寻求合作的时候,高调宣布了反盛大 – 起点的立场,声称是"为了让作者和读者继续拥有选择的权力，保护不完全成熟的网络幻想文学市场的公共利益"，但在生存压力之下，文学网站与外围资本合作，慢慢成为这一领域的必然结构。

其次，当文学网站和其他领域的资本合作，甚至成为其下级网站之后，便从最初"推动原创文学发展"的独立领域，变成另一个领域的利益合作方，或者单纯的内容提供方。为了达成这一目标，网络小说必然不能停留在独立的小说写作－阅读领域，它一定要在这个领域之外拥有存在感，才能够成为一个有力量有价值的合作方，为合作者或者母公司提供尽可能多的助力和直接利益。

此后，"起点"和"幻剑"都采取了更为高调的宣传策略。2004 年，"幻剑"与腾讯建立合作关系，运用 Q 币平台增加对腾讯用户的吸引力，在搜狐开辟幻剑作品专区，组织新浪"绝对现场"栏目对作者进行专访，与《电脑商情报·游戏天地》共同举办"九城杯"全国游戏文学大赛，与易趣网联合举办手机拍卖活动，在各大门户网站投放长达一年的首页强推，将"网络文学"作为一个新的文化概念，向社会公众进行推广。同期，"起点"开始重新转向与传统出版领域的合作。2004 年 12 月，推出百万年薪签约作家活动，大规模邀请出版资源合作单位，买断优秀作品，以版权代理人和出版合作方身份，向实体出版市场进军。

2005 年，原发于幻剑书盟的《诛仙》出版实体书，掀起当年的销售狂潮，"后金庸武侠圣经"的宣传策略，也第一次让网络类型文学在传统文学出版脉络中得到了自己的位置。在当年的媒体宣传中，萧鼎以新一代武侠作家的形象进入公众视野，而与之相伴随的，是幻剑书盟作为新一代作家推手形象的树立。2007 年，原发于起点中文网的《鬼吹灯》系列占据了畅销文学榜前十名的一半，作品的奇诡风格、包罗万象的幻想世界设定以及老练的"文革"时代语言风格，和普通文化程度的天津待业青年本物天下霸唱之间，形成"反常识"的反差，引发了媒体对网络小说及其创作者的深度好奇。起点中文网借机将网络写手这一群体推向公众视野，强调民间幻想写作的文学意义与特殊性，以及网络写手的"作家"本质。

面对网络小说强大的市场号召力，在文学网站的推动下，传统文学机构也开始至少在形式上正视这支力量的存在，并试图在文学内部给它一个定位。2007 年，上海社科院、上海作协与起点中文网合作，举办"网络文学创作高级研修班"，培训对象从起点中文网签约作者中精选出来，以社会科学课程为主要培训内容，体现了来自研究界和网络文学创作界对这一领域的共同认识：需要加强学习和素质培养的"准作家"。2007 年 4 月的中国作协会议上，铁凝回答记者提问时说：

> 首先要承认，现在网络作家已经有了一大批。不是说是否要注意到他们的存在，而是已经是一个客观存在……我集中读了一批这样的作品，深刻地感受到网络作家已是一股不能忽视的力量，是当代中国文学的一部分。

2008 年 3 月，在重庆举行的中国作协会议上，铁凝再次发表对网络文学的看法，明确表示"网络文学的兴盛颠覆了传统写作的话语霸权，给了每一个想通过写作来表达自己或证明自己的人一个非常便捷、也更平等的平台，这是好事"。尽管铁凝大概并不知道记者提问的网络文学指的究竟是"起点"上的类型小说，还是当年"榕树下"安妮宝贝式的文艺写作，但这个表态至少可以说明，作为一个引人注目的产业现象，网络文学已经出现在传统文学领域的最高主管部门的视野之中，并成为后者希望将之纳入管理的现象。

2008 年 3 月，"网络文学发展高峰论坛"在北京举办，由中国社会科学院文学所、中国文学网、中国社会科学院互联网发展研究中心、中国当代文学研究会新媒体委员会、中国版权协会反盗版委员会共同主办，主要基调被界定为"增进了国家学术研究部门与原创文学网站之间的认识和交流，同时面向社会推广宣传了优秀的文学网站代表，倡导了绿色、健康、积极的网络文学环境，是一次具有开拓意义的网络文学发展盛会"。

2008 年 7 月，盛大在起点中文网基础上成立"盛大文学"，定位为"盛大集团旗下文学业务板块的运营和管理实体"。此后，盛大文学的主要策略可以分为三类：兼并业内竞争性文学网站，树立各自业务特点，以文学门类为标准打造文学生产平台；将影响力最大的网络写手推往文学界；吸引传统文学界人士加入平台写作，将网络文学生产平台转型为文学生产的网络平台。

2008 年 9 月，起点中文网主办"全国 30 省作协主席小说联展"。蒋子龙、刘庆邦、杨争光、谈歌、储福金、秦文君等全国 30 个省、市、自治区作协的主席或副主席，开始在起点中文网上连载自己的中长篇小说，加入"起点"写手竞争，给作者付费阅读。2009 年 7 月，中国作协鲁迅文学院举办首届"网络文学作家培训班"，热门写手唐家三少、任怨、秋远航、张小花等 29 人成为首批学员。体制内身份的合一，让网络作家和传统作家之间的区隔，在"作家"这一层面趋于消失，带来网络小说的进一步"文学"化。

至此，从 1995 年绵延至今的网络原创文学梦想可以说得到了辉煌的实现：网络写手成为作家，且几乎是影响力最大、被改编最多、经由最多渠道进入社会生活的作家，与莫言一起构成中国意识形态研究的对象①。网络文学不再是 2000 年前后网络爱好者的游戏之作，甚至超越台

---

① 2012 年两次较有影响的关于文化与意识形态的大讨论，一次是 7 月关于电视剧的文化讨论，其中由网络文学延烧到电视界的《甄嬛传》、《杜拉拉升职记》、《浮沉》等构成了讨论的主要对象，另一次则是围绕莫言获得诺贝尔奖的揣测和讨论。

湾武侠小说全盛时期时的“地下文学”地位，被接纳为“文学的一种形式”，继承中国传统文化基因的特殊幻想文学形式，以全媒体文化产业中的“文学”身份融入社会，引起“文学研究者”的理论兴趣，引发主流文学界争夺对这一文学形式的诠释权。

在其他时空里一直无法登上大雅之堂的类型化写作，藉由网络衍生空间的力量，在经历了萌发－发展－爆发之后，不但没有像台湾武侠小说一样走向自我消耗和衰亡，反而产生出吸纳外部世界的力量，将资本、出版、文学界引入这一领域，第一次在经验世界里以“文学”之名突破格拉布街的籍籍无名，在其正在发展的时代，逆袭成功。如果说本章的内容能够让读者接受这个“社会事实”，那么，在接下来的章节里，我将详细讨论这个社会事实究竟在哪些领域带来了不可被忽视的变化，这些变化意味着什么，既有的结构化力量又将如何消化这个“社会事实”。

第五章
技术时代的新文学（上）：生产机制

相当多的文学研究者认为，网络文学的逆袭意味着一种平民文学对于精英话语霸权的冲击，曾繁亭的以下论述相当具有代表性：

> 对于等级森严甚至过于陈腐的正统文学体制，是网络造就了一个新生代冲击和展示的平台，使得底层的草根"屁民"有了消解话语权力独大的可能。网络文学的大众文学形态，让我们再度看到了遥远的昔日民间文学的那种有些轻浮的喧嚣和繁华；这种情形自从印刷媒介占据主导地位以来，就日渐衰落、凋零……今日之"数字化"网络终于打破了印刷媒介的垄断，让被湮没了太久太久的民间声音可以借此重新奏响。（2011：70）

这种激烈的文学民主化讲法误解了类型化写作一直以来的在场，将之看作随着网络平台的发展而重新被发掘出来的民间声音，没有看到这种写作在"文学"和"法律"看不到的盗版市场上从未被湮没，甚至是相当一部分阅读者的主流选择，但它也从侧面说明了一个更重要的事实：当网络小说以"文学"之名进入研究和社会大众的视野，它让一个古老而新鲜的声音重新出现在"文学"的世界里，这个声音长期被湮没在以印刷媒介为核心的旧文学体制之外。

换句话说，即使在这些专注于网络文学之文学性的研究中，当数字化网络和印刷媒介被反复提及时，研究者也已经潜在地注意到了网络文学作为一种文学生产机制的理论意义。网络文学的逆袭，或许挑战的并不是某一种文学形式的霸权地位，而是想象和理解"文学"本身意义的正统方式。

诚如前章分析所展现的，网络环境下的类型小说创作之所以能够突破类似台湾武侠文学的"地下"状态，最大的原动力正在于技术的支持。总结台湾武侠小说由盛而衰的根本原因，主要在于三点：其他娱乐产业的兴起和替代效应；著作权保护缺乏，创新成本过高，金钱的吸引力迫使出版社和写作者倾向于自我重复，无法满足类型小说阅读者的需求；金庸的市场效应配合金学浪潮，进一步将武侠领域边缘化。然而，在互联网环境下，由于技术取消了空间的限制，将写作、发表、出版和销售压缩到写作者－阅读者的扁平结构中，从而能以极为低廉的交易价格，同时维持庞大的阅读需求和庞大的写作群体。早在 2012 年 5 月，盛大文学就签约作家 160 万人，注册读者 1 个亿，拥有超过 600 万部小说，每天更新的小说字数平均 8000 万。没有任何一个娱乐类型可以提供如此快速且巨大的内容更新，姑且不论其中的创新性，仅仅是"追上写作进度"已经可以满足绝大多数读者的阅读需求，无论他们的阅读速度多快，需要的阅读量多大。不可思议的供给突破了市场的限制，更重要的是，正是"技术＋文学"所导致的这种创作爆炸和看似无限的生产动力，激发了整个文化生产领域的内容源头变革，从而将资本引入这一生产领域。随着网络小说改编的《步步惊心》、《裸婚时代》、《甄嬛传》等电视剧的热播，加上《鬼吹灯》、《斗破苍穹》等改编成网游的潮流，网络文学已不再是局限于读者、作者、网站的小生意，而是文化创意源头，数百亿元产业的源泉。即使现在有一百个金庸，也无法对抗这个巨大的市场，更勿论从合法性上将之取消。它已经巨大到绝不可能继续维持"地下"状态，而必须成为"正统"文学生产体制的一部分。

也就是说，技术为原动力的逆袭所带来的真正冲击与挑战，应当在网络类型化小说的生产体制中寻求。在强调这种生产机制可能的社会意义之前，我们必须在文学内部回答：作为一种"文学"生产体制，而非仅仅是技术促进生产的模式，网络文学及其生产是如何发生的？它"新"在哪里，究竟与传统的文学生产有何不同？

一 读什么:"设定"

第一个问题：网络文学的看点是什么？人们为什么要阅读网络文学，与其他文学形式相比，阅读中追求和获得的东西是否存在差异，如果有特殊性，是什么？

这个问题相当自然，在研究中却很棘手。崔宰溶在《中国网络文学研究的困境与突破》中，将之重新表述为：

> 如果说网络文学真的具有真正的革新意义，这就等于说它与传统文学完全不一样，结果我们不得不面临两个难题：（1）它到底是不是"文学"？（2）既然所有的传统文学理论都失去合法性，那么我们应该以怎样的尺度来评价和理解它？这简直是两头为难的困境。（2011：21）

这个两头为难的困境，对于兴致勃勃的普通阅读者来说其实并不存在，悖谬的是，它正是崔以及其他网络文学研究者所采取的文学理论进路本身造成的。正如"新阅读：文学的焦虑和挑战"一章所努力呈现的，从浪漫主义到后现代文学理论的发展，核心问题正是要寻找一种"理论"的方式，来对抗18～19世纪在制度规范和文学理论层面相伴而生的"天才－作者"和"作者－作品"中心论对"商业化写作"的遮蔽，讨论如何在文学理论的框架下，给随着市场发展而日益凸显其影响的商业化写作以合适的位置。在这个意义上，无论是本雅明及整个法兰克福学派的精英－大众文学划分，还是罗兰·巴特及其他后结构主义者对于作者与作品中心地位的直接破除，都是一种认识论意义上的解决之道，是对所谓"传统文学"之唯一主体性和确定性的消解，而不是要继续坚持"文学"的神圣性，在此架构下讨论商业化网络小说写作的"特殊"神圣性。

也就是说，崔所观察到的研究中的左右为难可能并非真实存在的"困境"。即使网络文学确实不是那个传统意义上的"文学"，但这并不意味着传统的文学理论都失去了合法性，而只是在一个新的技术时代条件下，给之前的解决方式提出了新的挑战：当商业化写作已经无法被简单地扫除到"大众文学"的低端范畴，且也并未走向"作者的死亡"和"读者的狂欢"时，"宏大叙事"不但没有被消解，反而出现加强的趋势，面对这种现实，应当如何重新理解写作者、写作、阅读和整个生产的社会意义？

这将我们带到"如何认识"的问题。崔宰溶受詹金斯对美国粉丝文学研究的影响，在网络文学研究领域内第一次引入"粉丝理论"和麦克拉夫林（Thomas McLaughlin）的土著理论（Vernacular theory），倡导运用网络文学讨论者使用的语言来重构参与者对网络文学的理解和批评。

土著理论由豪斯顿·巴克（Houston Baker）提出，他分析了美国黑人文化中的布鲁斯（Blues）音乐，认为后者是缺乏文化权力的普通人在日常生活中自己建立的文化批评体系（Baker, 1984）。麦克拉夫林将之扩展到文化批评理论研究的层面，用来理解更广泛领域内的日常文化，特别是消费行为。"对我来说，批评理论的关键就是对既有支配性范式的不信任，以及努力提出问题的姿态"（McLaughlin, 1996：160），在此基础上，他对"理论"做了一个去精英化的重构。"理论就是'想当然'

的反面"，无论进行"理论"思考的人是知识精英，还是普通的文化受众，也无论其思考是否系统、深刻，只要在尝试看透文化现象的表层（taking for granted），进而把握"运行方式和结构"，就是在制造"理论"。通过这一重构，文化普通受众对文化产品的消费过程，得以摆脱法兰克福学派所假设的被动接受者的形象，而被刻画成一种日常生活"文化批评"的实践者。

这一研究路径实际上延续了罗兰·巴特之后以读者代替作者作为意义生产中心的做法，但其特殊性在于，它将分析对象从"文本"在阅读过程中的意义产生，替换成读者讨论、理解和分析"文本"的一整套理论。经由这种变换，"文本"的意义退居次位，"读者"的理解以及读者之间认知的互动，成为研究的中心。

崔的理论引介是极有洞察力的，土著理论对于文化产品消费的认识正符合网络文学阅读的现实。从一开始，网络文学便是围绕着写作者和读者之间不停息的阅读、交流、讨论而发展起来的。从各种评论、论坛转帖，我们都很容易发现，与对传统文学作品的讨论不同，网络小说的讨论者最关注的并不是写作风格、文笔优美与否、情节是否吸引人，甚至不是对单一人物性格的分析或褒贬。他们关注的恰恰是文学作品所构建世界的"运行规则和结构"。关于这一点，我们可以通过对龙的天空网站评论帖的内容分析来加以考察。

（一）阅读者在意什么？

龙的天空，作为中国最早最大的原创文学网站，自从错失了 VIP 收费的机会之后，几乎已经完全退出了原创的舞台，2008 年更由于合同纠纷被强制封站。在此之后，由网友们捐款重启的"龙空"，彻底走上了原创评论网站的方向，各大原创网站的知名写作者、活跃评论者、想要学习如何获得更多关注的新手、想通过评论和推荐在浩瀚书库里选择合适小说的读者，都活跃在这个空间里。2013 年 3 月 8 日，"龙空"发表最新公告："评论是龙空的根本——写在龙空第三纪三周年之际"，确认了作为原创评论网站的最终定位。

"原创评论区"因此成为"龙空"最为重要的板块，虽然常有变动，但评论内容总体来说比较稳定，经常出现的类别和功能大致可以总结如下（见表 5 - 1）。

表 5 - 1　网络文学读者在讨论什么？

内容	功能	现实对应
汇总	讨论网络文学的历史、总体现状和未来趋势	历史学家 社会学家
推荐	给予阅读感受的单本小说简评和推荐	书评人
评论	围绕单本小说的文本批评	文艺评论家
讨论、读书、留言	围绕一些简单评论问题的提问、回答或讨论	闲聊区
求评	新人新作品希望获得更多评论者的关注	广告位
个人评论连载	长篇和系列评论	文化专栏
文化	文化研究，例如： 《苏轼和陶渊明：跨越千年的基情——苏轼和陶诗创作考》； 《大量吸收外语缩写是否会引起汉语的混乱？》	文化人/思想家
设定	难以界定	难以对应

这个地方文化系统包含了日常文化领域里的大部分角色和功能，但其中的"设定"却相对较难找到现实的对应物。"设定"是什么？这类主题主要包含什么样的讨论？

给都市主角一个储物空间的能力，做哪行最赚钱？

西幻世界干净整洁，贵族讲究礼仪是生产力决定的？

穿越成崇祯，你有信心翻盘吗？

战力讨论：一个宅男如何杀死一个强力吸血鬼

如果世界上人类的一切都重置，又如何？

如果林冲重生为林黛玉，红楼梦故事会如何发展？

在你穿越之后，如果未婚妻来退婚，应该如何处理？

悟空、玉帝和恐龙谁更早？

……

以上是在历年讨论帖中随机提取的有关"设定"的讨论主题。面对这些问题，非网络文学阅读者大概会觉得莫名其妙，更难找到一个合适的方式来对背后的意义进行解释。从中探讨网络小说及其阅读的逃避性？将之解读为网络平台上人类想象力的爆炸？或者，干脆采取选择性无视的态度，将其中较为合理的部分处理成网络文学的积极意义，过于"无稽"的讨论，如"如果一条龙来做1000年的皇帝，一个古代王朝会发展成什么样"，大概正可以说明大多数网络文学读者确实文化素质不高。

但是，以上理解方式对网络文学的内部讨论者来说，更加莫名其妙。在圈内人看来，这些关于"设定"的议题显然相当严肃且有趣，否则不可能长期吸引众多 ID 加入，并一直保持热烈讨论的态势。那么，他们觉得有趣的点在哪里？讨论的目标是什么？怎么评价这些讨论的好坏优劣？

"设定"，不是故事大纲，它一般不涉及具体故事的进程；也不是母题，它远比母题要复杂。设定更接近于一套世界观，如果用游戏来做比喻，大概类似于游戏规则。关于设定的讨论，往往发生在小说创作之前，或者在创作过程当中。作者经常把自己构想的设定拿出来与同伴（包括读者、其他写作者或典型的设定爱好者）交流，在讨论中不断验证或者推翻设定的"合理性"，从而推动小说的持续发展。崔宰溶的论文虽然没有专门讨论"设定"，但他注意到了网络小说"千篇一律"中的差异性，并使用了一个非常精妙的比喻。

> 例如下象棋。象棋具有很严格既定的游戏规则，棋子的安排，走棋的方式都必须遵守这个规则，对门外汉来说，每次象棋对弈看上去都很相似，如果将成千上万的对弈摆在一个空间里，给门外汉看，他肯定没办法看出任何有意义的差异。
>
> 也就是说，拥有固定的套路是一回事，但重点在于，在这种套路之中，同样的形式会在游戏参与者的实践中产生无数的变奏。网络文学也同样拥有既定的游戏规则，每一次的文学实践都具有独特性。对于熟知其内在规则的人来说，众多网络文学作品之间存在的微不足道的差异也会有意义。网络文学实践中常见的俗套和套路，与其说是令人乏味的陈腐因素，不如说是一种作者有意使用的、读者也乐意接受的共同的形式因素。在这个意义上，我们说网络文学的千篇一律反而是读者和作者之间博弈的产物。（崔宰溶，2011：43）

借用这个比喻，在读者和作者之间博弈产生，在外人看来千篇一律，却激发局内人阅读快感和意义的潜在故事结构/"套路"，就是设定。

（二）设定如何被讨论？

如果说网络文学的阅读者最在意的不是语言文字、思想深度，反而是套路式的"设定"，那么，在具体的小说中，设定指的是哪些部分？它如何被讨论，参与者又究竟如何判断其高下呢？这个问题的完全解答显然需要更多专著来推进，但如果只是为了发现它与传统文学的审美标准有何不同，也许并不困难。

我从龙空论坛无数的讨论帖中随机选择了一个魔法世界奇幻小说作

者关于设定的讨论帖，然后将发帖人的所有发言单独抽出，处理成对他个人的"访谈"，只不过访谈者不是我，而是他自己，以及被他的发言扰动而做出回应的各种论坛参与者。通过对这个访谈中出现的各种关键词编码，最终发现讨论始终围绕的具体议题如下。

A. 判断小说好坏的标准是什么？

B. 谁有权来判断和讨论？

C. 讨论"设定"的标准是什么？谈论设定好坏时，我们在谈些什么？

D. 他认为的"合理"世界究竟是怎样的画面？

通过围绕以上议题的内容分析，我们可以看到一个近乎完整的标准体系和判断过程（见图 5 - 1）。

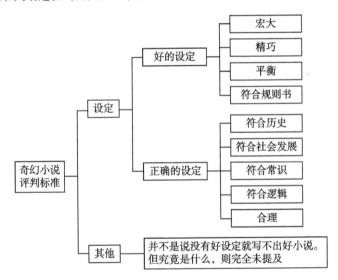

图 5 - 1 评判奇幻小说的标准体系

图 5 - 1 中的关键词全部来自发帖人使用的词语，尽管词语在使用过程中具体含义并不稳定，但在较为粗略的层面上进行总结，仍然可以发现以下基本判断（见表 5 - 2）。

表5-2 思维推导

甲		设定对于阅读、评价和讨论一本奇幻小说很重要
乙	1	设定是奇幻小说的内容里可以/应该拿出来让读者和写作者讨论的部分
	2	设定可以由与创作者完全无关的客观标准进行评价
丙	1	奇幻小说里被认为很重要的内容（如果不是最重要的），是根据与创作者完全无关的客观标准进行评价的
	2	以上客观评价标准有两个维度：好/不好；对/错
		（1）好/不好的标准至少有两个是客观的：平衡、符合规则书
		（2）对/错的标准是非奇幻的：历史、社会发展、逻辑、合理

综合甲乙丙，可知：

丁		奇幻小说里被认为很重要的内容，是作者不能随意改动的客观知识，它们来自之前的经典奇幻小说设定（规则书）以及对世界的"宏观认知"

问题1：作者和评论者接受的"客观知识"是怎样的？

戊	1	存在客观知识，新的小说被认为应当是对客观知识的使用和发展
	2	小说内容中有一部分属于人人都可以使用的客观知识，尽管无特别声明

问题2：私人创作的小说中如果公认存在"公有"的部分，这如何理解？

　　问题1直接涉及"设定"的内容和评价标准，继续分析访谈中关于设定的内容，最终得到作者所理解的"客观知识"，总结可以得到一个非常有趣的知识结构表（见表5-3）。

表5-3 "客观知识"体系

世界如何发展？	动力形式	魔法	● 并存连续谱关系
		科技	● 低魔/中魔/高魔；低科/中科/高科
	发展阶段	中世纪-古代	● 进化关系
		现代	● 农业社会—工业社会（加速度）

　　讨论中所浮现出来的这套客观知识，看起来是一个叠加了奇幻元素、混合了中学课本的简化马克思主义和马路自由经济学的知识体系：世界发展存在固定的动力（魔法驱动或者科技驱动），动力形式决定了世界

的发展阶段，动力形式的进化速度决定了所处社会发展阶段的差距。魔法控制的中世纪－古代世界是农业社会，市场、法律与人权进化缓慢；科技控制的现代工业社会，市场、法律与人权进化快速。两个世界的战斗力建立在市场、法律与人权的综合水平之上。在讨论过程中，发帖人与回帖人的主要争论要点就在于：高魔世界是否足以抵挡中科世界的火力，而讨论的主要方式则是争论高魔农业世界的经济发展动力、政治动员能力和社会组织能力，有无发展到某个阶段的可能性。

如果没有"魔法"、"喷火"、"巫师"等词语不断闪现，整场讨论看起来几乎像是中学论坛历史、政治和社会学板块上的对决。支配着这些讨论者的想象世界的，并不是很多人所假设的那种完全"架空"的虚幻想象力，而是中国学生最为熟悉的社会客观规律：自由市场、人权、法律构成现代社会的上层结构；经济基础决定上层建筑；科技水平决定经济基础；社会经由技术的进化实现进化和发展；进化阶段高的社会全面胜过低阶段的社会。

以上分析的只是网络讨论区数以万次讨论中的一次，类似的分析可以不断进行下去。尽管奇幻小说、言情小说、修仙小说领域，在具体的"客观知识"内容上会有相当大的差异，但客观知识和公有领域的存在，则是共通的。这个发现能够帮助我们进一步理解阅读"设定"的乐趣所在：世界观构建（world building）的参与感。

写作者、读者和参与讨论者明显在以一种讨论客观知识的态度对待"设定"。例如，是否引入魔法社会，魔法社会是否分低魔和高魔，这是属于作者的自由，然而，一旦作者决定引入，那么这个魔法社会的发展趋势就不再是作者自己创造的范畴。在整场讨论中，"合理"与"不合理"构成了最常见的标准。尽管作者不断重申他为何认为高魔世界和中科世界的战斗力应该可以保持均衡，且在均衡状态下有利于故事发展，但他不得不面对来自众多读者的抨击和反对："这种均衡完全不科学。"

在这个过程中，读者参与的不是作者的内在心理世界，而是一项想象向外投射的集体工作。

福斯特在《如何阅读一本小说》中描绘过典型的传统小说阅读体验：

> 这是一种真正的互动。小说从卷首语开始，就在乞求被阅读，就在告诉我们，它愿意怎样被阅读，在暗示我们可能会寻觅到什么……我们共同创造了意义。我们能铭记小说，让它保持鲜活，哪怕它的作者作古已好几个世纪。（2015：2）

读者被邀请进入作者的世界，通过理解他/她以文字表达的内在宇宙，进入与作者协作创造意义的过程。但在网文的阅读过程中，一切仿佛颠倒过来，作者被要求进入一个半成品的世界，通过理解这个世界的先在限定，以写作加入世界的建造。哪些因素应该被注意到，人物设定是否符合这个世界的原初规律，这个世界最激动人心之处在何种戏剧冲突下最能展现，读者通过阅读和类似的讨论，将自己基于作品而生发的对世界的理解同样注入这个建造过程。这种以"客观"态度讨论世界应该如何运行的过程，或者换用麦克拉夫林的话说，讨论文学作品所构建世界的"运行规则和结构"，正是奇幻小说写作者和阅读者认为创作和阅读小说的最大乐趣。

二　怎么判断发展："类型"的进化

第二个问题：对于这些在网络小说的阅读中通过抽象性"理论"实践而获得快感的读者，他们眼中的网络文学发展和推进，以什么为衡量标准？又是如何发生的？

之前象棋的比喻给了我们一个新的理解角度：局外人看来"千篇一

律"的重复创作，在局内人（写作者－阅读者）看来是一场不断向前的流水棋局，但要解决以上问题，我们还需要面对进一步的质疑：这个棋局究竟是如何维持下去的？即使从时空横截面上看到写作者和阅读者是在既定结构下互动，进行网络文学的生产和消费，但这不能直接说明为什么网络文学的创作表现为类似于下象棋的集体游戏，也不能说明它一直是且将继续是这样的游戏，如果不能说明后一个问题，则在理论上仍然无法面对网络文学必将逐渐商业化和千篇一律的预测/指责。

崔文意识到了这个逻辑上的缝隙，并将之理解为结构主义的逻辑困难，即"起源"问题。他引用列维－斯特劳斯的说法，"语言和意味的起源只能是突然诞生的"，并以此来理解网络文学套路与写作者个人之间的关系。

> 痞子蔡的网络套路、宁财神的网络套路、邢育森的网络套路、安妮宝贝的情感迷离套路，都是网络文学无法从中逃脱的结构，但反过来，这些结构是通过这些网络写手的写作行为而突然诞生的，这意味着他们的写作一方面束缚着网络文学，但另一方面他们创造了结构本身。他们的作品是网络文学的起源。在这个意义上，列维－斯特劳斯是正确的。（崔宰溶，2011：44）

这种有关"刹那"的浪漫化处理并不能很好地应对来自平实经验世界的疑问：突然诞生是什么意思？难道所有的类型诞生都依赖于这些写作者的天才？为何某一时期突然集中出现如此多的天才？

其实在网络世界里，我们不一定要面对列维－斯特劳斯在理解人类社会起源时的困难。结构主义的逻辑困难是历史性的，没有人能够看到结构来自何方，如何分化，只能依据共时性的经验存在来反推，因此涉及处理"此时"与"起源"的关系问题。但网络世界的结构分化本身，作为一连串的代码变化，必然留下痕迹和记录。涉及起源的过程性理解在研究技术时代的结构变迁上，不仅仅是可行的，更是当然的选择。换言之，流水棋局究竟始于何时，人们如何入局，棋局又会走向何方，在网络文学的世界里，是可以追溯的。

以下，我将通过对清穿小说的"过程性"分析，来尝试理解"结构"的起源与发展，就像一个流水棋局，如果说连绵不断的乐趣在于结构、写作者和阅读者之间的博弈/实践，那么，就让我们来进入代表性的那些棋局内部，观察"结构"连绵不绝向前推进的动力。

今时今日，"清穿"已经发展成为一个具有独特所指的概念，其结构非常清晰：清穿小说是穿越小说的一种，女主（角）主要穿越到清朝的各个时代，集中在康熙年间。这个结构的起点并不遥远，所有对这一类型小说的回顾、总结或者研究，都明确指向 2004 年金子在晋江原创网发布的《梦回大清》。在这部小说当中，金子完全确立了关于清穿结构一般理解的全部要素：现代都市白领女性、毫无科学原因、回到康熙朝、"九龙夺嫡"之前、陷入政治斗争、努力挣扎谋求生存、与康熙及其儿子发生各种感情纠葛、古今观念冲突、女性视角、个人命运与历史必然性。

是否可以说金子的天才突然创造了这个穿越的子"结构"？放弃回溯确定起源的视角，回到金子写作的整个网络文学环境里，我们会发现答案是否定的。她写出这部小说的同时，存在着另一种理解这部小说的可能性：失败的套着"穿越"外壳的无聊言情。考虑到当时的创作环境和阅读风尚，这个理解也许要更占优势。

黄易的《寻秦记》经过网络初期的普及，在最初的创作资源库中注入了"现代人穿越体验历史"的初始设定，到了 2004 年，这一元素已经在诸多写作者、评论者和阅读者的共同努力下，成为历史类架空小说的最强潮流。根据 Weid 的梳理，2002 年，梦回汉唐以《从春秋到战国》唤醒了军事架空文，之后涌现的众多军事架空文甚至催生了一个专门的网站——铁血网。这种根植于当代国际政治环境下的架空战争文，很快就因为过于敏感而被政策喊停。但被这类小说激荡起的军事、历史激情并未消退，2003 年，中华杨发布《中华再起》，将同样的现代军事激情放置到过去的时空，以"救亡"为主题，两位现代军人后代穿越至清代末年，建立武装根据地，先后击败落后的农民武装、反动的封建武装、入侵的帝国主义武装，建立新中华。

大量男性作者将从小寄托在对军事杂志和军棋游戏中的战斗激情，转移到对中国历史的重新改造当中。各个历史转折点逐渐被挖掘出来。2003 年，酒徒发表《明》，将穿越时间段从清末、明末转移到明朝初创时期，在穿越小说中加入了抗击"外辱"之外的历史思考，从而将穿越者的角色从"预言者"转为"时代建设者"。与此同时，穿越作为历史扭转关键的可能性也在大量的创作中不断被探讨。2003 年，月兰之剑发表《铁血帝国》，采取更为复杂的有预谋"群穿"设定，主人公们在知道自己有穿梭时空的机会后，进行了大量的前期准备，然后回到慈禧时代，强军强国，先后战胜了日本和俄国，建立起远东最为强大的政权。有预谋群穿的设定，在穿越中加入了错综复杂的古今对比分析，以及对世界历史局势的全盘考虑，更激发了对穿越者系统性催生近代产业体系的技术倾向。2004 年，爱好历史的工科生阿越发表《新宋》，首开文官路线，将救亡从"长技治夷"发展到"文化治国"，依靠现代政治理论注入儒家经典，在古代官场中逐渐晋升，经由文职体系改变历史走向。

短短三年间，经由将"穿越"设定引入架空小说系统，写作者和阅读者找到了一个相当具有生产性的创作结构。首先，它保留了架空小说系统的基本设定，"写作时保留人物，保留人物性格，保留人物关系及一些相关事件，但改变发生的空间"，简单说就是一个思想实验：现代人的思想与性格换一个环境，会对时空和个体引发怎样的变化。人们通过阅读获得的是对历史的代入性体验，是一种经验上的"震惊"。传统的历史小说恰好相反。二月河的《康熙大帝》主角尽为古人，读者在阅读中的感受和共鸣却往往来自古代官僚世界与今天的类似性。其次，这个设定极具包容性，可以提供一个渠道，容纳各种各样对于中国历史、文化、政治的解读和"实验"：从冲击到回应，从救亡到图强，从技术到产业体系，从产业体系到制度，从制度到文化。

在此背景下，金子发表《梦回大清》，继承了架空与穿越的基本设定，却将"历史是可变的"这一最具生产性的内核抛弃，转而在这个设定里讲了一个普通女性在陌生环境里谈恋爱的故事。如果在穿越类型的视角下，这部小说可以说不但没有开创性，反而是一个倒退。

金子成为清穿类型的开创者，这是由小说发表的晋江原创网的"结构"和后来者的写作共同奠定的。晋江原创网创立于2003年8月1日，与铁血网、龙的天空等原创网站不同，它最初以"女性＋文学"为主要定位，鼓励女性写作者发表各种文学形式，包括小说、散文、随笔、评论、诗歌等。作为其核心的晋江论坛设有五大功能区：交流、评论、交易、原创、专栏，涵盖了时尚美容、文艺影视、动漫体育、网络小说及其他相关内容。在这个网络架构中，并不存在"穿越"、"军事"、"玄幻"、"科幻"等具体分类，在很长一段时间内，晋江原创网的实际分类只有两种：耽美和言情。耽美写男男爱情，言情写男女爱情。金子的《梦回大清》发表之际，自然只能落在"言情"的分类系统中。

也就是说，在金子创作《梦回大清》这个现代白领介入九龙夺嫡的故事时，她所面对的既定结构并不是"穿越"，而是"言情"，这个故事之所以具有开创性，在于写作者将"穿越"和"架空"这个外来流行元素引入了"言情"小说的基本设定之中，打破了主流言情小说长久以来的历史－现代分类，在千篇一律的男女情爱故事中，开辟了现代女与古代男的新模式，以及随之而来的众多可能性。

这些可能性在金子之后大量的同结构创作中一一得到实践。2005

年，桐华在晋江原创网连载《步步惊心》，完全继承了金子的基本设定，继续以四阿哥和十三阿哥为男主角，但加重了现代女主角的心理敏感度，在爱情戏和内心戏之间取得了更好的平衡。女主角面对陌生环境的恐慌和自保，以及由此产生的爱情上的猜疑与悲剧，赢得了更多的读者。同年，晚晴风景发表《瑶华》，唯一的区别是男主角改成了历史上夺嫡失败的八阿哥，从此真正启动了庞大的清穿创作阵营。

初期创作中，女主角除了性格之外，基本设定不变，穿越时间在康熙四十年前后，前后误差约五年，因为必须要照顾到大多数阿哥处于少年至青年期，主要情节是九龙夺嫡，结局是四阿哥登基，十三阿哥辅佐，其他阿哥或死或流放或隐居。而变化则主要体现在两点：穿越后的女主角身份，与女主角产生爱情的是哪一位阿哥。除了年纪过大的大阿哥，年纪太小的十八阿哥以下的阿哥之外，其他所有阿哥都曾成为若干小说的主角。

截至2012年，除了雍正（93部）之外，最受欢迎的男主角分别包括八阿哥（32部）、十三阿哥（44部）以及十四阿哥（55部），女主角穿越后的身份则从历史上的无名角色到各种福晋①、侧福晋②、贵族小姐③、宫女④、蒙古格格⑤、江湖女侠⑥，不一而足。每一种身份的代入，与不同性格、地位、命运和社会关系的不同阿哥相遇，都足以造成完全不同的爱情故事、细节和结局。清史爱好者穿越回去，熟知历史发展的每个细节，是一个故事；历史盲穿越回去，除了知道四阿哥要登基之外一无所知，是另一个故事；会计师穿越成侧福晋，用财务知识帮助四阿

---

① 涯：《清穿之八福晋》。

② 愿意：《清穿之侧福晋嫁到》。

③ 枫筝静默：《清云梦悠悠》。

④ 爬犁：《清扬婉兮，清穿》。

⑤ 沉汰：《胤禛二十七年》。

⑥ 逍遥岛主：《红颜凝眸处》。

哥处理各地贪污腐败账目；热情大龄女穿越成宫女，帮助各位阿哥处理感情难题。尽管只有两个变量，但这两个变量所容纳的是"人"的特殊性，以及特殊性相遇后产生的社会关系的丰富可能性。

在这个看起来极为模式化的写作浪潮中，由金子首先采用的一整套结构被千百次的重复/固定，从晋江文学网蔓延到实体出版，经由实体出版的成功，再蔓延到其他女性参与的网络文学网站，并最终被总结为"清穿"，正式成为一个拥有固定意义的概念。在这个意义上，"清穿"与其说是一种穿越小说，不如说是"言情"的一种子类型。金子将穿越引入言情，对于她个人来说，只是一个新的尝试，而对于阅读者和后来的写作者，则打开了一场流水棋赛的入口。正是因为后来者的纷纷介入和对结构可能性的努力挖掘，才成就了"类型的名字"。

这种渐趋凝固的结构甚至超出了棋局原初设定的范畴，扩展到参与者的心理层面。越到后期，各个阿哥的形象在写作者和阅读者心目中越趋固定。四阿哥无论忠奸，一定要沉默寡言，不喜女色；八阿哥的形象必定温润如玉，谦谦君子；十三阿哥忠心耿耿，豪迈不羁；十四阿哥才华过人，直率却有心机。至于其他诸位阿哥也几乎各有固定形象，以至于后来的穿越者几乎不再顾及历史记载或其他野史传说，直接按照清穿设定的人物性格来处理人际关系。随着清穿的发展，清代世界逐渐被前人所联手创造的"清穿"世界所替代，参与者渐渐分出党派：4党（以四爷胤禛为男主）、8党、13党，等等。

但在爆发式的写作浪潮中，结构潜在的丰富可能性很快面临枯竭。2006年以后，变量逐渐增加。女主角开始出现复数：姐妹或者朋友一起穿越，联手进入新时空，或者穿越后发现其他穿越者，陷入钩心斗角和互相猜忌。穿越者所携带的现代感从个人向社会层面延伸。穿越时间开始向前后扩展，由此将更多男主角纳入清穿范围内，逐渐开始出现以康熙、乾隆为主角的故事设定，原本较为简单的情爱关系，由于牵涉到父子两代人而开始出现权力与爱情的选择与交织；女主角与男主角的关系设定更加复杂化，最初常见的现代人在古代反抗男权和争取男女平等之外，慢慢出现了女强人指导政治斗争的男女权力关系倒置设定，女权主义理论开始长篇大论地出现在对话当中。

可能性的枯竭引发变量的增加，看似凝固的结构再次被融化。到了2007 年左右，被认为是"清穿"的小说中，已经有相当一部分不再固守金子所开创的"数字军团+九龙夺嫡"的结构。男主角的角色设定开始从康熙和他的儿子们蔓延开来，康熙的重臣、宫廷侍卫、普通官员，乃至无官身的读书人，都有机会成为穿越女主角恋爱的对象，相应地，整个故事也就从宫廷中心慢慢转向更广阔的清代社会生活。在这些故事里，传统的"金子式清穿"结构开始逐渐被反思，甚至引发温和的嘲笑。

2008 年，Loeva 在起点女生网连载《平凡的清穿日子》。

> 这是一个曾被众多著名穿越前辈光临过的世界。在"庙堂权臣"种马男与"京师明珠"清穿女的光芒之下，伯爵家的三小姐谨慎地选择了融入整个时代……谨以此文向所有穿越经典致敬！①

相对作为一个类型的"清穿"小说，这个故事充满了反传奇的色彩。女主角用尽一切办法保持与宫廷的距离，消除从心理到行动上任何一点现代的痕迹，以彻底变成清代人为第一目标，最大的追求是成为寄居身体的原本社会角色。处处彰显现代人本色的"清穿女"在 Loeva 创造的穿越世界里，永远碰壁，而选择放弃来自现代的骄傲和执念，重新学习古代世界的礼仪、处事和生存之道的穿越女，则慢慢给自己争取到了具体生存环境下最大的幸福。

---

① http://www.qdmm.com/MMWeb/1013347.aspx.

反传奇的《平凡的清穿日子》在当时获得了压倒性的成功，正式标志着"清穿"作为一个类型的谢幕，同时也开启了另一个更加流行的新类型——"种田"文，且结构由此奠定：穿越，回到古代，小人物，女性，大家族，关系复杂，在成长过程中学习适应新的世界，最终融入。"学习做一个古代人"，成为这个类型的最关键主题。写作者和阅读者继续乐此不疲地投入又一场充满未知可能性的博弈：女主角是嫡出还是庶出，是自由身还是奴仆，托身家族是官、吏、商还是奴，怎么为官，如何经商，怎么当好一个家奴，怎么脱籍，复杂的人际关系和社会生活就此展开，无穷无尽。

至此，我们可以清晰地看到网络文学生产发展的标志：类型的进化。不是作品的累积，也不是作品质量的提升。如果仅仅看到数量的爆炸，便认为是生产的发展，那么"发展"一词毫无意义，如果将目光聚焦在单独的文本之上，一定要看到质量的提升，才认为这一生产没有陷入商业化的简单重复，那么就只会陷入各种悲观和失望。正如崔宰溶曾经通过对大量网络文学研究论文的梳理，总结出的研究者对网络文学与传统文学进行比较时常见的词汇群（2011：40）。

涉及传统文学：本质、深刻、辩证、复杂、深度、精神、创造……

涉及网络文学1：浅薄、轻松、单调、无深度、游戏、没有艺术追求、模仿……

涉及网络文学2：成规、套路、千篇一律、低级、娱乐性、逃避现实、商业主义……

然而，在网络文学的世界里大家感受到的却是另一番景象。短短数年，在那些被认为千篇一律低级的商业小说背后，各种新的小说类型不断出现，从穿越到清穿再到种田，从武侠到奇幻到仙侠再到修仙，类型内部的可能性以从未有过的速度不断迭代。把目光从无聊的单文本投向类型，也许我们才能看到这个领域在这段时间内不可思议的活力和创造力。

三　如何生产：围绕“类型”的合作

传统文学生产有两个相互联系的维度：作为精神创造物的文学生产，由作家在文学世界的脉络中独立完成，相关讨论一般涉及作品的灵感来源、风格归属、创作意图以及意义指向；作为出版物的文学生产，以作家为内容源头，经由著作使用权从作家到出版社的转移，由出版来组织各方合作，实现生产，最后进入商品流通领域和文化消费市场。

我们的第三个问题是：相较传统文学生产，针对网络特殊阅读需求、以类型的进化为发展脉络的网络文学生产是怎么组织起来的？

本质的区别在于印刷和销售环节的取消。网络文学的生产处于压缩成扁平状的时空之中，生产 – 消费处在一个时间维度：创作即时发表，发表即时消费。因此，无论是读者、编辑、出版社（网站）、发行商（网站）还是零售商（网站），都与作者共同处于小说的生产过程之中的任何一个时刻。这种时空上的即时性需要一个反常规的叙事方法，我将截取一个时间片段，在共时性的框架下，努力展现所有各方之间的组织方式。

任何一个时间片段都将对应一个具体的结构和过程，考虑到本书所讨论时段的限制，我将以 2013 年的某一个时刻作为案例。作为注册用户，登录进入起点中文网，截取：2013 年 3 月 20 日 22：27。

（一）作者

“我吃西红柿”在这一刻发表《莽荒纪》最新章节“第八卷　应龙卫　第七章　离别前的师徒”。这部小说首发于 2012 年 12 月 16 日 00：24：44，首发字数 4534 字，截至目前共更新 94 天，207 章，总字数 584962 字，平均每天更新 2.2 章，6223 字。也就是说，假设除去每天睡觉、吃饭、日常交际 12 小时之外，"我吃西红柿"每 5 个半小时需要更新一章，平均每章超过 2800 字。

这个速度跟他在 2012 年底接受《文艺报》访谈时的自述吻合：一般每天要写 5~6 个小时，平均一天写 6000 字。这样的速度加上惊人的点击和收藏量，让他以版税 2100 万元成为"起点"收入排名第二的"大神"。事实上，"起点"的"大神"虽然以收入和受欢迎程度为标准，但共同的特点是极快的写作速度，即"手速"。迄今为止最大的奇迹由"血红"创造并保持：一天更新 9 万字，但对于连载小说来说，"手速"只能保证读者一日所需，更大的"忠诚"在于快速而连续不间断的更新。唐家三少说，"你想让读者对你忠诚，你首先要对读者忠诚。至少我可以让我的读者每天能够看到我的作品"。他基本保持每年一本书的绝对速度，2012 年 4 月，盛大文学为他申请吉尼斯世界纪录：连续 100 个月每日不间断更新小说，总阅读人次达 2.6 亿，而最多的一年他写了 400万字。

相比起作品的质量，"更新"是网络文学作者的第一使命。在任何一个时间的横断面，我们都能看到无数的作品在更新，而那区区几千字的背后，可能是一个以惊人的速度敲击键盘的大神，也可能是一个"累得只能闭着眼睛打字"的写手。也可能，是一个团队。

在这个数以亿计的"文字生产车间"中，最不缺乏的就是有创作激情、会讲故事的作者，而更新缓慢就意味着被读者遗忘，收入下降，因此，即便是"大神"级别的写手，一旦懈怠也随时有被取代的可能。在网络文学界，"充满鸡血"才有可能成功。

在这种更新速度下，构思、酝酿、琢磨、修改、润色都在客观上成为不可想象的奢侈。在 Weid 给新手作者的建议中，"修改"甚至成为禁区，"简单、俗套、普通"，才是很好的开始。

　　创作一定要朝前看，无论论坛上的兄弟给出的诚恳建议，看着多么有道理，都不要回头修改自己的作品。一旦陷入反复更改的陷阱，你就很难爬出来了。文字的锤炼不是一朝一夕之功，你今天改三千字和新写三千字，能有多大的差别？你今天改好的三千字和你一个月前刚刚写下的三千字，又能有多大的差别？有了新的想法，就在未来的篇幅内写下去，觉得哪里遗憾，就把这种痛刻在心里到后文去纠正。虽然有很多人会说"看到哪里哪里我就看不下去了"，但你必须了解的是，你把这地方改了他们还是会找出新的看不下去的地方，而只有那些你写的多烂都一路看完的读者，才是你下一本书真正的基础。

（二）读者

2013 年 3 月 20 日 23：32：09，《莽荒纪》书评区新帖"本月莽荒纪点击重现【盘龙盛况】！"

　　莽荒纪本月 20 天点击 3831504，平均日点击 191575。

　　本周点击 610590，周日均点击 203530。

　　每日点击逼近 20 万大关！

　　20 万是盘龙巅峰期的日均数据！

　　也就是说，这个月，莽荒纪点击重现盘龙盛况！威武！壮哉！

　　我们的目标是一亿点击！

　　照这个趋势，只需要 400 天就可以达到一亿点击！

　　盛况降临，番茄威武！红盟威武！

我们创造了这个月的辉煌！

下个月，以后的每个月，希望莽荒纪的点击能够维持这个狂暴水平，乃至更高！

一亿点击，终将到来！

更新后一个小时之内，这个总结最新"战况"、呼吁更多点击的帖子发出。发帖者看来是一个非常积极踊跃的作者拥护者，预期阅读者则是其他的热心粉丝。帖中提到的"我们"和"红盟"极为鲜明地意味着一种认同：读者之间结成的认同，而认同感的来源则是对作者"我吃西红柿"的支持，"点击量"不但是这种强烈认同的表现，更是维持的方式。正是点击量反映了作者－读者的特殊联系，借此网站主动将阅读者分成不同的类别：未注册的阅读者（游客）、注册未付费的阅读者（注册用户）、注册并付费的阅读者（VIP）。这种对读者的区分方式，虽然出自对网站利益的考虑，却将作者－读者的关系主动权交到了读者手中。

网络文学网站大多同时采用免费阅读和 VIP 阅读两种模式。免费阅读部分无须注册便可点击进入，但未注册用户仅有阅读权限，无法在交流区发帖加入讨论，也无法表示任何个人态度，无论是支持还是鄙视。针对这部分作品，注册与否区分了作者与读者之间的关系：未注册用户仅仅能贡献点击量，成为作者获得名声的数据基础；注册用户与作者之间，才构成网络时代特有的过程中交流并介入创作的关系。此时，读者面临第一次选择：是做一个只读状态的阅读者，还是成为拥有参与感的阅读者。由于注册程序非常简单，完全没有经济成本，只需要一个现成的邮箱地址、密码以及简单的操作即可完成，因此读者的这次选择，事实上完全取决于读者本人对于网络文学的参与感和投入程度。与其说是一次选择，不如说是基于网站代码设置对读者所做的一次筛选。有参与感的读者进入写读互动层面，而没有参与感的读者则匿名享受阅读本身。

在这个意义上，网络文学时代读者之于文学内容与生产的意义，并不像很多研究者所假设的那样，由互联网的特性所决定，毋宁说，互联网的抽象特性提供了一个可能性，而代码－商业的设置建立了一套筛选机制，读者个体的投入感则最终让理论假设的可能性成为现实。

在免费阅读积累到一定的关注量之后，经网站与作者协商，便可以将后续更新部分加入 VIP 更新库，也就是说，在这个阶段，付费与否构成了区分读者的关键。无论是否注册，只要是未付费用户，便无权继续阅读接下来的部分。读者将面临第二次选择：付费购买后续篇章的阅读权，还是放弃这部小说，转而去寻找其他作品来满足阅读"胃口"。由于这次选择存在经济成本，且购买不是按照单次阅读量进行，需要一次性充值若干，按照每次的阅读量从充值账户逐渐扣除，那么对于读者来说，需要考虑的就是，（1）这个小说值不值得我花钱去看，（2）充值的所有金额是否都能有效用完。

这个选择对于作者来说意义重大。为了给读者以足够的吸引力和付钱的动力，作者必须努力做到以下三点：（1）在免费章节中保证"质量"，即给读者最想看的东西，让他们对后续发展充满好奇，必须要读下去；（2）加大篇幅，且无论如何都不能中途放弃；（3）最重要的是，正视对读者的"道德义务"。

对于知名写手，所有阅读者都有"总有一天要入 V"的预期，作者厚道与否便体现在"免费的午餐"能提供多久，即使如此，在"入 V"之前，作者也会常规性地发表公告，对未付费用户表示些许歉意，并努力号召读者充值阅读，支持创作，同时预告接下来的更新计划、大致字数和表示一定会完本的决心，进一步巩固读者付费的决心。例如，"我吃西红柿"在 2013 年 1 月 31 日，也就是免费连载 46 天之后，宣布加入 VIP：

> 大家的正版阅读，是对番茄最大的支持了！
>
> 真的！
>
> 一点零食钱，泡面钱，烟钱……稍微扣出来一点，就能支持正版阅读了！

对于毫无名气的写作者，是否有资格加入收费行列，则完全取决于连载期间的人气，这也使得作者与读者之间的关系更为微妙。作者能够获得有偿写作的权利，完全来自免费阅读者的喜爱和支持。这种支持在赋予作者收钱权利的同时，也剥夺了阅读者免费阅读的权利。二者之间在经济上你死我活的状态，与写作上有你才有我的现实，形成了巨大的张力。这种时候，作者必须倚赖创作者的身份，寻求读者的理解和接下来的经济支持，同时温和处理读者的对立情绪。

> 各位同志们，小说即将入 V，我知道肯定又要遭人骂了，没办法，必经之路嘛。我也没有指望所有的读者都这么有素质。不过呢，骂归骂，我也可以理解成自己写得好看，才会有人骂吧，（呵呵，稍微自恋一下下。）肯定有人会说，之前怎么不早说要加 V，虽然这个问题有那么一点点的……不过呢，我还是要回答一下，因为没有哪个作者一开始就知道自己的小说要入 V 的。我不指望所有人都买这书看，只希望某些个别的读者别一开口就骂人，我没有权力逼你们买我的书看，同理，你们也没有权力逼我免费给你们看，是不？

面对着"注册"和"付费"两个关卡，读者的选择直接决定着作者的行动可能性，造就了作者 - 读者的特殊关系（见表 5 - 4）。

表5-4 代码对读者-作者关系的影响

	读者代码限制1：注册		读者代码限制2：付费	
	否	是	否	是
作者义务	写作，吸引读者	写作，吸引读者 与读者交流 尊重读者意见	安抚读者 劝说付费 要求尊重	表示感激 履行写作承诺
关系基础	基于作品	基于人际交流	基于道义支持	基于经济支持
作品要求	好看	好看 满足读者要求	（与作品无关）	好看 满足读者要求 持续更新 保证篇幅 绝不放弃

正是这种特殊的作者-读者关系造就了网络文学生产的主要特点。

第一，类型化。读者的需求对作者提出了两个看似矛盾的需求：好看，快速。作者要在最短的时间内，以区区一两万字的更新吸引读者的注意，让大量读者在海量的更新文本中选择自己的作品，加入阅读列表，并向其他人推荐，就不可能进行所谓实验写作。他必须在读者熟悉的题材或者类型中开始创作，首先吸引寻找固定类型小说阅读的那部分读者，才有可能经由这些人的阅读和推荐，获得更多人的关注。

第二，模式化。在固定的类型里写作，可以吸引这一类型小说的固定爱好者，但仅有类型是不够的，读者对于更新速度的要求，迫使写作者必须保证小说快速向前推进，且保持逻辑、条理和情节的合理发展，没有任何一个写作者可以在这种速度下仍然坚持要独创情节。"起点"最受欢迎的作家唐家三少长期保持着每天三次更新、每次3000字左右的速度，即使他创作激情极度高涨，打字速度远超常人，如果不是情节高度模式化，省却构思情节的时间，也是绝无可能的。

第三，创意。类型化和模式化构成了所有创作者必须面对的前提，谁能脱颖而出获得更多读者的支持和点击，这就取决于写作者在固有模式下翻出新意的能力。

第四，长篇幅。每个写作者从开始写作到积累足够多的读者，到加入VIP，到最终获取远超他人的点击和关注，都经历了漫长而痛苦的过程，一旦这部小说终结，这个过程又要从头开始。尽管好名声会累积，但小说阅读者毕竟与纯粹的娱乐追星不同，他们的终极需求是小说本身，作者的名声仅仅类似于"招牌"，作者受到喜爱在于"风雨无阻"和"质量有保证"，而不是其他的魅力。唐家三少已经是"起点"的招牌式人物，但无论是他的粉丝还是"起点"，对他的赞誉和宣传都集中在速度和耐力层面。"光速是每秒三十万公里，唐家三少的创作速度是每月三十万字！"在这种情况下，作者为了维持住单本小说所创造的累积优势，必然会不断拉长小说的长度。网络初期，万众追看《大唐双龙传》，63卷，接近400万字，已经是皇皇巨著，今天起点中文网上任何热门连载小说都能轻松达到这个长度，"我吃西红柿"的这部《莽荒纪》刚刚连载94天，便已逼近58万字，根据作者的既往习惯，一般都会在400万字左右终结。

（三）网站

2013年3月20日22：27，《莽荒纪》主页由以下部分构成（见表5-5）。

表5-5　页面布局基本信息

分类链接	起点小说首页 > 仙侠小说 > 古典仙侠 > 莽荒纪
信息介绍	内容介绍　作品信息　作者信息　桌面快捷
读者选项	点击阅读　加入书架　投推荐票　下载阅读　赠送章节　出版本书　打赏作品
小说标签分类	作者自定义分类　读者分类
最新章节更新信息	
作者其他作品链接	

互动信息	本书月票　打赏作品　催更作者　章节赠送　作品悬赏　作者调查　本书荣誉　地区门派
书评区	设有副版主若干，分别为全部评论、专题评论、精华评论
实时数据更新区	好评指数　最新打赏信息　同好作品 本书名人榜（第一粉丝、票王、第一评论员）本书粉丝排行榜　同类小说排行榜
推荐选项	阅读信息即时分享到各大社交网站

读者与作者的特殊关系，在网站的页面设置上得到了淋漓尽致的表现和"高度发掘"。

首先，采用树状分类系统。任何一部小说除了单独的书号可以直接链接之外，在网页结构里都会同时被归入层级分类。例如，《莽荒纪》在内容诞生之前，经由作者发布时候的主动选择，已经进入"类型化"过程。读者在进入阅读之前，也就此接受了"作为仙侠小说类型中的古典仙侠风格的《莽荒纪》"这一先决条件。不妨设想一下，如果"起点"采取的不是按类型分类系统，而是像某些书库网站那样，采取作家列表，改为"起点小说首页 – 现代作家 – 我吃西红柿 – 莽荒纪"，则作者 – 读者 – 作品三者之间的预期关系将完全不同。在这个意义上，起点中文网所采取的基础分类架构，便已经默认并固化了"类型化"的阅读和写作机制。

其次，在树状分类系统基础上，它保留了自定义标签的功能。也就是说，接受了"仙侠小说"和"古典仙侠"的分类之后，读者和作者还被赋予一定的自由度，可以基于自身的阅读体验和分类方式，对这部小说进行个性分类。这些由个人赋予的标签也进入整个分类系统，使用最多的同类标签由此获得网页上的位置，成为指引后来阅读者的新"类型"标签。例如，对于《莽荒纪》排名前三位的读者标签包括："王者归来"、"起点第一"和"仙侠经典"，点击"王者归来"，我们将进入一连串被读者认为是最佳写作者的最新作品列表，而点击"仙侠经典"，这部小说就和其他仙侠作品共同组成了"经典作品"名单。经由这个标签的创建，《莽荒纪》又进入了另一个分类系统，而这个 web2.0 性质的设计则让"起点"保留了由读者来突破网站类型系统的类型进化动力。

再次，整个页面信息散发着极为强烈的"竞争"性和鼓动加入"竞争"的煽动性，不断刺激和鼓舞读者突破"注册"和"付费"的门槛，并更深地卷入与作者的互动关系当中。同样是注册读者，在网站的分类之下，进一步被区分为"参与专题评论的评论人"、"写出精华评论的评论人"、"负有管理评论责任的副版主"、"有资格竞争第一评论人称号的评论人"以及其他评论人。除了活跃度和能力之外，甚至读者与所在区域的认同感都被加入动力刺激计划。

最后，通过网站项目设置，读者利用经济刺激来为作者提供动力的方式得到了最大限度的利用。除了"付费－阅读"的最简单方式之外，"起点"发明了"打赏"制，读者通过付费阅读累积了不同程度的奖赏"权力"。

月票，即消费达到一定额度的读者有权获得选票，参与起点中文网每月一度的"优秀 VIP 作品"、"优秀的新进 VIP 作品"月度评选。这是对作者和读者影响最大的"福利"制度，也是一种神奇的民主选举制度：作品的优秀程度由读者选举来确定，选举权通过读者的持续消费行为产生，消费额越多，拥有的选票越多。每月该榜单前十名的作品将获得起点颁发的奖金，对尚未进入小康生活水准的写手来说，月票就成了码字之外维持生活的最后机会，因此这一机制放大了"注册且付费"的这部分读者对作者和作品的影响力。作者本人逐渐成为游说自己的读者加入付费行列并消费得越多越好的推手。

国庆节期间，起点中文网推出了双倍积分政策，在这七天内更新，写手们收到的读者推荐票、打赏票将是平日的两倍，这就意味着收入的增加。此时也成为作者最为疯狂的时刻。大多数作者会专门写出一章"求打赏"、"求推荐"的内容，或诉说自己的写作艰难，或承诺更新的速度。即便是排名靠前的作者也不例外。

消费力惊人的部分读者将成为作者们竞相争取的对象。很有趣的故事是，有些作者为了回报读者的热情付出，甚至将消费力最强的读者名字写入小说，成为有趣的角色，博读者一笑。

除了写出精彩评论与作者积极互动之外，读者的影响力逐渐开始由消费力体现，为了将读者的"骄傲"和"交流的欲望"引向消费力方向，"起点"发明了各种各样的方法。随着网络支付方式的便利，"起点"推出虚拟货币系统"起点币"，用来方便读者充值购买 VIP 章节。但从一开始，"起点币"也被广泛应用于读者对作者的直接现金支持。例如，经由种种方式，如果某本书的读者在与作品的相关消费中得到100000 粉丝积分（大约需要 100000 起点币，也就是 1000 元人民币），就会成为这本书的盟主。具体积分规则见表 5 - 6。

表 5 - 6　积分规则

订阅 VIP 小说章节	每消费 1 个起点币转化为 1 个粉丝积分
小说评价票	每票值 100 粉丝积分。但是，免费赠送的评价票使用后无法转换成粉丝积分
催更票	每票值 100 粉丝积分，有效使用后才能转化，催更票被退回则不计数
月票	每票值 100 粉丝积分
打赏作者	每消费 1 个起点币转化为 1 个粉丝积分

一旦成为盟主，这个读者就进入了该作者读者群体的最高位置，成为最靠近作者的人，可以领导他的"粉丝们"一起为了作者在整个网站

内的地位而共同奋斗，也成为沟通普通读者和作者之间的桥梁。"我吃西红柿"共拥有139个盟主（积分100000），2个宗师（积分70000），8个掌门（积分50000），2个长老（积分40000），8个护法（积分30000），16个堂主（积分20000），109个舵主（积分10000），105个执事（积分5000），弟子（积分2000）无数，学徒不可胜数（积分500），而当《莽荒纪》最新章节更新一个小时后，那篇高喊"盛况降临，番茄威武！红盟威武！我们创造了这个月的辉煌！"的帖子，正是某个盟主对旗下粉丝发出的号召，他们的目标就是为支持的作家创造前所未有的点击狂潮："一亿点击，终将到来！"

四 技术时代的新文学：如何生产

回到本章开头提出的问题：作为一种"文学"生产体制，而非仅仅是技术促进生产效率的模式，网络文学及其生产究竟是怎样的一个故事？

我们可以这样表述：当文学在网络平台上被生产和消费，它所面对的是一个取消了中间环节的"出版"流程，网站的基本架构决定了文学生产的过程性，作者和读者在生产过程中相伴而行，二者之间的互动直接决定了生产的基本特性：类型化、模式化、创意高于文字、长篇幅与读者要求优先。网络文学生产最后采取的"起点模式"，则运用各种技术手段，框定互动的具体形式，从而将作者与读者之间的互动建立在"写作－评价互动"与"经济投入－影响力回报互动"的双重架构之上。作者的写作时刻朝向读者的需求，而读者在需求得到满足的前提下，其反应和投入度则影响着作者及其作品的影响力与"优秀度"，从而决定作者与作品在这个类型文学世界里的地位。

在这个具体的生产过程中，典型读者需要得到满足的需求并非"更优美的文字"、"更具新颖性的情节"或者"情绪的感动"，而是对某种抽象性"运行规则和结构"的感受,甚至评论的乐趣。小说很少被理解为作者个人性的投射,或者某种天才的创造,而更多被理解为一种构造新世界的努力。正如我们在"设定"的讨论中所看到的,它是个人创意对于某个"客观"规律的使用,以及在"客观"规律之下努力发现新可能性的一种"创造"。

写作者清楚了解读者需要的是什么,而他们通过对类型化小说可能性的探索和穷尽来满足这一需求,在这个意义上,我们将能够完全理解读者对看似千篇一律小说的热衷,以及在雷同中发现"创造"和"革命"的欣喜和激动。大量的作者,大量的读者,经由大量的互动,将"创意"转变为"创造"类型本身,并通过对类型中各变量可能性的穷尽和突破,实现类型的快速进化,然后在新的"创意"–"类型"的行动中,完成主流类型一轮又一轮的替代、更新和进化。

第六章
技术时代的新文学（下）：生产内容

想象，是思想的构建力量，一种从各组成部分中构建整体的力量。（Frye，1976：36）

如果所有的海洋汇成一体，
那将会是多么大的海洋！

——《鹅妈妈》

作者（写手）在互联网的协助下，主动或被动进入创作的流水棋局，读者亦随时在场，以大量的时间或货币将自己的兴趣注入小说的创作过程。在这个新的文学世界里，原创性绝不是判断作品的最高标准，甚至，过于原创反而会极大影响读者的投入动力与效率："男主太复杂了，不知道是哪个型，好难安利。"如果作者偶尔表现出对命运的过多思考并与自我缠斗过久，甚至会被读者讥之为"矫情"。2010 年，通俗小说家麦家在有关网络文学意义的会议上说：

如果给我权利，我就消灭网络。我认为，现在的大部分网络文学99%都是垃圾，而1%的精华如大海捞针，也就自然会消失掉了。

如果就单独文本而言，麦家也许尖刻，却并未远离事实基本面。然而，网络文学的读者仍然会认为他是错的。类似于错误对焦，他对文学的想象让他无法看到网络文学的意义恰恰并不是催生高质量的单文本，而是在海量生产与阅读互相促进基础上类型的加速进化，以及在进化过程中所容纳的各种"思想实验"。本章，我们将从文学视野走向社会维度，仔细检视这种新生产机制究竟能够生产出怎样不同的内容。

一 案例：《知否，知否》的淑芬们

先讲个故事。2019 年春节，有人在磕头祭祖，有人沉溺于各种晚会只为截取爱豆的各种瞬间，而在我关注的世界里，很多人在激烈而投入地吵架，关于电视剧《知否知否，应是绿肥红瘦》（以下简称《知否》）。台网宣传通稿表示，这是由业内良心团队打造、一线女明星及其新婚丈夫主演、反映宋代日常生活的"红楼梦"式巨制，而活跃的网络淑芬们（书粉）却认为它只是对同名网文名著的一次拙劣改编。播映期间，他们带着不同程度的愤怒在豆瓣上发表评论并打出低分。这种对原著强烈的维护激起了普通观众的反弹，混战中不断被双方提及的焦点，是编剧究竟该如何处理从架空到宋代背景的改编。

架空是网文常见处理时代背景的方式，故事被安排发生在一个与真实历史无关的时空，作者往往会在小说开头介绍时空的基本特征，作为后续情节展开的背景。原著是典型的种田文设定：在民事法庭饱受世情教育的书记员姚依依，毫无科学原理地穿越为官宦人家的庶出女童盛明兰，带着满腹的现代案例与经验，谨小慎微地在古代长大。从娘家到婆家，妥协、隐忍或者放手一搏，慢慢经营自己的日子，最终成为这个时空里最值得羡慕的女人。盛明兰生活的世界，作者曾自述结合了明清的特征：皇权高于一切，男尊女卑，嫡庶分明，家族本位，人人尊崇慈孝一体，实则满腹心机。江湖和朝堂在小说中也有涉及，但都只是非常遥远的背景，与其说是为了标定时代特征，不如说是作者为了推进情节发展而设置的"机械之神"（deus ex machina）。

由于文化政策的限制，架空背景在电视剧里被煞费苦心地落实到北宋英宗前后，各种情节与历史事件一一对应，日常器具、游戏、社会交往参考史料也努力复原，原本一笔带过的朝堂之争和宫廷政变成为故事的主线，个人感情、家庭纠纷都围绕党争展开。为了让角色更加贴合历史，盛明兰甚至不再像原著里自始至终坚定和充满智慧，反而时不时被爱冲昏头脑。然而，这份"业界良心"在书粉眼中恰恰体现了编剧的自以为是：瞧不起网文，以为自己在做更高级的改编，却丢掉了小说真正深刻的地方，让种田文系统里积极追寻幸福的盛明兰，重新落回传统罗曼司小说激情无脑女主角的俗套设定。

这个故事并不特别。尤其在被称为"IP 改编元年"的 2015 年之后，几乎每部根据网文改编的影视剧上映期间，类似剧情都在重复上演。"淑芬"已经成为一个固定的名字，只看影视剧的普通观众往往很难理解这个群体的过分偏执和不懈的战斗激情，只能以嘲笑来化解。然而，问题依然在：淑芬们到底在意的是什么？捍卫的又是什么？

一个可能的解释是，《知否》真正打动人心的是盛明兰的人物设定，她在这些确定无疑、无法更改、充满规定性的结构里，如何调整自己，处理爱与恨，利用资源规避风险，以及，如何过好日子。

> 明兰最近正在学《诗经》，想了想，挑了首最简单的，便朗声道："桃之夭夭，灼灼其华；之子于归，宜其室家。桃之夭夭，有蕡其实；之子于归，宜其室家。桃之夭夭，其叶蓁蓁；之子于归，宜其家人。"
>
> "明儿背得真好。"黑暗中，盛老太太似乎轻轻叹了口气，声音有一抹伤悲的意味，似乎自言自语道："明儿可知，祖母年少时，最

喜欢的却是那首《柏舟》，真是朝也背，晚也背，可现在想来，还不如《桃夭》的实在，女人这一辈若真能如桃树般，明艳地开着桃花，顺当地结出累累桃果，才是真的福气。"

明兰困了，根本没听清祖母再说什么，依稀像是在说种桃，于是迷迷糊糊地回答道："……桃树好好的，要是结不出桃，定是那土地不好，换个地方种种就是了，重新培土施肥浇水，总能成的，除非桃树死了，不然还得接着种呀……"

一则豆瓣热帖专门摘出以下段落，评论道："明兰的这段话，真的是对她人生态度的最好诠释：车到山前必有路，千金散金还复来。非常通透，非常达观，非常超脱。"

但是，如果《知否》仅仅是虚构了一个时空，并在这个时空里自洽地描绘了一位值得喜爱的豁达女子，这听起来实在非常像《红楼梦》里宝钗的低配版本。毕竟曹雪芹开篇即言，这一段故事：

> 第一件，无朝代年纪可考；第二件，并无大贤大忠、理朝廷、治风俗的善政，其中只不过几个异样女子，或情或痴，或小才微善。

盛明兰身上被欣赏的独特性到底是什么？单就《知否》文本而论，这个问题可能无法再往下深入，除非转头批评读者的浅薄无知。但如果我们将《知否》放回网络文学类型发展的脉络里，或许会有不一样的发现。

诚如类型进化分析中已经说明的，女性向穿越故事自清穿开始，历经清穿类型的挖掘和反思，经反传奇的《平凡的清穿日子》，转而开创了流行至今的种田文类型。这是一个典型的类型演化和分化的过程，同时也是女性与社会关系不断被思考、解构和重构的过程。

吉登斯曾经考察英国近代大量的流行爱情小说，讨论亲密关系的变革。他发现浪漫之爱的兴起是当时的重要事件：

> 浪漫之爱在 18 世纪以后开始成形……把一种叙事观念导入个体生命之中——这种叙事观念是一种套式，从根本上延伸了崇高爱情的反射性……与浪漫之爱相联系的复杂理念第一次把爱与自由联系起来，二者都被视作是标准的令人渴求的状态。激情之爱永远是解放式的，但解放的意义仅仅是因为和俗务与义务发生了决裂。也正是因为激情之爱的这一品质才使之从既存的体制中脱离开来。与之相反，浪漫之爱则直接把自身纳入自由与自我实现的新型纽带之中。（吉登斯，2001）

尽管隔了两百余年，但在我国的大众爱情小说市场上，类似的罗曼司设定曾经是绝对的主流。琼瑶、张曼娟、席娟、于晴，构成了 1980～2000 年相当多女性编织玫瑰色梦想的伴侣。以清穿为主题的爱情小说发展之初，承接的便是这样的女性意识。我们看到，在《梦回大清》和一系列同题材的故事里，即使穿越回清朝，与阿哥们的激情之爱或者性仍然是女主传奇生活最关键的主题。

读者和作者很快就意识到，和阿哥们恋爱故事的展开存在巨大的障碍，这来自他们身上的封建习气和在权力世界里不确定的命运。当一名普通的甜甜女生，大概很难在这种环境里获得稳定而平等的爱。很快，清穿的女主人公开始介入政治，她们大谈民主，有条件的也带来科学，希望能够借由爱的力量将新时代的气息注入旧时代。女性要想获得爱情，首先要改变这个世界。

某种程度上更符合当代女性主义想象的形象开始慢慢大行其道：女主越来越强悍，除了颜值之外，武力值、魅力值、政治技能值也纷纷提升。为了单枪匹马改变世界，她们逐渐意识到必须得到所有人的帮助，成为整个世界里爱慕目光的焦点。罗曼司特征逐渐达到了顶点。

反者道之动。女主强悍到极致之后，读者的热情开始逐渐因为厌烦而冷却。反罗曼司的尝试开始出现。新的小说提醒人们注意改变世界的复杂性和现实性，指出在当时的社会背景下，玛丽苏女主其实并不会得到爱，只会被当作妖物处理，"社会"及其规定性开始重新进入女性意识构建的范畴。

种田文系统突然转向全面的保守，"社会"是初始设置，它是不可改变的，真正能被改变的，只有女性自己。怎么改变呢？要么把自己改造成"社会"想要的形象，获得安全；要么抓住一切能够抓住的资源和机会，将自己带出不利的社会地位，成为"社会"的强者；如果无论怎么努力，都无法突破"社会"对女性的压迫，就只能等待命运的垂青，将这个时空里唯一的"例外"男人带到身边，营造一个得救的小环境。正是在种田文里，女性第一次真实地活在最接近现实的时空，面对被压制、危险、叵测的命运。每一次写作和阅读都像一次寻找，作者和读者一起寻找在无能为力的世界里获得自由和幸福的方式。

总是有人不断提出更多的问题，发现更多属于女性内心的需求，抛给作者继续回答：完全改造自己，也许安全，但会丧失现代人最看重的自我；争取成为强者，或许有效，但如何与做一个好人相协调是个困难；等待男人的拯救，可是那个几乎不可能存在的男人到底在哪里，他为何要来拯救我，一切都充满不确定。

《知否》正是在这个意义上带给许多人启发与感动：盛明兰走出了一条不一样的道路。女性要清楚地知道自己是谁，要冷静地观察、理解和接受所处的世界，不要幻想，不要依赖，要充分融入，抓住一切机会成为更强大的人，但如果身不由己，也要相信任何一条路都能走出生天。要对人好，也不要轻信，每个人都有自己的角色，要守住本分。无论是性还是男女之爱，在《知否》里很明显都是次要的，它们是隶属于婚姻制度的义务，一旦爱会带来危险，那么它是随时可以被放弃的，不懂事的男人无法给予婚姻的爱，是对女性最大的危险和麻烦。但这不意味着不需要爱，激情只迸发于真正互相信任的那一刻，爱是结成一个隐秘共同体的契机。这个共同体对抗的是"社会"本身。

在某种意义上，《知否》制造了一个奥斯汀式的世界：理智与情感的冲突，傲慢与偏见的化解，幸福的获得需要洞悉世情的智慧，也需要足够的审慎和克制。但与18世纪英国小说最大的差别是，在这里，婚姻不是终点，只是另一个牢笼或者斗争的舞台；丈夫的家不是全新的世界，父母的家即使充满伤害，也是自己唯一的依靠；家族制度给女性最大的压抑，也是女性的堡垒。"一荣俱荣，一损俱损"，是时刻不能忘记的社会法则。在充满危机的世界里，女性必须通过"修身"来面对，不辜负自己，尽量不伤害他人，顺应自己的命运，仍然能开创美好的未来。最重要的是要想明白，"我来这世上一遭，本就是为了好好过日子的"。

从追求生命中唯一的浪漫之爱一路反思，最终进展到以自爱为核心的伦理体系，《知否》被建造出来的作用与意义，跟随网文一路从清穿看到种田文的读者，大概最能够体会。也正是在这个脉络里，我们可以理解，当电视编剧试图重新将明兰放回宋代的时空背景，强调她对浪漫爱情的牺牲和对丈夫的依赖，愤怒的淑芬们究竟捍卫的是什么。同时，编剧和普通读者对淑芬的不理解，可能恰恰从另一个角度说明了网络文学发展过程确实创造出了一个与现实不同的世界，一个有其自身的发展脉络并在"想象"层面落地生根的新世界。

二　想象的社会生产

探究小说与社会的关系，尤其是小说与社会转型引发的思想和情感危机之间的内在关系，当然并不是一个非常新鲜的话题。20世纪末，整个西方对 18 世纪英国小说的学术兴趣就曾经出现过引人注目的爆炸（黄梅，2015：2）。文学作为公共领域的重要组成部分，成为研究者理解现代社会心态形成过程的关键田野。

在古老的叙事文学发展成现代小说的过程中，人的层面究竟发生了什么？瓦特在《小说的兴起》中注意到逐渐兴起的对"个人"的关注，以及"形式现实主义"的表现手法，他断定小说兴起与个人主义思想之间具有不可忽视的亲和性。麦基恩考察文类的流变，认为小说是一个文化工具，通过一个新的知识系统来调停面向现代性的转变，而这场转变的关键是新时代人们在真实问题和德性问题上的困惑。小说被认为是 18 世纪自我塑造的重要工具和发生场域，是"建构所谓现代主体的过程"。威廉斯将这场现实主义潮流延伸到 20 世纪。尽管有人认为 18 世纪以来的小说传统已经发生了相当大的变化，但他仔细分辨了新的经典文本，发现个人与社会之间的关系仍然是写作者最关注的主题，现代主体不断在"我"和"我之外的社会"之间来回推敲，形成了四类不同的写作模式——社会描写、社会公式、个人描写以及个人公式，针对"人如何生活在这个世界上"这个关键问题不断摆荡（威廉斯，2013：291~307）。

因此，《知否》和类似的网络小说，如果说具有某种社会性意义的话，我想并不在于它是否配得上被称为"中国的奥斯汀"，而在于它们背后浪漫－清穿－种田小说的漫长发展史。在 18 世纪英国通俗文学的研究中，"反映"是一个关键词，研究者只能通过对文本自身的细读和类型分析，来试图接近它们所反映的那些"想象"，但网络文学能够让我们看到的，却是一个正在发生的"想象"的生产过程。

更重要的是，这个"想象"，因为是在海量的作者－读者互动和流水般的接力创作中被生产出来的，因此它有可能突破作者本人的经验与知性限制，而在事实上完成威廉斯所期望的真正的"新现实主义"探索。

大多数（社会）作品不能突破瓶颈，它们缺少一种自觉的意识，认识不到一种整体生活方式的内容能在多大程度上积极影响到最内在的个人经验。

描写个人的小说……似乎是在逐渐地自我瓦解，转变成另一种个人小说，即个人公式小说……虽然这些作家是从真实的个人感受出发的，但为了支撑并证实那些感觉，它们在其中起作用的那个行动的世界……免不了要在他们给定的形式中被挤压成讽刺漫画。

正因为这些小说的作者是我们这个时代最有活力的一批作家，所以他们再清晰不过地证实了我们所面临的当代困境。（威廉斯，2013：300、302）

在我们的感觉和我们对社会的观察之间横亘着一条危险的鸿沟。威廉斯的发现表明，社会学里的老问题——"具体认识"和"总体认识"上的断裂——同样存在于小说与社会的关系之上。回到我们当下的社会环境中，小说的阅读者如你我，恐怕如当年的英国人一样，正在"遭遇现代生存时所经历的一场意义深远的思想和情感危机"，我们期望沉浸在这些故事里，去应对"真实"与"德性"问题上的张力，重新以一种新的表述来调停来自新生活的困境（麦基恩，2015），然而在这个复杂的时代里，传统意义上的"作家"有可能以个人的努力把握住整体的"行动中的世界"吗？当他们抱持着创造性个体书写这个时代的理想，以个人经验中抽象出的社会公式来书写中国经验的时候，大概与威廉斯在20世纪的欧洲小说中发现的困境相似，"建构现实的斗争必定是异常艰苦的，张力会非常大，也可能会遭遇到各种各样的失败和崩溃"。

如果我们将文学看作一个建构性回应社会的知性活动，技术时代的网络文学生产最重要的意义可能在于，它将使这个知性活动的空间从个体性维度跃升至社会性维度。在此之前，文学中的"我"虽然关涉到千千万万个"我",但读者只能对其中投射的私人"自我"做出热烈的评论,而在技术时代之后,普通人拥有了生产"想象"的在场身份,他/她的情绪、经验和理想得以进入生产而非消费的过程。这一点,如下文即将详细展开的,将在理想类型的意义上,对著作权曾经设想的"文学制度"发起总体性攻击。

(一)土著理论:另一种对世界文学体系的抵抗

网络文学研究中有一种相当强劲的声音,认为网络文学构成了民间文学的一种(何学威、蓝爱国,2004),网络文学的核心特征便在于"民间性",大众通过网络得以"参与"文学创作,并带来了来自"民间"的传统文化与心理模式,突破了西方文化本位的文学观,使得文学"回归"到民间文学。这种分析看起来极为激动人心,也因为将网络文学与中国经验勾连,近年来日渐获得网络文学网站内部的认可和使用。

然而,这种理解就此本质而言,只不过是以本土的"民间性"来对抗西方的"普适性"的一种变体,认为网络提供了一种力量,将文学从"生产"中解放出来,重新回归民间与非商业的世界。但正如前文所强调的,这样一种"从中心到边缘"冲击与反抗的世界"文学"体系,仍然是建立在对作者与作品唯一性假设的基础之上的。事实上,他们所理解的"民间性"在强调了参与者的大众化之后,却转头将这些参与者重新包装成了孤独的创作者和天才,强调他们个体的特殊能力和位于"生产"之外的独立意义。在这些研究者看来,当网络文学日益卷入商业化写作的漩涡中时,这种"民间性"就受到了破坏,网络文学的"自由"就此丧失,作为一种与西方文学对抗的"网络文学"也就随之走向终结。逻辑上这样分析并无不可,但回到经验层面,我们会发现,一方面,他们所假设的这种"网络文学"事实上不过是处在发展最早期的网络上的写作;另一方面,网络文学真正展现出强烈的"本土性",大量中国传统文化的元素重新进入小说创作，如广大玄幻写作者对《搜神记》、《山海经》和道藏经典的利用①，盗墓、风水小说对堪舆术数的钻研②，修仙小说对炼丹练气理论的重新发掘和演绎③，恰恰都发生在作为商业化类型小说的网络文学发展期。

如果说在经验层面我们确实观察到"民间性"的张扬，那么，这种民间性可能并不像以上研究所强调的，在于"参与者"所造就的"文本"特性，而在于网络文学及其生产构成了一个空间，一个真正的土著理论得以突破主流意识形态而自由生长的空间。

就像《知否》的案例所展示的，在这个空间里，作者、读者、评论者以及拥有极强"理论"能力的思考者，就像棋局里/外殚精竭虑的参与者，他们并不在乎/追求以自己的行动来挑战某种遥远的普适性，只是要在既有的规则下走出最好的、前人从未走过的一步棋，创立一个新的设定，将原有的设定推演向新的方向，合理突破既有的设定框架，颠覆旧的设定，从里面翻出一个"反题"，从而将整体潮流推向"螺旋上升"的方向，这才是网络文学的参与者所努力要实现的突破。

2011 年底，齐泽克（Slavoj Žižek）在华盛顿参加"反华尔街游行"

---

① 《搜神记》与《山海经》这样的古典作品，在网络文学作者群体中，一面被视为灵感来源，一面被作为资料素材。作者与读者们在它们的基础上，创造出了洪荒世界、十二祖巫之类脱胎于传统文化又独具匠心的设定元素。对道藏经典的利用也是如此，作者们经常从道藏中采集各种偏僻的经书名字，如狼儒《修仙实验室》。

② 除了进入大众视野的《盗墓笔记》、《鬼吹灯》之外，另有一群作者以更为"专业化"的风格进行这个类型小说的写作，如徐公子胜治《地师》。

③ 在网络文学发展初期，众多涉及这一题材的作者都未能超越黄易的水平，而只能频繁引用"天地不仁，以万物为刍狗"。然而随着众多作者的努力，修仙小说迅速地进化出完整的几种体系，见徐公子胜治《灵山》。

时发表演讲，在一如既往的万花筒一般的演讲中，他提及中国的网络文学，认为穿越小说在中国的流行说明中国人民仍在梦想着一个新的世界，鼓励美国人民不要连梦想都抛弃。

尽管这一判断几乎建立在完全错误的事实基础上，但这个有关"穿越"的解释回到国内，相当有趣地掀起了文化界对中国网络文学的兴趣。研究者接过这一分析，开始在意识形态对抗层面来剖析网络文学的创作意图与社会意义。然而，这样泛政治化的分析几乎只能限定在具体文本甚至具体情节层面，一旦回到网络文学生产，回到作者、读者与作品评价体系的层面，立即变得极为"陌生"和"隔离"。

在历史架空类小说到历史穿越类小说的发展中，我们确实能看到某种政治性情绪的表露。例如，在最早的军事架空小说中，中国人民警察部队借助游击战术几乎攻占了全世界，这种再造历史的冲动转移到过去的历史时空之后，也催生了一系列关于"如何在明代末年避免清军入关"、"如何阻止鸦片战争"的讨论，但正如前文分析所展示的，在进入另一个时空之后，作者和读者所共同关心并推进的，只是如何将自身对于历史发展的理解融入"新世界"的塑造。为什么要塑造这个世界，与其说是对抗现实时空的世界历史，或者主动幻想一个生活在别处的"乌托邦"，不如说是20世纪90年代末一系列以文明再造为主题的电脑游戏逻辑的再现。

然而，也正是在这个意义上，网络文学世界里的土著理论对建立在中心－边缘假设基础上的世界文学体系构成了最本质的挑战。无论是在男性阅读的历史穿越类小说，还是女性阅读的穿越/重生小说中，我们都能看到一个相当清晰的从西方中心观逐渐挣脱出来，缓慢向未知却充满主体性方向发展的过程。正如前文所探讨的，历史穿越类小说从救亡主题入手，从"驱逐外辱"到"长技治夷"，从技术为核心发展到以制度变革为契机，再从单纯的制度移植发展到"文化治国"，而清穿则以相当西方罗曼史的小说开端，到《步步惊心》中开始探讨现代女性在清代社会背景与政治舞台上的心理伤痛，数百部小说写尽近代以来才进入中国的各种观念——"爱情"、"性"、"女性"、"独立"、"自由"——在古代背景下的张扬、引发的振动、受挫、死亡/生长的各种可能。最后，两大类型小说归于统一方向：种田流。历史穿越类中的种田流，注重"先建立自己的根据地，然后在自己的领土上搞科技、经济、军事、政治制度建设。在此期间，基本上不与外部势力发生战争。至种田完毕之后，再凭借超时代的能力征服天下"，而清穿中的种田流则注重如何揣摩古代人际关系，小心翼翼地理解伦理及其背后对于所有人的社会意义，在具体的人伦关系中重建符合社会想象的个人形象，并借此战胜各种障碍和危机，赢得个体幸福。

在社会科学界还在争吵中国模式之合理性与可行性的时候，网文作者已经在海量的写作中冲破了那些曾被认为支配着所有现代人的意识形态，开始在中国历史和社会的具体情境下反思和思考。在女性种田文当中，我们可以看到极为完整的关于婚礼、丧礼仪式的描写，穿越者隐藏在一个古代人的身体里，亲历全部过程，而读者则跟着她的迷惑、混乱、观察和思考，打破对早已消失的"日常生活"的隔阂和淡漠，体会每一项制度安排背后复杂的礼法设计，以及礼法设计背后所深藏的理想中的人与人之间的关系。

幸福生活，在这里，不再只是法国贵族或者美国中产阶级的模样。在女性种田文下结合自身生活经历积极参加讨论的那些女性读者，或许才是真正摆脱了外来想象，脚踏实地参与塑造中国未来女性角色的人。这些小说及其阅读的意义，因此早已超出了世界文学体系之下"本土作家"所可以承载的内容。

（二）超文本：类型成为"作品"

试图用超文本理论来理解网络文学的研究者很多，但他们共同的难题是，可以将网络文学描述得非常先锋，却苦于找不到现实中的对应物：几乎没有一部网络文学作品是叙事碎片化的、允许读者自行解读的，也不携带任何超链接，让读者从一个文本随时自由地跳到另一个。但如果考虑到，无论是作者、读者还是评论者，网络文学领域的土著们在面对网络小说的时候，往往面对的并非单独的文本，而是由众多文本共同构成的"类型"，在这个意义上，数字文学理论家所预言的"超文本"理论也许并没有偏离现实，真正偏离现实的是分析者设错了对象。

崔宰溶建议将文学书站看成一部超文本"作品"，因此网络文学研究的对象不应该是个别作品，而是整个网络本身。在网络文学领域内，特指具有一定规模的、具有一定界限的具体文学网站。这个思考的方向相当具有洞察力，但并非最佳选择。如果说整个起点中文网每日 8000 万字的更新统统被认为是一个集体的智慧（collective intelligence）在"写作"一部"超文本"，那么就无异于假设历史上所有的作家都在"写作"一部"文学史"。尽管能得到一个相对清晰的线索或架构，却丧失了把握写作过程中各种关键变化及走向的可能。2004 年的"起点"，与 2008 年属于盛大文学的"起点"，与 2013 年经历人事变动的"起点"，所有这些变化都将被湮没在一部终点注定是"起点 super book"的写作中。

我认为，网络文学仍然具有相当清晰的超文本特质，而在"类型"的层面上抓住这个特质，才是理解网络文学"作品"的核心和关键。传统文学写作重视作品的前后相继与持续创新，作品相对于作品的超越，构成了文学发展的脉络，而网络文学写作则重视的是类型的前后相继与持续创新，类型相对于类型的超越，构成了文学发展的脉络。

正是因为超越具体作者和文本的"类型"构成了写作和阅读的核心，网络文学才表现出了相当强烈的"外链性"与"流动性"。任何一个类型都包含无数的要素，要素的不同组合则可以容纳不同的变化，正像一个超文本包含无数个节点，节点之间的链接蕴含着无穷的可能性。"这个链接可能是通往内部的，也可能是通往外部的。一个链接的目的地可能是一个超文本内部的某一个位置，但也可能是另一个超文本。"（崔宰溶，2011：67）军事架空类型中包含着的各种要素，在遇到外力之后重组，不受管制的"架空"部分通往外部，与历史小说结合，产生了一个新的类型——历史穿越文。历史穿越文中的关键要素——朝代、历史动因——之间的不同组合通往内部人物行动、情节发展的各种可能性，推动整个类型的不断扩大和膨胀，而其中的"穿越"要素溢出整体类型，加入言情小说，经由海量的复制，又塑造了"清穿"类型，成就了一个全新的"超文本"。

认识到网络文学类型和超文本理论之间的对应关系，将帮助我们借助理论家的洞察力，重新理解网络文学生产与传统文学生产的关系。超文本理论延续了整个西方现代文学传统对"作者"核心地位的否定和消解，最直接继承了罗兰·巴特对固定、唯一作者概念的破坏，强调超文本通过"链接"可以无限地外延、不断地变化，同时消解"作者"和"文本"的神圣地位。超文本在理论上的更进一步，经由网络文学的生产而得到真正的实践。而超文本作为一种理论想象所遗留的问题：作者和文本死亡之后，文学作为一种生产是否仍然可能？会否进入一种完全实验性、碎片性的状态，成为彻底的个人写作/阅读游戏？网络文学生产对此以"现实"给出了一个肯定的答案：作者死了，文本死了，文学生产仍然可以另一种形式继续存在，消费仍然在，生产仍然在。

(三) 网络性: 多生产主体

失去了神圣的 "作者", 生产如何可能持续存在? 在前文的分析里, 我们看到了真正的生产主体: 作者 – 网站 (代码) – 读者, 三位一体的混合生产主体。

在网络小说及其背后类型的生产过程中, 我们看不到通常意义上的 "作者"——仅仅在劳动意义上对自身作品和在道德意义上对文学脉络负责的单一个体, 我们看到的是一个不同的代码环境下基于不同的原因而对读者产生不同义务的行动者。他的任何一个行动都与读者有关, 也与代码设定的基本背景有关。开新文, 首先要揣摩读者的喜好和思维方式, 将自己的想法与网站所提供的既有类型列表做比对, 分析并选择一个最有可能吸引更多读者的类型, 由此赋予了写作内容以最初的 "类型性", 其次要在现有的类型设定背景下研究、反思、寻找突破点和新创意, 每天至少3000字的更新, 根据读者反应 (点击、评论、收藏) 来调整创意的表达方式, 或改变创意的方向, 逐渐让类型的可能性在写作内容中被挖掘和呈现出来。

网站代码的变化赋予了读者深入写作者每一个行动选择的力量, 他们的存在、点击、付费、打赏、追捧, 追迫着写作者生命中的分分秒秒, 筛选和塑造着越来越清晰的写作者形象: 有足够的创意, 足够流畅的表达能力, 足够自律, 能够实现有效的时间管理, 有动力, 有耐力, 打字速度足够快, 有良好的与读者沟通的能力; 也筛选和塑造着越来越清晰的文本特征: 类型化、模式化、长篇, 3000字一个高潮, 类型固定后情节不断升级, 表达清晰、流利。

不可分割的三位一体取代了 "作者", 成为整个网络文学生产的内容发动机。

三　新文学制度

至此，对比第二章的结尾：写手变成作者，作者变成作家，作家变成跨国文学贸易的金矿，同时扮演着国际政治经济秩序的意识形态军队或者反抗军。这是从 18 世纪到今天，著作权制度逐渐塑造出来的一系列想象，它们在制度的时空里前后相因，共同塑造了一个法律眼中的"文学界"。

18 ~ 20 世纪经过文学产业中漫长博弈而建立的这一套著作权－文学想象体系，面对技术所激发出来的新型文学生产时，面临全盘挑战。

作家的神圣性被取消。已经不再是 19 世纪，人们可以选择住在哪条街。21 世纪的网络文学写作者，只能生活在代码的世界里，成为读者的B 面。他们要思考的，不再是如何在文学和读者需求之间找到一个平衡，而是如何和读者一起，同时创造接下来的类型和点击量。

作品的核心位置被取消，类型取代文本成为写作和阅读的聚焦处。雷同、千篇一律不再可能成为判断"写作"和"阅读"是否有意义的关键，传统著作权下只看得到板上钉钉的"全盘照抄"的"抄袭"之文，可能是开辟新类型与阅读新时代的"神作"，相反，拿放大镜也看不到一点雷同的"创新"作品，几乎确定没有任何可能在这个平台上得到生存的机会。

世界文学体系的唯一性被打破，网络文学脱离意识形态反抗军的轨道，以另一种方式在西方文学体系之外另辟"中心"，马克思主义、街头经济学原理、韦伯对文官制度的假设、李约瑟的中国科技史研究，被从所在的政治、经济、文化脉络中抽出，放置在各个历史时空当中，配合当代城市生活里的困惑和无奈，敷衍出一个又一个虚幻却特别真实的想象世界，成为构建者和"投身体验者"体验现实的非西方参照世界。

著作权世界体系所设定的文学世界，在中国网络文学生产的历史里，消失了。在最根本的意义上，法律失去了它的对象。

第七章
历史的分岔：网络文学生产的两条道路

    法律真的完全失去了它的对象吗？

    文学生产与技术结合，突破 18 ~ 19 世纪所形成的"作者 – 作品中心"文学观的设定，生产指向的文学世界和法律想象的文学世界终于在实践层面分道扬镳。分析到这里，我面临一个极为强有力的蛊惑：以网络文学生产为"社会"，以著作权法律体系为"法律"，开展以"社会"反思"法律"合法性的思考，通往重构著作权法基本价值和基础假设的理论诉求。可惜，这种来自理论的蛊惑或许并无坚实根基。

    网络文学的"商业化"不是幻象。"商业化"中蕴含的类型创造力和变革动力已经在前文中得到描述，但它还真实地存在 B 面，这一面在 2000 年左右免费个人空间服务消失之后，便已初露端倪，至盛大以资本方身份全面入主起点中文网，已完全浮出水面：网络文学网站是一个现实资本商业体系中的生存者/竞争者，除了是促进生产的平台之外，它是需要且追求营利的"公司"。网络文学网站作为"代码"与"公司"的双重身份，使得技术与法律所想象的不同文学形象与生产方式都投射在网络文学生产的实际过程中。网络文学的生产并不是法律不入之本土"社会"，它构成了一个真正的实践场，两种想象各凭力量，在其中并存并努力谋求自身的普遍化。

    进入关于互动和争夺过程的讨论之前，本章将分别检视这两种不同的想象及其通往的两条不同的发展道路。

一 明星制 vs. 类型化

一个无法忽视的事实是，在类型化生产萌芽、发展和蓬勃的过程中，明星写手也在不断崛起。唐家三少、我吃西红柿，这些名字逐渐从海量的作家队伍中凸显出来，开始占据排行榜的前列，成为流量的保证，直到变成网络文学世界里的明星。读者一边继续挑选自己想要阅读的类型来满足消遣的需求，一边也逐渐培养出对某些作者的依赖，甚至发展出偶像崇拜。这个其实颇为自然的过程，落回到生产机制的层面，其中是否存在内在的紧张，张力又体现在何处呢？

（一）从写手到作者

我们已经看到，在网络文学发展早期，网站曾经试图复制实体出版业的生产机制，希望在网络上培养出一个与实体出版接轨的文学孵化器，明星写手被假设为未来的作家，但很快陷入失败。在不能直接向读者收费的年代，类似于出版社建立作者俱乐部式的做法，并没有为早期的文学网站，如龙空，生产出足够的内容资源，支持其在实体出版业的持续发展。2002 年底，铁血网知名写作者中华杨和苏明璞召集了一批知名写手，单独成立"明杨全球中文品书网"，首开写手利用自身号召力转战商业的先河。然而，脱离了大生产环境的个人号召力机制错估了网络文学阅读者的需求，无法提供足够多且持续的新内容，个人号召力的影响力很快消散殆尽。中华杨的《中华再起》前两部完结之后，"明杨"也失去了发展的动力。

2002 年之后，热门写手忽然获得了一个新的定位——"网站竞争的关键资源"。就像 18 世纪的书商为了获得垄断地位决定与作者结盟，陷入激烈竞争的网站此时开始了对热门写手的激烈争夺。2002 年 5 月，以宝剑锋为首的几个非著名玄幻写作者聚在一起，准备在西陆玄幻文学协会的基础上筹建个人网站，名为"原创文学协会起点中文网"。5月15日，一个陌生ID"藏剑江南"进入起点庆祝成立聊天群，犀利批评起点当时的书库系统，并一举获得起点网站建设的决定权。这个仿佛带有命运传奇色彩的组织，就是后来的"起点中文网"。起点趁着当时龙空转战实体出版市场，幻剑书盟忙于资本运作和内部调整，在"藏剑江南"带领下，开始了迅速的扩张。7月，《小兵传奇》成为网络热点，带来大量读者和网络流量的大爆发，全球网络 alexa 排名急速提升，起点迅速获得市场竞争优势。

2003年9月，起点筹划实施 VIP 制度，为吸引读者付费，开始尝试说服部分写手将热门作品独家授权起点刊载。这彻底打破了当时整个网络文学市场的潜在竞争规则，明确宣布将要通过抢夺写作者——内容源头来获得市场。至此，写手及其作品正式成为"资源"被纳入网站竞争谋求生存的策略范畴。

2003年10月，原定开始 VIP 作品连载的前几天，起点管理层忽然内部地震，多人出走，已经达成协议的数十部作品与写作者也跟着转投他站。关键时刻，"流浪的蛤蟆"开始在起点 VIP 连载《天鹏纵横》，为起点挽回了宝贵的流量。其间还经历了 VIP 章节提前泄露，作者出手修改后续剧情，终于力挽狂澜的传奇情节，起点的 VIP 实验终于顺利进行，渡过了最开始的难关。经此一役，明星作品与写手作为垄断性资源，对于网络文学网站的生存及发展的意义已然显露无遗。

自此之后，尽管类型化不断发展壮大，构成了整体网络文学生产的基本方式，但在网站竞争层面，因为受欢迎作品的去向就是流量的方向，热门写手的地位还是变得越来越重要。2003~2004年，整个网络文学网站领域最大的竞争手段就是拉拢 VIP 写手，一时间各大文学网站纷纷各出奇招，推出不同的分账标准，以"报酬"和"合同"来吸引受欢迎程度有保障的热门写手。最早将写手推上资源位置的起点，此时却因为无力竞争资源，陷入被快速追赶的境地。

2004 年，游戏公司盛大入主起点中文网，以大量注资解决了起点的竞争力困境。12 月，起点开展"百万元年薪签约活动"，同时以和实体出版的合作来吸引更多想往"纸质市场"发展的写作者。网络写手开始了向作者身份的转变。资本的持续注入与作者之间就此结成联盟，在其他各项网站管理和技术措施的配合下，维持着起点的相对竞争优势。

（二）从热门作者到签约作者

网站提供写作平台和经济合同，作者在此写作，与读者交流，获得报酬。伴随着网站扩张和资本营利意愿的加入，网站与作者之间的这种关系在 2008 年被打破。这一年，盛大在起点中文网的基础上布局盛大文学，在原有管理架构之上，设盛大文学 CEO 一职，由原新浪 BLOG 主编侯小强担任。2009 年，盛大文学联合主流文学界举办"全球写作大赛"，这种赛事与最初榕树下举办的各届原创文学大赛性质类似，希望借此吸引主流文学的关注，提升网络文学的"主流性"，为网站做宣传。真正让这次赛事成为一次关键事件的，是盛大与大赛参赛者之间的版权协议：作者对其原创稿件的版权将以"委托创作"的名义永久过渡给起点中文网，在领取过一次性稿酬之后，作者对自己的作品就仅仅拥有署名权。

一次性稿费买断所有领域的改编权，在新人作者和实体出版社之间其实并不罕见，然而，这个建立在出版系统垄断传播假设上的版权买卖形式，在存在大量自由发表空间的网络文学领域，就显得十分苛刻，乃至可以用"凶残"来形容。

除了在利益分配层面打破旧日共识之外，这份委托创作合同也预示着新成立的盛大文学将转变"垄断内容资源赢得竞争"的经营策略，转向"版权经营"的营利方式。起点网站上创作的各种小说文本，不再仅仅被看作原创文学生产与消费的内容，而将成为通往整个文化生产市场的内容源头。

（三）从签约作者到文化明星

委托创作协议引发了来自作者的大规模反弹，面对另一个世界逻辑的入侵，作者们采取了用脚投票的方式。2009～2011年，大量著名写手冒着被起点起诉的危险，转会他站。传统出版界采取的垄断版权策略在网络文学领域的失败，进一步将网站的策略从吸引"签约作者"引向塑造大众文化"明星"的方向。

在"明星"出现之前，网站最热门的作者，其号召力一般限于网络文学领域内，他们能给网站带来更多的读者和充值，但仅此而已。当寻求"优质"改编内容的电影、电视、游戏等其他领域的从业者，将目光转向网络文学寻找改编对象的时候，他们关注到的只是"受欢迎的作品"，而非这些作者本身。换句话说，这些热门类型文本的写作者，对于圈外人来说，并没有真正拥有姓名。是否要购买版权进行改编，主要是基于对小说文本改编可能性的判断。一旦他们决定购买，便可绕开网站，与写作者直接签订版权合同，网站在其中无利可图。但是，一旦网站能够制造出若干跨领域的大众文化"明星"，其影响力可以超出网络文学界，延烧到其他领域，则跨媒体合作的核心便从"故事大纲"转向"明星"本人，网站作为这些"明星"的制造者和代理人，自然可以成为版权转让利益的分享者。

2008年之后，以起点为代表的大型网络文学网站开始有能力塑造这样的"明星"。日益庞大的读者群此时已经覆盖了数以亿计的"消费者"。根据中国互联网络信息中心发布的《第26次中国互联网络发展状况统计报告》，2010年，中国网民规模已达4.2亿人，其中网络文学用户规模达到1.88亿，这些用户同时也构成了其他文化消费领域的重要组成部分。此外，盛大文学跨媒体的发展也给起点提供了向外伸展的可能性。2010 年开始，盛大文学陆续建立三家图书策划出版公司："华文天下"、"中智博文"和"聚石文华"。2011 年 2 月，盛大投资云中书城，重新建立网上书库和阅读平台。盛大向文化产业各领域的投资延伸，为起点提供了更强大的跨媒体造星可能性。除了游戏主业之外，2009 年，盛大影视成立，2010 年，盛大与湖南广电集团达成战略合作，共同出资 6 亿元人民币成立盛视影业有限公司，在影视制作发行和相关衍生业务领域展开合作。

既然尽可能多地获取利润是起点必须面对的资本要求，那么必须树立"明星"来实现跨领域版权转让便成为起点面临的唯一选择，读者数量的激增及其与作者之间的特殊关系使得起点有能力来树立"明星"，那么最后，就像今天我们通过媒体宣传看到的那样，"明星"成为起点中文网对外宣传和展开合作的主要内容。唐家三少、我吃西红柿、血红、天蚕土豆，这些对传统的文学读者来说奇怪的名字开始走向各类文化报道的热门位置，他们令人难以想象的更新速度、"低微"普通的文学出身，以及不可思议的超高收入，配合着盛大文学"打造全球华语小说梦工厂"的定位，成为网络文学的公共形象。

与此同时，符合版权所有者形象的网络"作家"形象也随之诞生。之前的分析指出，当我们进入网络文学的生产与阅读，从土著的角度来理解生产如何可能，究竟对人们意味着什么的时候，"作者－作品"之间的关系已经不是合适的视角，反而会让观察者错失网络文学生产的真实内容。然而，回到网络文学网站的生存和发展位面，"作者"再次成为作品的唯一生产者，尽管他们不再是传统观念中的精英作家，但他们所拥有的其他独特的品质，却足以让他们脱颖而出，成为个人劳动产出的权利所有人。由此，文本被从类型的意义脉络中抽取出来，再次归入作家的个人范围，"作者－作品"合二为一，互相成就，并通过将这种特殊关系的法律表现形式——版权——自由转让，实现文学的生产和增值。通过对明星作家形象的树立，以及经由明星作家而实现的版权交易，起点重新将自己变成了出版社，将写手变成"作家"，将文本变成"作品"，将文学生产过程变成"写作－出版－销售－版权合作"，而文学生产联合方式的中心再一次被"作家"占据。

（四）明星制 vs. 类型化

对比"明星制"与"类型化"两种不同的生产机制，可以很清楚地看到，即使在网络文学生产内部，"作者的名字"这个原本抽象的话语所具有的意义也发生了经验层面的分化。例如，在"类型化"的世界里，第一个写清穿类型小说的金子的名字被不断提及，这显然是在福柯所假设的那个"作为话语实践的作者"的意义上所发生的对作者名字的使用。首先，金子被认为是用来归类一系列小说文本的"元素"，就像所有描写"清朝＋康熙末年＋穿越＋爱情"的文本被归类为"清穿"一样，其指向的是文本的归类，而非文本的所有权。其次，评论者有必要经常提及金子的名字，是因为她被认为是流传极广、极具革命性的设定的"最初使用人"／"创造者"，就像福柯所举例的拉德克利夫，他的意义在于，推动了一系列以他的小说为摹本的小说创作，并提供了若干独特的"符号、人物、关系和结构"。在这个意义上，我们可以说，在阅读和评论层面，金子的名字指向的是"话语实践的创始人"，这个名字的成就和意义在于：

> 为引进他们自身之外的一些要素开辟出了一块空间，而这些要素却依然留在他们开创的那个话语领域里。正是在这个意义上，不是为了强调作者对作品的个人控制合法性和经济权利，我们仍然会在不同的场合下提到作者的名字。（福柯，[1969]）

然而，在明星制层面，"作者的名字"的指向却非常简单容易理解，正是极为传统的，我们每天都在不假思索使用的："作者对作品的个人控制合法性和经济权利"本身。提及金子，是因为她是《梦回大清》的作者，享有这部作品及其所有衍生权利，而她也将因为这部作品的流传、畅销、改编和受欢迎，被不断的信息传播称为一个"作家"，进入在写作这个故事的时候她也许并未想要进入的那个社会群体，被认知和评价。

二　共有：积极共有 vs. 消极共有

让我们重新思考模仿的社会意义。

"作为话语实践的作者"与"作为个人控制合法性和经济权利来源的作者"，这两个概念的区分，提醒我们重视写作者的主体性与文本所具有的资源性意义之间的关系。是否认为前者构成了后者的来源和基础，直接决定了我们对待后来者和模仿行为的态度和价值判断。"作为话语实践的作者"仅仅是在回溯意义上成为"被提及的名字"，文本的资源性意义来自后来者的不断回归，一种从现在向过去的实践。在这个意义上，"作者"依赖于后来者的模仿才得以存在。模仿，因此不是对作者的冒犯，而是写作者成为作者的前提。"作为个人控制合法性和经济权利来源的作者"，即著作权法与传统文学想象的"作者"，则被认为构成了"作品"的直接来源，对于作品上附加的经济利益和道德成分享有支配权。后来者的模仿，因此是对"作者"身份道义上的侵害和权利上的侵犯。

是否能够容忍一定程度的模仿，在何种程度上容忍模仿，因此牵涉到法律/社会如何理解"私有"和"共有"的关系问题。福柯主张用"作为话语实践的作者"来取代"作为个人控制合法性和经济权利来源的作者"，当这一文学/哲学理论层面的选择落回到网络文学生产领域内，这种选择实际上也就意味着要采取哪一种知识共有模式，来解决作为一种资源的"作品"在（一系列）写作者和其他人之间的创造、利用和分配。

历史选择了"私人财产权配合公共利益协调"的模式，其基本历程在第二章中已做过详细分析：文学市场的扩大，印刷出版业的持续发展，17～18世纪日益市场化的社会背景，导致书商急于从传统的行业管制中解脱，并得到制度保障。书商内部的利益分配不均，仅从国家利益层面为垄断/反垄断做辩护的策略失效，书商需要新的"盾牌"和"矛"来相互攻防。作者在这种历史情境下，被书商推上著作权主体的位置。《安妮法》为了平衡书商间的垄断利益，第一次将作者纳入权利保护主体范畴。1769年的"米勒诉泰勒"案最终确立了作者的权利主体地位，判定智力劳动产生财产权，并通过自然法学说的引用，认为在个人层面之外存在一个超出个人与行业范畴之外的公共范畴，将超出任何个人与利益主体之上的"社会"维度引入讨论，奠定了作者–公共利益的讨论格局。也就是说，作为"资源"的作品经由劳动作为合法性依据，归于作者所有，产生了文学财产权，而公共利益的衡量，则构成了这一独立财产权的法律限制。

这一模式在强调私人财产权的同时，也遗留了一个关键性的问题：法律和个体对私人财产权的认定和维护，是否能同时带来公共利益的发展？哈丁（Garrett Hardin，1968）在土地使用领域内发现了否定性的证据：在缺乏外在力量约束的条件下，公共牧场上的每个牧羊人虽然明知土地会退化，但个人博弈的最优策略仍然只能是增加牲畜数量，久而久之，牧场可能彻底退化或废弃。这种"公地悲剧"（The Tragedy of the Commons）被赫尔曼·戴利（Herman Daly）更形象地比喻为"看不见的脚"（invisible foot）：私人自利不自觉地把公共利益踏成碎片，因此，公共利益需要一个市场之外的力量来干预和保护。

奥斯特罗姆质疑这种"利维坦"思路：公共物品是否要么由市场全盘处理，要么由政府包揽？她（2000）在经验中发现了一类具有非排他性的物品，类似于公共池塘资源（common pool resource），通过公共空间内成员之间的沟通和协调，群体，既非个体也非政府，主导对资源的使用和管理时，效果要优于市场和国家。通过对群体的强调，奥斯特罗姆将"个人产权 vs. 公共利益"的思路转移到关于共有模式的讨论上。具体到知识生产领域，德霍斯接续了奥斯特罗姆的视角，着重分析了"公共利益"与"共有"这两种讨论模式的具体区别：前者是在既有法权结构下讨论"知识"作为一种财产在个人与非个人主体之间的分配，强调的是"占有"和"控制"，而后者则突破财产制度，讨论知识作为生产性资源，被个人和群体利用的自由和限度，强调的是"分享"和"利用"（德霍斯，2008）。

尽管经过几个世纪的法律建构和实践，"个人产权 + 公共利益"的模式几乎已经成为关于文学的创造和利用的唯一选择，然而，一旦我们认识到知识在个人和群体之间的利用模式才是更根本的问题，就会意识到历史其实存在"非确定性"的一面。无论是福柯还是网络文学生产都提醒我们，现实历史的选择并非唯一的逻辑可能性。在"文学财产权"之下讨论作者的权利，在作者与基于知识生产的"创造"之间建立独占性关系，从而在知识领域划分出个人权利和公共领域，这种在今天看来似乎天经地义的讨论方式，实际上不过是一个具体历史情境下各种因素共同造就的"人为构造物"。

以"共有"模式的视角重新回到历史的起点。早在"米勒诉泰勒"案中，耶茨法官和阿斯顿法官之间关于自然法的争论，已经极为鲜明地体现了不同的"共有模式"在对待文学及其创作、利用方式时的尖锐冲突。

略微回顾两位法官的对立，其争锋焦点是"思想是否构成财产种类"，观点的分歧则在于如何理解作为无体物的智力劳动成果上所附着的"个人"与"人们"的关系。阿斯顿认为文学财产从作者创作出作品起就属于作者，"因此，除非经过他个人的行为且经他本人完全同意明确地将其赋予大家共有，该财产应当仍旧属于他本人所有"。耶茨却认为，占有不能成为文学权利的基础，因为"在此所说的财产都是想象中的：它们是一系列没有界限、没有标志、不能被实际占有、不具备财产的任何特征和条件的思想。它们全部都只存在于人脑之中"，思想是人人都可拥有的，抽象物是人人都可利用的资源，是人人都自然有权接触并利用的共有财产的一部分。

因此，在早期法律构造的想象中，关于文学的创作和对既有资源的利用，其实至少存在过两种不同的共有模式，德霍斯将之总结为"消极共有"和"积极共有"，二者的根本区别在于如何理解创作者的劳动。在这个分类体系下，重新召唤之前分析的各段历史，可以得出如下发现。

第一，阿斯顿法官、后来的立法实践及网络文学网站的经营者采取的是"消极共有"模式，以洛克意义上的劳动－财产理论为基础，创作者通过劳动将"作品"从人类的共有领域里提取出来，成为财产权的根据，从而转化为由个人独占的权利内容，其他任何人（包括抽象意义上的国家与社会）要想利用作为资源的作品，必须取得作者的同意。

当"明星"式的作家形象成为网络文学推广的主要方式时，人们事实上正在逐渐重新接受这种对于劳动的理解，以及相应的关于劳动者与社会关系的假设。每个人都面对着同样的历史遗产和社会现实，有能力者（明星作家）通过自己的劳动创作出特定的"故事"、"情节"，并做出"个人化的表达"，由此他们将这些特定的内容从共有资源中提取出来，打上自己的标签，由此获得了对个人创作内容的财产权。在此基础上，他们完成了对自身与其他人关系的建构：这是一个基于财产权而划分的世界，作者在这头，其他所有人在那头。

第二，支配耶茨法官、福柯以及网络文学生产实践的"积极共有"模式则看到了另一种劳动的意义。创作者的劳动并没有将"作品"从共有领域里提取出来，相反，它只是一种对共有领域内知识的积极接触和利用，写作者构成了以不同的方式利用"共有知识"促进整体知识创造的生产者，他们没有权利阻止后来者对于共有知识的继续利用，而后来者的利用，也无须取得某一写作者的同意。

无论网站的管理者、明星写作者、评论者、研究者以及社会公众如何在明星制的层面上理解网络文学，"类型化"生产都在某种程度上持续发生，并构成网络文学生产的重要实践逻辑。第五章我们曾分析过关于"什么是好的奇幻小说"的严肃讨论。讨论过程中，作者和读者都同意，判断一部奇幻小说写得好不好，很重要的标准来自小说对"规则书"和"客观知识"的尊重和推进程度。无论是"规则书"还是"客观知识"，事实上都来自之前写作者的创造性劳动："规则书"源于写作者、阅读者不断累积的共识，而"客观知识"尽管有其他理论渊源（经济学、政治学、哲学或者社会学），但它以何种面貌出现在奇幻的创作世界里，则依然依赖某些写作者的理解、表述和引入。在类型化生产的逻辑下，读者和作者都在毫不犹豫地利用既有的"设定"，互相激励并努力加入新的内容，同时将"设定"（原有的，以及发展后的）仍然留在共有领域，供后来者使用。所有写作者、阅读者/评论者实际上都是这些"设定"的共有者，他们之间存在一个潜在的约定，即任何人不能阻止类型的传播，而且类型的升级版本仍需留在这个共有者群体内由所有人共有。共有者有权将自己的"应用"出售，但他无权封锁/垄断共有资源。类型与设定保持着共有状态，在写作者和阅读者的共同努力下不断丰富自身、成长和实现进化。

如何看待模仿？如何区分模仿和剽窃？在这种劳动观念下，有模仿，有雷同，并不会成为被惩罚和谴责的充分理由，但是，如果没有贡献出真正、积极的劳动和创造，只是不断地重复，即使重复的是自己，即使重复自己确实能够获取更多的利益和关注，也会成为这个基于劳动的"共同体"轻视的对象。

在"共有"的视角之下，曾经被私人财产权遮蔽的"劳动"的维度重新浮现。究竟要采取积极共有还是消极共有的模式，其实取决于我们要回应哪一种对于"劳动"意义的理解。"劳动"，在这里突破了洛克意义上人对自然的劳作，重新被理解成一种社会性行动，它的对象不是上帝创造的"自然界"，而是其他人的劳动已经建成的世界，劳动的过程也不再是人类将自然界化为己有的过程，而是对社会生活中某一具体内容的努力回应。法律对劳动的关注，因此是一次重要的选择，选择究竟要保护哪一种经由"劳动"所联结起来的人与他人之间的社会关系。

三 道路：商业分工系统 vs. 合作生产系统

如何理解网络文学生产"明星制"和"类型化"的区别？它们不仅是对"谁应当成为财产权主体"或者"文学财产权的限度在哪里"之类制度性问题的不同回答，更重要的是，这两种不同的生产体制背后隐藏着两种不同的对个人自由与限制的假设，而不同的假设则通往对于个人与共同体/社会关系的不同理解。

正是以上"道德和政治哲学层面"的区别，使得"明星制"和"类型化"两种网络文学生产逻辑之间的张力，与其说体现了本章开头所提及的"法律建构"与"社会实践"之间的错位，由此开启了法律相对社会变迁的改革，毋宁说，它为我们认识和理解未来的社会实践可能性提供了基础，也为未来的变革提供了"价值"选项。

（一）"明星制"与作为商业分工系统的网络文学

"明星制"的确立，来源于竞争环境下文学网站为争取自身生存和利益最大化的努力，由此，明星制继承了对于劳动个人主义色彩的理解，鼓励占有，个体通过劳动与财产权的关系为自己设置了消极自由的边界，同时为其他人的积极自由创设界限。通过法律提供的规范性保护，个人劳动和出版业运作结合在一起，获得相对/对抗社会的力量。大量具有创造性的个人自由劳动投入市场竞争，经由市场运作，构成知识发展的动力。在这种生产逻辑之下，作为网络作家的个人与整个网络文学产业牢固地联合在一起。就像在著作权制度中，文学产业淡出制度表达，却在实际上构成了整套制度得以运作的基础，虽然明星制看起来关注的是"网络作家"形象的打造，真正在其中闪耀的主角却是网络文学产业链。版权构成了这个产业链不断延展的基础，也是这个产业链中个体与其他人发生关系的纽带。

换句话说，劳动－财产所设定的消极共有模式，一旦经由法律的财产权设置与产业链结合在一起，实际上就将"个人 vs. 社会"的共有关系扭转为"公司 vs. 社会"的共有关系，个人独占"劳动成果"财产权的合法性，在产业化背景下，将会自然过渡成为公司（经由版权转让）独占财产权的合法性。网站在制造"明星"的同时，完成了对版权的垄断和交易的控制，由此也就决定了个体在这个生产体制中的实际地位和社会角色——版权贸易主导的生产过程中的文学产业工人。

2009 年起点抛出的委托创作合同，正体现了网站方面对以上关系的清楚认知和推动。

　　1.1.3　专属作者：指在协议期间内未经甲方书面许可，乙方不得以真实姓名、笔名或其他姓名、名称等任何名义将乙方在协议期间内创作的包括协议作品在内的各类作品交于或许可第三方发表、使用或开发，或者为第三方创作各类作品，作品的形式包括但不限于《中华人民共和国著作权法》第三条所列的所有作品种类。

1.1.5　协议作品：是指本协议约定的期限内甲方委托乙方所创作的所有作品，作品形式包括但不限于《中华人民共和国著作权法》第三条所列的所有作品种类，作品的主要内容将以乙方提交于甲方的每部作品大纲为主要蓝本和创作基础，同时乙方根据作品大纲完成作品后，围绕已完成作品主要内容、作品大纲、作品中已出现人物及相关已完成作品的内容线索继续创作的该部作品前传、后传及所有有关已完成作品内容、人物后续发展的一切作品均属协议作品。

1.1.6　协议作品各种语言版本：本协议中是指每部协议作品在全球范围内的各种语言及所属字体、语种的版本形式，包括但不限于汉语简体、汉语繁体、我国所有少数民族语言版本及其他各种外国语言版本。甲、乙双方同意并确认本协议中所列的"协议作品"以及对"协议作品"权属等做出的各种相关约定，即使未写明"协议作品各种语言版本"的字样也均表示已包含了"协议作品各种语言版本"的定义内涵和外延形式，双方约定内容的法律效力及于"协议作品各种语言版本"。

1.1.7　协议作品电子形式：本协议中特指每部协议作品以非纸质出版物的形式的各种具体存在和传播的形式，包括但不限于每部协议作品转化为二进制数字形态或其他电子信号等形态在互联网、电话（含移动电话）、电视、电台、多媒体终端、其他电子设备等各种媒体、平台、终端的发布、传播、使用等形式。①

---

① 文本材料来自一位当时收到协议的写作者。

通过"版权确认－版权转让"的方式，网站在肯定了创作者与作品之间的独占关系之后，接手了法律赋予创作者的财产利益，也获得了在全产业链的视野当中，全方位运作版权交易，充分挖掘单一作品商业利益的可能性。

对于这个作为商业系统的网络文学，产业观察者乐观地认为：

> 通过起点中文网的文学产业化的发展历程，我们可以看到，中国网络文学从免费到收费，从单一收费到多点开发，由"盈利点"到"产业链"，形成了实体出版、网络游戏、影视制作、动漫等多层次的文学产业链，网络文学的产业虽然发展时间很短，但让我们看到了其蓬勃发展的前景。（禹建湘，2011：5）

市场的发展确实如此。然而，对于后续整个蓬勃的文化产业链来说，创作者的地位发生了改变，他们被抽出类型发展的脉络，重新被理解为一个更大的文化产业流水线工作的源头。这种新的身份，更类似于工业生产体系里的"内容提供者"。他/她和作品，只是一个等待展开的大众文化市场的简单起点，衍生作品未来的发展方向和前景，取决于这个产业链其他环节对市场的判断和把握。在此背景下，2009～2010 年转会纠纷中所体现出来的作者与网站之间的矛盾，就不仅仅是网站的"错误"改革所导致的运营风波，而是作为商业系统的网络文学生产迟早要面临的马克思式难题：它是资本和工人之间必然存在的矛盾，涉及的是资本和工人对劳动成果控制权之间的争夺。

当时，"梦入神机"作为起点最热门作者之一，在委托协议生效期间，转会纵横中文网，引发起点方面的封杀和谴责，关于其转会动因的讨论，全面展现了在商业化体系下，作者与网站之间利益关系争夺的焦点：版权控制权及相关利益。

网络作者"梦入神机"：

起点所有的作者，现在都害怕，自己和哪个出版社单独接触了，和哪个朋友见面见错了，就会被起点扣榜单。作者现在见面的第一句话就是：我今天和某某某某接触了，要是让起点知道，他会不会搞我。作者连见朋友的权利，人身自由，都受到了限制。这是任何一个人，都无法忍受的……"神机气势太盛了，下本书得压一压，平衡平衡。"这是我得到的一个消息。在起点内部流传着。要不是因为这个消息，我不会出走。神墓的作者辰东，恶魔法则的作者跳舞，因为把自己应该有的版权，卖给了游戏公司。所以受到了压制。这基本上是都知道的事情。任何人都可以证实。

网络作者"无罪"：

（起点）什么时候能放下自己高高在上的位置，对等的来想一想？想想到底是哪里做得不足，让无数三年前还对起点百分之百满意的作者走到怨念爆发的程度？其实没有纵横，亦是如此！别忘记，任何原创网站，都只是一个平台！而不是将作者当成是打工仔的公司！一个什么下游企业。当一个作者的版权出售自己都不能掌控，卖给谁都不能掌控时，作者心里会没有怨气？……

也不说是绝对的公正，但至少前两三年，要做得好得多，但是为什么明明做得很好的，现在却越来越差呢？因为过度商业化！说是全版权运营，但全力推的，都是什么人的版权，还不是一些自己看好的，大牌的，想要推神的版权么？这点对于网站的商业化无可厚非，但是对于绝大多数作者来说，自己的版权直接就是烂掉了，换了自己去推，我可以保证，至少出名作者的，都能卖出不少。

尽管表面上利益冲突激烈，但仔细看双方的表述，我们不难发现，无论是公司对版权的控制，还是作者对版权控制的反抗，成就的是同一条发展道路：以版权为中介，劳动者和资本紧密结合，共同构成生产方式，以文学内容生产为手段，以获取更多商业利益为根本目标的网络文学生产。在这条道路上，个人/公司所享有的自由，都在于运用劳动成果获取利益的自由，以及免于劳动成果被他人运用获取利益的自由；个人相对于文学网站的自由，在于选择哪个网站来发布作品和代理版权；而个人/公司与社会之间，则体现出我们所熟悉的生产者与消费社会之间的诸般关系。

（二）"类型化"与作为合作生产系统的网络文学

相比"明星制"的个人主义叠加重商主义色彩，"类型化"重视的是劳动的社会与历史脉络，鼓励合作，以劳动的社会联合为基础，个体在类型生产领域内，通过自身的劳动，与其他人结成共同体，个人利用资源的积极自由不影响共同体内其他人的消极自由。个体对共有知识的利用和回馈，成为共同体维持的前提和动力，而共同体内合作导致的"共有知识"的增加，构成了整个社会知识发展的动力。"生产"本身构成了个人与他人发生关系的纽带，也就是说，人经由生产性联合而非产业链内的劳动分工而获得社会位置。

"类型化"劳动与生产的特点，在"无限流"小说创作中表现得最为清晰。2007～2008 年，zhtty 在起点连载《无限恐怖》，引发阅读热潮，连续进入月票榜前五名，至 2009 年 9 月已经累计获得 1000 万个点击，阅读的火爆带动了大量模仿与跟风小说的问世，从而在 2008～2011 年形成了一个新的设定流派——无限流。总体来说，无限流属于人工智能科幻小说的一个分支，设定"现世所未知的科技创造的独特空间，把现世之人召唤过去，送往由此空间创造的一个个虚拟空间进行历练，由此促进入体进化"。对于本章关心的问题，无限流的意义在于，它开创了一个"必须"利用既有资源来"创造"新世界的写作方式。无论是写作者还是阅读者，在投入无限流小说中时，期待看到的是现世之人在虚拟空间内的心理与能力进化，而虚拟世界则分别来自广受认知的传说、漫画、电影以及游戏。

例如，开山之作《无限恐怖》当中，主角们组成的历练进化分队就被分别送入《生化危机》、《侏罗纪公园》、《星河战队》、《变形金刚》、《纳尼亚传奇》、《封神榜》等各种不同的虚拟空间，利用原著电影、漫画、小说中既定的情节格局、战斗资源，面对既定的"恐怖"场景，经由挖掘自身力量和团队合作，"不停地变强、不停地进化，才能闯过那一关关的恐怖片，才能活下去"。这种设定对读者的吸引力，就在于可以经由阅读来亲身"体验"原本已经熟悉的虚拟空间，获得全新的感受。对于写作者而言，如何更好地利用既有资源，就已经不再是取巧/被谴责的写作方式，而是必须要完成的任务，以及致力于追求的目标。

很明显，无限流的创作过程与产权泾渭分明的生产方式非常不同。既有的文化产品，包括漫画、电影、电视、小说，无论古今中外，涉及整体构思、情节结构、具体桥段，甚至人物姓名、性格、关系，都被假设归属于一个不受个体（作者或者公司）支配的共有领域。至少在这个"共同体"中，没有人会在乎这些原有资源的权利归属，共同体成员在乎的重点是：第一，所有借用来的资源，如何在保持原有架构的纯粹性基础上，实现各个虚拟空间之间的合理联系，是对写作者创作行为的评价标准；第二，在一个由借用资源构成的新的"升级"空间里，如何让读者感受到"主角与主角群体之间，以及与借用原作故事中的世界规则和人物产生冲突或影响"，从而更好地表达出自我对环境的适应以及适应过程中的自我进化，是写作者构思与努力的核心追求。

秉持着共同的评价标准和追求，无限流类型写作构成的这个共同体潜在分享着同样的关于"共有"的假设，以及同样的关于"写作意义"的观念。可以这样说，对于（假设为）共有的知识的利用和回馈，构成了这个流派得以成立的前提，以包罗万象的世界架构和清晰的力量升级体系，为类型小说世界贡献了新的内容，而将这一特定架构世界不断加以延展的努力，则界定了参与这一生产的所有人的相对位置：开创者、推进者、参与写作者、评论者、阅读者。阅读者和评论者经由自己的"劳动"，让开创者的"劳动"获得支持和影响力，从而带动了后续一系列参与写作者的"劳动"，这其中不断涌现的成功之作，即推进者的"劳动"，则激发了从创意到类型的发展进化。

第一章曾提及郭敬明案件中支持者的观念体系，尽管他们已经开始意识到新的劳动观与消费观，但我们必须看到，郭敬明们仍然是一个必须利用传统出版业及其相关规则来写作和销售的"作者"。也就是说，他一方面构成了商业分工系统中的角色，事实上享有这个系统所赋予他的独占"成果"的权利；另一方面却主张以合作生产的逻辑来处理他对前人"成果"的利用。

基于互联网的"类型化"写作，以及它所塑造的作为合作生产系统的文学生产，才第一次构成了真正的新发展道路：在技术平台上，人们第一次可以直接经由写作 – 阅读结成社会联合，以模仿 – 突破为生产方式，以文学类型和生产为最终目的进行文学生产。在这条道路上，个人所享有的自由，在于积极利用共有知识进行再创造的自由，也在于不受干涉地利用共有知识的自由。个人之间的关系，由"劳动"与"生产"之间的关系界定，个人经由"共同体"与整体社会发生关系。网站构成共同体的一部分，以空间提供者的角色参与生产过程。

在这里，技术激发的世界和法律设定的世界分道扬镳，各自预埋着不同的共有模式。劳动所创作的"新事物"是回馈共有领域，还是提取出来被赋予财产权，不但决定了人与人之间不同的社会联合方式，也通往完全不同的关于生产的未来。只有在理想类型的意义上认识到这种关键性的区别，我们才能真正理解在这个具体的生产领域内，技术与法律各自做出了怎样的承诺，而这些承诺又以怎样的方式关联着个人的自由和社会的繁荣。

第八章
历史的交叠：起点中文网的故事

尽管作为商业分工系统和合作生产系统的网络文学对应着不同的生产方式、目标，乃至人与人的联合方式，甚至可能通往不同的"社会"构造，然而，回到现实的网络文学生产实践，这两条道路却并非随时存在冲突和张力。正如我们之前所分析的，网站作为商业实体和内容平台的双重性质，使得这两种可能性在文学网站的层面上交织缠绕，分别构成生产基地的生存命脉和运营基础。一方面，网络空间日益失去"免费"性的世界，如果不是2003~2004年各大网站为了自身存续而发起的商业化努力，网络文学不可能获得今天我们所看到的巨大规模，更不可能拥有积聚海量写作者、阅读者从而实现加速进化的能力；另一方面，榕树下等文学出版网站的逐渐衰微也说明，如果放弃对类型化阅读需求的关注，放弃作为类型创作平台的定位，仅仅利用网络来挖掘新作者资源，投入传统出版市场，那么，即使抱持着同样热切的商业化愿望，也极有可能面临内容的日渐枯竭，从而丧失继续发展的基础。

更重要的是，当商业分工系统的幕后动力——资本——感受到网络文学领域的生命力，带着自己的梦想与期待，裹挟着一整套资本运作的经济与制度逻辑，强势降临这个生产空间，实际上已经在一定程度上锁定了网络文学生产的"未来"：这个领域将不再是技术与法律所激发的不同发展道路自由博弈的空间，大概也轮不到研究者根据两条道路不同的发展未来，自由进行价值评估、判断和选择。网络文学的发展，已经且势必将在资本时代里继续：发展成一个更加蓬勃的产业，给资本以更多的利润回报，成为这个领域选择未来道路的基本前提。在这个意义上，与其说我们在此时面临着现实存在的价值选择，不如说遭遇了一个需要在现实中加以评估的问题：当网络文学被"选择"走向商业分工系统，我们之前所着意分析的特殊内容生产机制会受到怎样的影响，这种影响将在怎样的层面上影响网络文学生产本身的发展和未来。关于"技术时代新文学"的分析已经让我们看到，技术激发的生产能够走向怎样的未来，这不仅事关这一特殊领域的知识生产与普通读者对于类型小说的需求，更重要的是，它构成了一次"活体试验"，让我们能够在经验世界中追踪、观察和反思：资本逻辑所控制的时代，资本对技术所提供的可能性影响究竟是什么？而技术所激发的生产方式和逻辑，对于资本来说，究竟有怎样的价值，是否构成某种挑战？抑或技术所激发的各种可能性，只是资本利维坦所即将吞下的新猎物。

作为文学网站商业化道路的开创者和领路者，起点中文网在 2004 年最早迎来了资本时代，之后又在资本与技术一路交织发展中高歌猛进，几乎独力挑动了整个网络文学生产的蓬勃。2008 年，资本进一步深入，盛大文学成立。对于我们的问题来说，盛大、盛大文学与起点中文网，构成了观察资本 - 文学产业 - 网络文学生产三者互动的完整个案。以下，本章将聚焦 2008～2013 年作为盛大文学旗下公司的起点中文网，通过它的发展与困境，来具体观察和理解网络文学生产所必须面对的现实世界及其实践逻辑。

既然资本构成了这个世界的最强势构造，那么就让我们从资本方盛大的梦想开始。

一　盛大：迪士尼之梦

盛大，全称"上海盛大网络发展有限公司"，由陈天桥 1999 年底在上海浦东一间不足 10 平方米的房间里建立。此后，这家公司就一直与网络游戏和中国互联网的奇迹紧密相连。坊间广泛流传的传奇故事，是陈天桥如何在经历了最初的艰难困苦、走投无路之后，在 2001 年以仅剩的 30 万美金孤注一掷，换来韩国网络游戏《传奇》的运营权，公测 3 个月后开始盈利，一年半后，获得国内网络游戏 68% 的市场份额。2002 年，入账超过 6 亿元人民币，纯利润超过 1 亿元人民币，每天的收入超过 100 万元人民币。2004 年，盛大在美国纳斯达克上市，市值超过 8 亿美金，员工超过 1000 人，陈天桥以不到四年的时间从破产边缘成为中国首富。

然而，盛大所要追求并一直努力追求的，却不仅限于网络游戏市场，而是另一个更宏大的梦想：利用网络的力量，打造中国的迪士尼。早在盛大成立的最初几个月，"网上迪士尼"就已经成为盛大赢取投资者目光的口号。与此相应的是，公司第一个业务突破点选择了与迪士尼业务最为接近的网络卡通，并且采纳了一个极为类似于迪士尼生产模式的架构，尽管使用了完全本土化的表述方式：一鱼四吃。"一条鱼可以分为头、身子、尾巴和鳍，然后有不同的做法，比如娱乐产业中围绕着一个品牌——樱桃小丸子，可以运作有关她的动画、书籍、游戏，甚至服装等诸多周边产业。"①

在经历了早期的失败和网络游戏单项目的疯狂成功之后，2004 年盛大上市时，陈天桥再次重申了"网上迪士尼"的梦想：

---

① 这个比喻在关于陈天桥和盛大早期经历的报道中反复出现，用以佐证这是一个最终的梦想。这至少说明在运营层面，类似的产业模式构成了主事者和公司的选择。

网络游戏仍然是我们的主业，我们会学习参照时代华纳、迪士尼的做法来构建集团的商业模式。在5到10年之后，或者更长的时间里，"盛大"要做的应该是建造《传奇世界》的网络游戏主题乐园，《传奇世界》的综艺节目，《传奇世界》的电影、电视剧。就像迪士尼，通过一只米老鼠来建立一个立体化的娱乐世界。[①]

我们无法确切地知道这是陈天桥内心的理想，抑或只是一个面对投资方讲述的愿景，但卷入资本市场之后，愿景也就成了"故事"，具有了现实的生命力。它规定了盛大作为一个上市公司所应当具有的梦想以及未来努力的目标：面向娱乐市场，以文化产品来带动周边商业贸易，建立一个立体化的集团商业模式。陈天桥将之理解为"迪士尼模式"的内核，通过这种类比，迪士尼模式惊人的盈利能力和在全球文化传播层面的强势功能，被借用来为盛大及其梦想的合法性背书。

基于这一梦想，上市之后的盛大开始尝试摆脱对网络游戏业务的依赖，布局泛互联网娱乐集团。作为传统娱乐消费领域重要组成部分的文学生产，由此进入盛大的视野。前文已经提及，盛大在2004年出资建立新的网络文学站点，在遭遇强势竞争和挤压之后，索性出资收购了当时发展势头最劲的起点中文网，将网络文学纳入娱乐帝国布局的版图。2005年，盛大试图整合互联网、电视和电信三网平台的"在盒子计划"惨遭滑铁卢，依赖对终端的垄断建立娱乐帝国根基的努力失败，在此之后，陈天桥被迫将战略全面转为对娱乐内容产业进行纵向整合，通过对不同的娱乐领域的投资和并购，打造完整的娱乐产业链[②]。

---

① 这一段表述来自盛大上市后公关部门提供给各大媒体的通稿。

② 《盛大的迪斯尼之梦》，《IT经理世界（北京）》2010年2月4日。

在此背景下，网络文学开始正式进入盛大公司战略的核心位置。凭借近万名活跃原创作者、蓬勃发展的文本生产、拥有巨大群众基础的故事及其版权，文学网站如果能够持续发展，不但可以成为盛大核心网游业务的重要内容支持，也将构成整个纵向娱乐产业链的内容源头。更重要的是，迪士尼的链条再完整，也必须从受欢迎的卡通形象开始，而网络文学源源不断生产出来的人物形象、故事设定里，或许正隐藏着"网上迪士尼"所迫切需要的中国版"米老鼠"和"唐老鸭"①。

二　盛大文学：打造版权交易链

在圈定了网络文学作为娱乐内容源头的地位之后，盛大开始凭借其雄厚的资金实力更深地介入这一领域：2007年3月，盛大向起点中文网追加亿级投资；同年12月，投资女性文学网站晋江原创网；2008年7月，全资收购女性文学网站红袖添香，并在收购完成之后，以上述三家文学网站为基础，成立全新子公司"盛大文学"。

盛大文学的成立，在公司战略层面通常被理解为打造盛大娱乐帝国的内容之翼，而在社会意义上，则更多表述为文学梦的中国版本："让一个梦想启程，中国所有有写作能力的人将在这里工作。"② 然而，对于网络文学的发展来说，它的影响要更为根本：一个高于网络文学"生产"的机构目标就此诞生，而在这个机构目标的想象里，网络、网络文学、文学分别被赋予了不同的角色和意义。

首先，各有类型侧重的网络文学网站被并入同一个公司，网站、类

---

① 一个出乎意料的结果是，2013年之后，随着IP化的逐渐展开，这个典型形象最终被市场证明是"玛丽苏"和"大女主"。

② 盛大文学成立时管理层的发言。

型与生产之间的紧密链条在公司层面不再具有重要意义，"网络文学"这个实际上去类型化的分类成为公司的关注点。我们曾经提到，在网络文学生产中，"类型"承载了网络写作的超文本性，投入者围绕"类型"的进化和分化投入自己的劳动与时间，在连续不断的行动中制造了一个超越具体文本的意义结构，或者用福柯的话说，一个话语实践，然而，在盛大文学的视野中，"起点中文网"、"红袖添香"、"晋江原创网"取代小说的类型，变成了超文本。对于资本方来说，这些网站已经不再是一个个生产平台，而是可以被贴上具体标签的"产品"本身。

> 成立于 2002 年的起点中文网，目前已经成为领先的华文创作网，起点中文网有超过 20 万的原创小说，每天新增三千万字，每天的页面点击量超过两亿，超过大多数门户网站。成立于 1999 年的红袖添香网站，是国内著名的纯文学网站，有原创中短篇文学作品 300 万篇，180 万注册用户。成立于 2003 年的晋江原创网，是全国领先的女性文学网站，拥有作者近 26 万名，超过 30 万部线上作品。[1]

"华文创作网"、"纯文学网站"、"女性文学网站"，这些标签，是盛大决定将这三家网站并入旗下的原因，也是后续发展中对网站的定位。经由这种定位，网站被纳入一个更大的系统当中，即"网络文学生产"。在这个新的系统里，无论是聚集了众多奇幻爱好者的"起点中文网"，还是女性写作者集散地"晋江原创网"，都被化约为两个关键词："网络"和"原创"，区别仅仅在于原创的内容不同，针对不同的读者和市场。有意思的是，对照对网络文学发展历史的梳理，我们会发现，在经历了从"网络＋文学"到网络类型小说的艰难摸索转型之后，资本的意志，

---

[1] 盛大文学成立时管理层的发言。

让网络文学重新回到了与传统文学相对的境况之中，只是这一次，它们不再被认为是非主流/不入流的底层写作。它们被推入了"文学界"。

其次，不仅被推入，网络文学更成为资本试图入侵与融入主流文学界的起点。2008 年 9 月，盛大文学便发起"30 省作协主席大赛"，"以推动传统文学与网络的融通、强化传统作家与网络读者交流"。由于这一联合实在太过挑战意识形态——文学精英主动接受底层网络大众评价，无论是媒体还是读者都表达出了相当程度的惊诧，但传统作家和文学批评家却反应积极。正如张颐武所说：

（它）为传统作家焕发第二度青春提供了机会和平台，文坛主流作家很有可能通过网络寻找到创作生涯的新"起点"……目前传统作家面临出版瓶颈。传统文学变得越来越小众，畅销作家仅有余华、刘震云等十多位，而这十多位一线作家，已经让小众阅读饱和。大批传统作家的作品找不到出版机会，即便出版，印量也很低，他们曾经是名声很高的作家，迄今也还是文坛的中坚力量，但市场将他们漏掉了。网络发表作品，在将来是非畅销传统作家的唯一出路。①

一年之后，比赛公布结果，吉林作家张笑天凭《沉沦与觉醒》获得一等奖。事实上，对于盛大文学的用户来说，排名或许完全没有意义，重要的是，当这些传统作家的作品被放在网络文学的平台上，与写手们同台竞争的时候，对"文学"或多或少抱有神秘景仰的普通读者忽然发

---

① 文本来自大赛启动时的媒体报道。张的这番话出现在不同纸媒和网媒的新闻内容里，说明这并非由媒体专访的结果，而是由活动方统一组织提供的通用稿件。这从一个侧面说明，网络文学公司和传统作家之间找到了一个理解网络和文学的认知平台：网络是市场，市场为文学带来动力。

现，这些文本的价值也就是满足个体阅读需求，而在这个层面上，它们的价值其实有限。整整一年的连载过后，点击量最高的张笑天也只有200多万，而同一时期大部分受欢迎的网络小说，点击量都在千万以上。

作协主席大赛对盛大文学来说是一次整合主流文学界的尝试，尝试的结果虽然与愿望——让体制内作家走上网络平台——相违背，却更强化了资本方的信心：既然对读者来说，网络文学才是更具价值的产品，是消费阅读市场的主流方向，那么网络文学本身的主流化就足以为盛大的"文学梦"打开局面。

2009 年，盛大文学启动全球写作大展，接受各种渠道的作品投稿，由知名网络写手和著名传统作家、评论家、出版人组成联合评审委员会，更重要的是，在盛大文学的组织下全国巡回路演。

11 月，复旦大学路演，以"谈谈情说说爱"为题，作家陈村和复旦大学教授严锋就网络文学的爱情模式展开文艺批评式的讨论。

12 月，北京大学路演，北大中文系教授陈晓明，文艺评论家兴安、白烨，著名编剧王刚，网络写手唐家三少、金子、爱已成冰，就网络写手的生存状态、小说特点等问题展开对谈。

2010 年 1 月，南京大学路演，参与者包括作家陈村、储福金，诗人黄梵，评论家何同彬，南京大学文学院领导刘重喜，以及网络写手跳舞和萧瑟朗。

之所以罗列参与者的身份，而非具体介绍讨论与交流的内容，是因为在这样的场域中，对谈的内容其实已经并不重要，更重要的是两个原本距离遥远的领域被"人为"聚合在同一个时空，捏合在同一个主题之下，导致时空与主题的相互重叠，从而引发对各自时空和主题的重新建构。北大路演过程中双方关于写作资源和发表渠道的对谈，便清晰地展现了一次这样的对话、相互解构和重新建构。

王刚（编剧）：你读比如说是像陀思妥耶夫斯基、卡夫卡、契诃夫这些作品吗？

唐家三少（写手）：我不读。

王刚：为什么？

唐家三少：我觉得，老是让我回答为什么，我也回答不太出来，怎么说呢？可能是兴趣爱好不同吧，我读的就类似于国内的一些小说这些东西，要不然就是一些专业性比较强的东西。因为我写书的时候会涉及很多的方面，我会专门去研究一段时间的古琴，专门去研究一段时间的酒，最近在研究一些就是中国古代像阴阳五行、天干地支这一类的东西，这对我的创作有用，因为创作嘛，首先要有合理性，要有逻辑性，你用一些东西的时候，你要懂，要明白，才能写出更好的作品，才能把它和你自己的东西更好地进行融合。而且您说的那些内容属于那种比较有深度的，我现在说实话创作本身现在我也没太多时间去看这些，仔细去理解这些东西，或许等我以后再创作有更多业余时间的话，我想我应该会多阅读一些更有深度的东西。

兴安（评论人）：这一次参加这个大展的评委，三少我真的是头一次听说。我感觉真的是传统的文学跟网络的文学是两个世界，尤其是刚才说的不看陀思妥耶夫斯基和卡夫卡，不能说不好，但是确实无法想象。所以真是两个世界。所以我说80后是外星人，真的跟我们不一样，值得重视和研究。①

传统文学评论人第一次知道文学创作者竟然还包括这些他完全没听说过的人，而这些人竟然可以不看陀思妥耶夫斯基和卡夫卡，"确实无法

①　文本来自北大路演活动全场记录。

想象"，但网络写手大概在此之前也无法想象，为何不读这些有深度却无创作参考价值的作品，就被认为不能写作。19世纪延续至今的格林威治村和格拉布街间的泾渭分明，让兴安面对这个陌生的世界仍然保留着相当程度的自信和骄傲——"我说80后是外星人"，并将对方看作"值得重视和研究"的奇异文学现象，但即便如此，这些"外星人"也从此进入了格林威治的文学视野，无论位置多么边缘。

经由一系列这样的震惊、解构和"建构"，到2010年4月全球写作大展颁奖典礼之时，盛大文学已经成功地在文学界、网络文学界和舆论界塑造了一个新的"文学"形象：它同时包括了建立在陀思妥耶夫斯基、卡夫卡这些闪耀群星脉络上的传统文学，以及将情爱欲望、阴阳五行、天干地支、魔法科技化为己用一锅炖的网络文学。这个新形象之所以成为可能，需要前者摒弃自己的骄傲，让后者走出自卑，更进一步说，需要一个取消传统等级体系的新标准。这个标准早已存在，现在由盛大文学凭借雄厚的资金实力和渠道奋力推向现实：文学的可交易性，即版权。

全球写作大展因此摆脱了常见的"文学竞赛"模式，被操作成一场版权交易会。按照盛大文学研究所的官方说法，它"旨在打造一个中国文学与文化产业界结合的重要盛事，打造中国版权工业完整的产业链，共同缔造版权运营的新模式和新典范"。基于这一目标，比赛的奖项名称被设定为"最高版权交易金作品"，按照热门小说类型来分类评选，都市言情、游戏科幻、官场职场、军事等各评出一名获奖者，奖项揭晓环节包括三个步骤：嘉宾（省作协主席搭配出版人）宣布获得最高版权交易金的作品名称，大屏幕公布作品评审词，嘉宾颁发证书、奖杯。这一系列步骤的设计和实践，更像是一场仪式：来自传统文学创作界和文学出版界的代表，借助传统文学脉络中的评价语言系统，将一个文学性的奖项授予某个文本及其写作者，奖杯和证书象征着来自文学的认可，而认可的形式则是为写作者提供一个进入版权交易链条的通道和保证：一且作者获得这笔资金，就意味着将获得投入出版、游戏、电视剧、电影等全版权运作的机会，可以借助盛大文学的平台和力量让自己的写作得到最大的利益回报。

看起来仿佛奥斯卡现场的颁奖典礼，则透露出盛大视野下"文学"的另一个关键词：娱乐。4月初，各大论坛、社交网站就频繁出现征集粉丝和观众参加颁奖典礼的召集帖：

> 届时将有众多艺人明星、知名作家出席，将邀请前文化部长王蒙、中国作协副主席张抗抗、中国作协党组书记李冰，以及白烨、陈村、陈晓明、程永新、程德培、海岩、贾平凹、李敬泽、刘震云、莫言、宁肯、苏童、孙甘露、王干、王刚、王海鸰、王跃文、谢有顺、易中天、于丹、余华、余秋雨、张颐武、赵长天、韩寒等评论家、作家和文化名人参加；同时还邀请艺术界的明星大腕乐活女王龙宽、亚洲第一吉他手唐朝老五等同台献艺。[①]

这些名字被这样排列在一起，让知名作家呈现出仿佛娱乐明星般的意义，事实上，他们也确实被和娱乐明星并置，成为吸引观众参与这次颁奖活动的"理由"，更召唤出一种与传统文学的假设完全不同的作家 – 读者关系。至少在召集帖的写作者看来，这些人名的吸引力，并不在于对应著名的作品，重要的是作为"评论家、作家和文化名人"的身份，当普通人被"名人"吸引而加入这场颁奖典礼，也就同时加入了对这些身份及其背后所附着的文化形象的消费。

这种消费倾向在颁奖典礼现场表现得淋漓尽致：长长的红毯通往礼

---

① 一个例子来自"陕西学生在线"，标题为《4.18日，西安现场看韩寒，有没有人同去?》。

堂的大门，参与典礼的官员、作家、出版人、网络写手，在闪光灯和摄影机的注视下，一边回应红毯外围观者/粉丝的热情呼喊，一边缓慢走过红毯，在尽头处的背景板签上自己的名字，然后侧过脸，按照要求凝视固定的镜头位置。也许半个小时，也许第二天，这些照片就会出现在"盛大文学全球写作大展颁奖典礼"的图片集中，成为各大门户网站热点新闻的一部分，引发网络上的又一轮围观和消费。颁奖现场则完全按照电影节或音乐节的模式安排，除了提名、颁奖嘉宾、颁奖仪式、致辞和感谢的常规程序之外，在各奖项揭晓之间还穿插着针对各种类型小说设计的主题歌舞，以及著名民谣、摇滚乐手的表演。

作为娱乐产业链条一环的"文学"，在全方位版权交易中更彻底地实现自己的价值。我们透过全球写作大展及其颁奖典礼所获得的这一印象，经由盛大文学在 2009~2012 年令人眼花缭乱的收购和注资行为，正在运营层面日渐清晰。

2012 年，盛大文学成为名副其实的"工厂"——生产－开发－销售一体的文学深加工企业：9 家各有侧重的网络文学网站聚合 10 万写作者和超过 2 亿的阅读者，每日生产 8000 万字的新内容，满足网站读者的需求；其中具有交易性和开发价值的"文学"，被选择出来，送入周边开发企业，制作成期刊、有声书、传统纸质出版物、剧本，或者卖给关联企业，为游戏、电视剧、电影制作提供内容；最后，未加工、粗加工和精加工的文本资源，被接入统一卖场"云中书城"，通过消费者手持的阅读器、手机、电视、网络，以电子书的形式实现再度销售。

三 起点中文网："文学车间"

从玄幻文学协会（Chinese Magic Fantasy Union，2001 年）到起点中文网（2002 年），再到被盛大网络收购的文学网站（2004 年），直至盛大网络全资子公司盛大文学旗下的"起点中文网"（2008 年），尽管网站的基本架构和产品内容在读者看起来并无本质变化①，但它在整个文化产业体系内的位置和角色已然天翻地覆。作为打造"迪士尼"娱乐帝国计划的一部分，作为以"文学"带动全版权交易链条模式的一个分支，卷入资本世界的起点中文网不仅要面对每天嗷嗷待哺的"读者"，还必须承担起新的责任：为不同的周边环节、最终的巨无霸销售门店源源不断提供"新鲜土豆"。

围绕这一新责任，起点中文网在 2008～2013 年的发展主要体现在以下两个层面。

第一，加强社交化，努力促进内容产量。2008 年 12 月 22 日，起点中文网正式开放 SNS 社区测试，媒体宣传将之定位成"国内首个文学垂直 SNS 平台"，借此促进更频繁的写读互动，在人际互动中促进网络文学产量的提高。SNS，即 Social Networking Service，作为逐渐成为主流的互联网发展模式，其核心在于通过提供网络服务（S），来激发社会交往（SN）的频次，从而在互联网上形成突破现实障碍的人际紧密互动。和之前流行的门户网站相比，SNS 模式的关注点从"内容生产"转移到"社会交往"本身，"内容"被认为是频繁的人与人直接交往中，由用户主动创造的副产品②。通过加强社会交往来产生内容，这一特性使得 SNS

---

① 传说中在起点成立首日就舌战众人一举夺取管理权的"藏剑江南"，直到 2013 年 3 月之前仍担任起点中文网的总经理，只是这个名字很少再被使用，他的身份变回了"商学松"：网络文学商业化运作发起人和网络文学商业模式创建者。

② 一个简单的例子是，当重大社会事件发生时，不再由门户网站来采写新闻，而是吸引目击者在固定的空间内相互交流、上传照片、发表感想和评论，掌握信息不一致的人由此展开辩论，那么，网站就无须投入任何精力来促进内容生产，只需要提供更多的吸引力和黏性，让人们留在这里，就可以获得比之前更多的内容。关于 SNS 的历史、技术和社会意义，可以参考 wiki "social networking service" 词条，以及 Boyd and Ellison, 2007。

看起来与网络文学的生产机制有种天然的亲和性。正如我们在第六章所分析的，网络类型文学的生产主体并非传统意义上的"作者"，而是写作者经由网站与阅读者结成的"三位一体"。放在 SNS 模式的视角下，或许可以说，网络类型文学诞生于互联网上的人际互动，写作者和阅读者基于对同一类型文学的爱好结成社会关系，通过对类型的讨论完成社会互动，具体的写作文本只不过是互动过程中自然形成的副产品，并为下一次互动提供机会和场合。在这个意义上，起点中文网的 SNS 社区改革，确实暗合了网络文学的生产方式。当网站将提高行动者基于类型讨论的互动作为代码改革方向时，也就意味着这种生产方式在代码的层面上获得了认可，并被网站方主动向前推进。

具体来说，起点 SNS 社区在测试期间就推出"书架"、"起点收藏"、"爬格子"、"文学百科"等工具，优化阅读和写作；同时调整书评和对话功能，扩展起点老系统的交互性。更重要的是，通过 SNS 改版，起点的用户得以对自身的兴趣点、特征、阅读意愿，即 user profiles 进行自定义，从而从一个抽象的 ID"进化"成复杂的"标签集"，由此与他人展开更有效率的互动。2011 年之后，起点在社区基础上启用新版个人中心，设置"广播、话题、关系、头像、换肤、认证、绑定、标签"八项个人归类标准，进一步增强社区感，传统文学消费过程中读者的无面目性在此被彻底替换，读者的个性成为内容生产网站的核心数据，而用户的黏性在这个特殊的知识生产领域，则成为最为直接的生产助力。

第二，打击盗版，尤其是盗链网站，垄断生产内容的独家使用权。在网络文学发展史上我们可以很清楚地看到，在这个领域里，"盗版"其实是一个相当晚近的概念。从网络追看《大唐双龙传》算起，甚至可以说，网络文学是以盗版为起点的。包括起点中文网在内的重要网络文学站点，也都是从无版权意识的转载起步，聚集阅读者，进一步筑巢引凤，带来越来越多的写作者、评论者。2003 年，起点中文网首开 VIP 制度，第一次打破各网站之间潜在的默契，也只是尝试截断写作者在各网站之间自由流通的通道。打击盗版真正成为网站最重要的任务，其实是在网站和写作者之间的关系发生彻底改变之后。盛大介入之前，随着网站自身的营利性的显现，它和写作者之间的关系已经不仅仅是平台与行动者的关系，而在某种程度上变成近似于工厂主和工人的关系。正因如此，尽管2007年的一次调查显示，起点中文网注册的8000名原创作者中，绝大多数仍然是免费写作，只有约800名活跃的签约作者（点击率在排行榜上靠前的作者和网站编辑认为有价值的作者）才从其写作行为中获取报酬，但当时的负责人吴文辉仍然认为盗版构成了对网络文学本身的伤害，其表述逻辑很清楚已经站在企业发展和工人收入的视角：

> 我们的收入规模虽然也算是一个中等以上的互联网企业，但是相对于整体的用户而言，我们的收入规模并不是特别大的，主要的原因在于盗版的情况非常严重。现在网络盗版也形成了一个产业，几秒钟的时间付费内容就会被盗贴在一些论坛和网站上，而随后"线下"的一些书商就会把这些内容制作成图书出版。这很严重地制约了企业的成长，也制约了网络写手们的收入。①

而在盛大介入之后，全版权运作方式让写手的地位更加凸显，明星写手被推向版权链条的顶端，其个人去留不再仅仅事关内容生产，更加意味着后续交易的存续和利润的归属。对这些明星写手来说，对收入的评价标准也从最初的"养活自己"跃升为"富豪榜排名"，盗版网站的存在不一定会让收入降低到不够温饱，但无疑会对后者产生持续而巨大

---

① 《网络写手百万年薪背后》，《文学报》2007年6月10日，电子版。

的影响①。在这种背景之下，为了留住"大神"和后续的版权利益，起点对盗版的容忍率进一步下降。

2008 年 10 月 30 日，起点中文网诉福建云霄阁网侵权，法院认定网站负责人擅自复制传播起点中文网拥有版权的 1339 部网络文学原创作品，构成侵犯著作权罪，判处两被告有期徒刑一年半，各处罚金 10 万元。

同年 11 月，起点设立 20 万元反盗版基金，发布反盗版公告，首次公开宣告对盗版"零容忍"的态度。

2010 年 11 月，盛大文学 CEO 侯小强在微博上控诉，"百度文库不死，中国原创文学必亡。文学正版一役即在此处。若狙击无效，明日之文学就是今日之 MP3"，之后横向联合中国文著协和出版公司针对百度文库侵权盗版发起联合声明，发起连续维权运动。随后，在盛大文学的推动下，国家版权局、公安部、工信部发起为期三个月的"剑网行动"，以起点中文网的损失为契机，发动专项治理网络侵权盗版。

2011 年 4 月，"小说 520"、"万松中文网"等多个小说网站管理人员被公安部门刑拘，之后起点中文网在网站发布题为"起点全力打击盗版：小说 520 不会是个案！"的公告。

2012 年 9 月，起点中文网组织百名作者发出联合声明，要求百度、360、搜狗降低搜索引擎中盗版网站权重，并进而屏蔽盗版侵权网站。

月底，盛大文学与百度和解，联合百度、搜狗、360、腾讯搜搜四家搜索引擎公司签署《维护著作权人合法权益联合备忘录》，五方承诺通过清除盗版网站链接、正版链接置顶等方式反对网络文学盗版。

参与 2012 年反盗版联合声明的作者，有相当大的比例都经历了网络

---

① 制度不仅是行为指引，更是动力的激励机制。法律经济学兴起之后，关于制度（尤其是产权配置制度）作为个体行为重要外部刺激的观点得到广泛的接受和应用（波斯纳，1997）。

文学的整个发展历程，当他们站在这个历史时点，动用舆论、法律和行业力量来扫荡盗链网站的时候，也许同时也在怀念着 2000 年左右的黄金时代，怀念那些通宵等待卧虎居最新精校版本的日子①。无论他们是否意识到这跨越时光的重叠背后自我和产业的变化，他们已经欣然接受了盛大－起点的生产模式和一整套逻辑，并将之作为自身角色定位的基本背景。

这个模式和背景，伴随着起点中文网被数据证明的强大生产力，被总结为"盛大模式"骄傲地向世界推广。2009 年 CEO 侯小强和明星作者唐家三少代表盛大文学参加德国法兰克福书展，就已确定并全面输出这一出版模式。这个模式的基座，是起点中文网所创造的"千字两分钱、三分钱"微收费模式，但它的成功和未来被认为从属于一个更大的文化产业，而衡量成功的标准则被归结为惊人的商业收益。

> 盛大文学已经成为中国最完整的手机阅读基地，中国最大影视源头优质内容提供商，网游开发与合作的最佳伙伴，以及盛大文学所能提供的线上线下出版的良性互动带来的商业机会。基于这几种商业模式的存在，盛大文学的平台上，已经缔造出像 J. K. 罗琳那样凭借写作而致富的作家，其中年收入 100 万以上的作家 10 多名，年收入 10 万以上的作家 100 多名。②

四 土豆出走：危机与爆发

在侯小强和唐家三少的热情讲述中，这个成功的文学生产模式中完

---

① 深深忧虑盗版状况的吴文辉，在谈到当初为什么建立起点中文网时，也曾坦荡地说道："当时主要是四处找书太麻烦了，建个网站方便看书。"

② 来自媒体通稿《国际出版商协会主席助阵盛大文学》。

全没有作品和读者的存在，仿佛一切奇迹仅仅诞生于新型网络出版公司和写作者的良好互动之中。法兰克福书展的官方媒体从局外人的视角重述这个模式，更加放大了这一倾向。

> 2009 年 9 月的中国十佳畅销书中有一本魔幻题材的小说，描述的是一个 15 岁的少年在一个充满功夫、佛教和神秘物质的奇幻世界的非常经历。这部小说是由盛大文学有限公司发行出版的。盛大文学是中国最著名的网络出版公司。在第一个营业年度 2008 年，该企业的主要收入是通过一种叫作网络读者"微支付"的方式取得。
>
> 中国数字英雄，他们年轻，他们聪明，他们属于中国的数码精英。图片中左侧的是盛大文学的首席执行官侯小强，另一位是他的明星作家张威（唐家三少）。大约 800000 作者为盛大文学的网络平台写作，每天，30000 到 80000 页的文字展现在读者眼前。张威自己每天在"魔幻想象"系列中上传大约 10000 汉字。这些作者的成功首先取决于那些每天喜欢读上一小段，并为此支付几分钱的读者。最好的那些作者由编辑部和读者喜好共同筛选出来，并被盛大合约式地吸纳。[①]

不仅如此，德国出版者的理解突破了盛大文学描述的文化产业发展宏观图景，更清晰地勾勒出这个图景之下的文学出版形象——搬到网络空间上的传统出版业。在局外人看来，盛大文学并没有构成一个全新的文学生产模式，其特点完全在于互联网技术所促成的小额支付和群聚

---

① 法兰克福官网与官方博客在书展期间以《原创文学力量》与《中国数字英雄》两篇文章来介绍盛大及其作家。

效应。在这个新空间里，更多有潜力的"英雄"得以投入孤独的写作，其作品经由网络更轻松地到达读者和未来的出版商，从中获得更多的报酬。

对于盛大的"迪士尼梦想"以及全版权运作系统来说，这个生产模式的表述非常理想，它们可以毫无障碍地被整合在一起，以激动人心的方式被推向全球出版界，但它并非起点中文网发展和现实运作的全部现实。就像报道中所提到的那本由盛大文学出版的中国十佳畅销书，其魔幻题材可能来自之前成百上千人对于指环王、龙与地下城、黄易、还珠楼主的借用和改写，那个十五岁的少年综合了各种成功作品中对主角的设定，而他在"充满功夫、佛教和神秘物质的奇幻世界的非常经历"，可能多数都能在其他各类作品中找到原型。在这个网站上，我们所着力分析的类型化生产模式仍然在继续：写手在既有的类型框架中写作，努力推进设定、人物和情节，分析读者想要获得的阅读感受，并用熟悉但有所更新的方式来尽量满足他们，在这个过程中，海量的文本被生产出来，类型文学在参与者的互动中被不断推进。

然而，这样的模式无法进入关于"迪士尼梦想"的表述，也没有办法和版权运作的合法性融合，对于起点中文网来说，更重要的是，它必须面对来自资本方梦想的作用力。盛大拥有极为强大的整合力和前瞻性，但它大概并没有关注过迪士尼模式和文化生产关系的另一面——简化和标准化。

（一）主题化：类型与卖点

即使是迪士尼模式的支持者，英国社会学家艾伦·布里曼也承认，迪士尼化是一个与消费有关的概念。消费，特别是增强消费倾向，是迪士尼化的驱动力（布里曼，2006）。迪士尼模式在带来纵向整合的完美商业体系的同时，也在努力造就一个必须特色鲜明的消费场所。

> 而一个与众不同的主题显然就是最鲜明的特色。最理想的情况下，成功的主题化能把一个消费场所变成一个本身意义上的"目的地"，人们来到这个场所可能是为了场所本身。（布里曼，2006：23）

为了让文化产品鲜明地表现迪士尼所试图卖给消费者的与众不同的"主题"，迪士尼必须要对复杂、细节众多的内容做出处理，用一种简单化、情感化和程序化的方式来删改文学、神话和历史，而试图模仿迪士尼模式的文化产业同样要面对这个精简文化和历史的过程，精简的标准已经被事先设定，即必须符合产品的预期市场卖点。作为批评者，西克尔（Schickel）曾极为尖锐地指出：

> （迪士尼）是一个无耻的过程，工作室把它所接触到的所有原始工作素材都压缩成了一些迪士尼和它的员工能够理解的狭隘术语，不管这些素材看起来有多么独一无二。当一部文学作品流过这台机器时，魔力、神秘、个性……就不断被摧毁，这台机器所接受的是：只有一种正确的绘画方式。（转引自布里曼，2006：9~10）

对比网络文学，我们不难发现，迪士尼模式对文化产品的需求，与网络文学内生的需求截然不同。正如清穿的分析所展现的，网络文学之所以能够为阅读者提供传统文学所不具备的阅读感受，恰恰因为它具有不断复杂化的潜力。任何一个小说类型，都是从最基本的类型设定开始，经由写作者的前后相继，不断扩展，将更多的世界设定与抽象结构纳入其中，在故事情节中逐渐展开，而阅读者的乐趣也正在于投入这一展开过程，得到一种虚拟的体验乐趣。换句话说，迪士尼运作模式要求将复杂的故事简化为鲜明的主题，而网络文学的特质却在于将鲜明的类型特征扩展为复杂的故事。

因此，当资本方要建立中国迪士尼的梦想，透过版权交易链的运作模式，被注入网络文学的实际生产过程，就有可能成为一种外来的新选择机制：既然迪士尼模式需要鲜明、简单、标准化的文化产品，符合"盛大文学"主题的产品会更容易被选择出来，投入版权链条，经由不同消费方式，在消费中强化"盛大文学"的鲜明社会形象——"全球华语小说梦工厂"：

> 盛大文学继承了中国传统文化基因的中国网络文学，已经与世界性写作同步，正在构建一个恢宏的想象力世界。

两种选择机制并存之下，符合版权想象的生产机制和实践中运行的生产机制，开始并存于起点中文网的实际运作当中。面对类型小说的典型阅读者，即起点中文网的主体用户，写手继续夜以继日地码字，期待被点击、与读者交流，渴望进入收费环节，来补贴写文所耗费的时间成本。同时，随着明星制的日益确立，以我吃西红柿、唐家三少为代表的明星写手携"1亿点击"逐渐浮出底层，以传统作家的形象"被盛大合约式地吸纳"，投入全版权的运营体系，出版实体书、售出游戏版权、改编成剧本、与影视公司签约、通过云中书城销售电子书。并存意味着将会出现放弃和选择。不难想象，当网络作家富豪榜和类似"唐家三少摘桂冠5年收入3300万"的新闻在各种媒体上不断转载，会对普通的网络写手产生怎样强烈的冲击和吸引力。一方面，相比早期网络文学写作者"看多了也想写写看"的动机，今天我们更多看到的是受经济刺激而试图加入这一产业的写作者，百度搜索"写网络小说"，最热门搜索条目是"写网络小说怎样赚钱"和"写网络小说赚钱吗"，之后才是"如何写网络小说"和"怎么写网络小说"；另一方面，活跃的写作者为了争夺排行榜的热门位置，利用既有规则无所不用其极：注册马甲（小号），帮自己的书增加点击，以求提升网络曝光率；自己花钱买推荐票，提升在排行榜上的位置；匿名去竞争对手书评区，诋毁，散布不利消息；利用社区来加强与粉丝的沟通，组织冲榜活动，不一而足。

更重要的是，版权交易链的存在，让通过筛选进入"薯条"制作流程的机会成为网络文学写作者热烈争夺的稀缺资源。在平均每天万部小说亿字更新的环境下，只有通过筛选的数十部小说能够进入占据首页位置的各类榜单，而只有被发现/推荐的作品才有可能被吸纳进入更大的盛大文学操作系统。筛选的机制因此变得至为关键。

（二）点击量：合作与消费

那么，什么才是筛选的终极目标？是要筛选出更有利于进入版权交易链的作品，还是要筛选出更能满足网络文学阅读者需求的作品？

对于迪士尼模式来说，互联网让筛选机制的确立变得非常简单：大众娱乐工业需要能满足大众需求的产品，一个拥有数亿用户的网站，只要代码结构可以保证用户的充分参与，大众的需求可以非常直观地通过点击量来反映。然而，对网络文学的内生需求来说，点击量作为标准就显得过于粗暴。一方面，点击量不能反映写作－阅读互动的深入程度，相反，它将过程中面向生产的复杂互动直接简化为购买和消费行为，单纯的消费者与作为劳动者的阅读者混同；另一方面，伴随着网络文学的扩张，"网络文学阅读者"已经不再指向单一群体，而是发生了基于各种变量的复杂分化，例如，受教育程度、年龄、趣味、爱好、阅读年限、参与程度，等等。在这种情况下，如果采用单纯的点击量筛选标准，就意味着只有主流"阅读者"会成为筛选机制致敬的对象。在付费才能计入点击量的具体场景中，很显然，最愿意付费的阅读者将会享有特殊待遇。也就是说，金钱代替加入讨论的个体能力，会逐渐成为加入写作者－阅读者关系的通货。无论是以消费者代替劳动者，还是以货币代替个人性参与，这样的筛选机制都与网络文学的特殊生产机制背道而驰，或者说，逐渐构成了侵蚀的力量。

当盛大文学向外推广和宣传明星作家的时候，他们实际上选择了"点击量"作为唯一的筛选标准，在强调其在版权交易链中优势地位的同时，也让这一优势地位投射到网络文学生产过程，树立起一个关于写作者和作品的理想形象。由此，"点击量"机制背后所隐藏的消费关系与货币逻辑，势必对所有参与者构成潜在的影响，而它所携带的对于原有生产机制的侵蚀力量，也逐渐被读者中日益增加的"无书可读"的抱怨所印证。

和网站盈利不断增加形成鲜明对照的"书荒"舆论，究竟从何时开始出现已湮没不可考，但我们可以看到的，是逐渐被更加重视的编辑推荐制度和越来越多样化的榜单。例如，起点内部曾经最为特别的三江阁榜单，"以扶持、引导、鼓励及宣传新晋作品为基本职能"，"上这个榜，没有什么其他的条件，他不看你的点推比，不看你的收藏数量，不看你的小说是否热门。只要你文笔流畅，情节设定引人入胜，那么你就可以上三江推荐"。事实上，这可以被看成基于类型小说阅读需求的一次反击，试图以编辑个人能力的加入来扭转"点击量"对生产机制的消解力。然而，这样的反击无法突破整体生产架构的限制。很快，在 SNS 社区架构下，读者投票和互动被加入三江阁运作之中，上榜作品的后续命运仍然部分地回到有消费力又热衷于用钱投票的读者手里。

从 2010 年开始，起点变得相当复杂的推荐榜结构无法再满足某些阅读者的需求，为此，龙的天空论坛正式开设"激扬文字榜"，完全抛开点击量，征集有一定资历的阅读者和评论者，采用最原始的评价方式，"亲身试毒"，彻底基于类型小说阅读的特性来评定榜单，为读者提供指引。2011 年 6 月，"激扬文字榜"正式更名为"龙空粮草榜"，为读者鉴定"毒草"（不好的小说）、"干草"（不是很好但可以看的小说）、"粮草"（可以满足阅读饥渴的小说）和"仙草"（好看的小说）。相比起点本身的编辑评定所牵涉的各种利益纠葛，"龙空粮草榜"脱离版权交易链，得以保留"复古"的阅读方式与评价体系。正如第一期"激扬文字榜"卷首语的陈述：

> 虽然我一度不想过幻想的护城河，虽然我一度连注册都不愿意去，但是我依然接手了这个榜单的制作。因为我对网络小说，对龙空，始终放不下——就像那么多神农，依然活跃在试读第一线上，被雷得外焦里嫩，被毒得痛不欲生，却依然百死而无悔一样。

龙空相对于盛大文学旗下的起点中文网，更接近于资本时代到来之前的网络文学状态，就连起点中文网的管理者和编辑也常年"泡"在这个论坛上，交换对小说的意见，以及寻找新的"粮草"。在龙空的映照下，尽管仍存在内部的努力，但整体来看起点中文网的运作逻辑几乎已经彻底改变。相对于网络小说的类型生产这一原初的根本目标，它更接近于一个专注于生产"土豆"的现代工业车间。

更为关键的是，这个商业化逻辑控制下的文学车间，并不能自主控制生产与销售。在包括了诸多下属公司打造产业链的盛大文学架构中，它承担了主要份额的内容生产，但也仅限于此。2009 年之后，作品的各种衍生版权，如手机运营权、移动基地运营权、第三方合作版权运营权、影视衍生版权运营权等陆续被收归盛大文学总体控制。如果说外部标准的介入，使得基于网络文学阅读特性的内在标准被打破，甚至被淡化，那么，当这个标准完全来自生产过程之外，起点中文网在生产平台和商业实体之间尽量维持平衡的能力也被彻底剥夺。残存一些社会合作关系的"车间"极有可能逐渐变成完全模式化的"流水线"。

五 历史的交叠与未来

在本章里，我们讨论了 2008～2013 年，盛大的梦想与规划、盛大文学的具体运作逻辑，也剖析了在以上资本环境的影响下，起点中文网作为网络文学生产基地所可能面临的境况：盛大被起点爆发出的生产力所吸引，急切地想要引进一套文化商业逻辑挖掘生产力背后的价值和利润，却可能因此消解生产力的来源与基础。在这个意义上，起点中文网确实构成了一次"活体试验"，在这场试验中，我们看到了一个来自商业世界的梦想如何通过资本渗透进入具体的生产实践，也看到了当基于版权的文化产业链成为这个生产领域的基本设定，技术所激发出来的新生产方式和逻辑如何被生产者迅速而决断地抛弃，却又如何成为资本及其逻辑不得不保留的基础。当二者之间的张力没有得到充分的认知和思考时，人们的各种努力和期望又是如何走向对自身根基的消损。

2013 年 3 月，网络文学界爆出最大新闻：起点中文网运营高层，即一直留任的四位创始人，带领几乎全部高级编辑，集体辞职。这次事件本身或许可以构成一个新的历史出口，让陷入资本的迷思不断消损的网络文学生产，再一次被释放出来，就像互联网的出现曾经给文学生产所带来的那个出口一样，但也可能成为资本文化生产逻辑的再一次循环。这取决于这个具体的时空中所有人的判断与努力。

2013 年 3 月底，盛大文学宣布全面接管起点中文网，召开作家大会，进一步提高明星写手的地位和待遇，在微博上寻求知名作家的声援，声称将与复旦大学视觉艺术学院合办小说学院。4 月 11 日，高调成立盛大文学编剧公司，投入 10 亿元资金规模成立基金，与诺贝尔文学奖获得者莫言授权的《红高粱》剧组、深圳文交所及网络作家唐家三少等签署了剧本定制、剧本拍卖、建立个人编剧工作室等合作意向书，与好莱坞

SMS（美国故事开发与供应）公司达成合作意向，每年通过编剧公司向好莱坞推荐6部作品供改编拍摄影片。

当盛大文学的新闻通稿努力营造星光熠熠的主流娱乐文化界来为自己背书时，历史的分岔口或许已经闭合了一半。2013年之后，互联网巨头加入网络文学领域。集体出走的起点创始团队大部分加入新成立的腾讯文学，建立"创世中文网"。2013年9月，整合之后的腾讯文学进入公众视野，包括了内容生产网站、数字出版平台、门户网站和移动端阅读中心的完整链条。2013年12月，盛大文学CEO侯小强辞职。同月，17K小说网与创世中文网签订战略合作协议，在版权、作者、培养和衍生等方面深度合作。腾讯文学凭借起点创始团队的经验和腾讯的资源优势迅速崛起。2014年盛大文学与腾讯文学合并，阅文集团成立，由原起点创始团队吴文辉等人重新执掌起点中文网。2017年11月8日，囊括原腾讯文学和盛大文学绝大部分资产的阅文集团登上香港联交所。

网络文学终于成功上市，进入资本运作新时代。2019年，国金证券研究所发布深度网络文学产业研究报告，将网络文学公司价值链总结概括如下（见图8-1）。

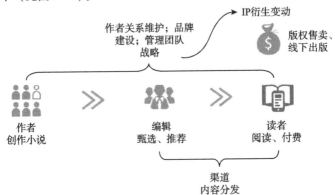

图8-1 网络文学公司价值链

资料来源：国金证券研究所绘制①。

2013 年之后以版权为核心的多媒介、资本化发展路径，彻底打开了网络文学通往更广阔世界的通道。这当然会给网络文学带来一轮完全不同的冲击，无论是生产机制、消费机制、生产内容，还是这个领域里的社会联合方式，又会迎来新的发展（邵燕君，2018）。那将是一段新的历史，这个历史的关键变数也许会是全球文化工业，是融合媒介，甚至大国崛起和中国梦，但应该不会再是互联网和著作权，毕竟互联网已经确定走向公司化，著作权经由 IP 化深入人心，完成了社会教育。在某种意义上，这反而佐证了 2000～2013 年网络文学发展作为一段完整微观历史的合法性。

这当然是一段至为微小的历史，即使从 1995 年最初的网络小作文阶段算起，也不过短短二十余年，却因为其中蕴含的全新可能性和充分的展开历程，成为一段应当被重视和珍惜的历史。在这个短暂的时间缝隙里，我们得以重新窥见被版权－出版体系封存了两百年的生产机制，也依稀感受到这种机制与技术结合之后爆发的革命性力量。当包括文学、艺术、学术研究在内的知识生产体系日益从共同体走向市场，甚至走向垄断企业支配下的流水线作业，这一段由普通人的书写所打开的历史，究竟能够为越来越基于知识生产而展开的人类未来提供怎样的经验和教训，它会如何继续走下去，我只能和所有人一样经历与等待。

但是，互联网可能比我们想象的更加健忘，在重新整理材料的时间里，我发现很多活跃在网上的观察者离开了这个线上的世界，那些曾经热烈的讨论、严肃的分析和活跃的评论，也随失效链接无声无息地一一消失。2012 年，我抱着对互联网的某种天真的信心，去纽约参加了 DP-LA（全美数字图书馆）的成立大会。作为发起人之一，达恩顿在会议上

---

① 国金研究报告《网络文学二十年：让我们从头认识这个熟悉又陌生的巨大市场》，网络发表，2019 年 3 月 4 日。

大力强调数字化档案对于历史的意义。正如他曾在琐碎不被重视的法国档案中，重新看到大革命前期普通人的心态和情绪，在今天的我们也终将遁入时间之后，数字化档案也许能为将来的人再次找到走回今天的道路。深受鼓舞的同时，我也忍不住会想，仅仅保留信息和档案真的足够吗？多年以后，人们确实通过各种不同的媒介重新接触到《琅琊榜》、《武动乾坤》，但已经是另一种完全不同的谈论方式。我偶尔想要讲讲过去那些与"富豪榜"和"版权"无关的光荣与梦想，不但对方会表示礼貌的惊讶，连我自己甚至都会陷入深刻的怀疑。寥寥数年，那些曾经在文字中被认同和回应的情绪，似乎已经将要被完全忘记。如果仅仅只有原始的信息，档案恐怕很快会成为时间里的干枯骸骨，随潮流起伏，最终如灰烬般消散。

所以，我最后决定用这种介于历史记录和社会分析之间的古怪方式，来讲述 2013 年之前网络文学的故事。在整整八章内容里，郭敬明案件所引发的争论、著作权世界体系的缓慢展开、文学界的自我批判和观念突破、台湾武侠的发展与衰落、互联网的探索与发展，这些分散而遥远的时空被艰难地重新连缀在一起，它们确实共同构成了网络文学所萌芽和发展的真正背景。在这段必然性和偶然性交织的复杂历史里，有饥渴的读者、坚韧不拔的作者、摸着石头过河的网站、满怀资本理想的产业，也有无法被文本记录的生产过程、那些围绕设定的激烈争论、类型的快速进化、新的劳动、新的社会联合，更有潜在的竞争、路线的漂移、毫无预警的模式更替、下意识的抵抗和主动的开拓。希望这本不成熟的小书，能够稍微捕捉到那些转瞬即逝的过去，哪怕只是"飞驰而过的流星的闪光"。

结论

说书人与梦工厂：互联网与资本主义文化矛盾

一　历史提要

18 世纪，现代文学观和资本主义携手而来。贸易与商业的发展让写作者第一次摆脱对赞助人的人身依附，匿名的读者通过阅读与消费供养人类历史上最初的职业作家。他们中的一部分人为新兴的市场和读者写作，另一部分人坚持自己外在于市场的精神追求。但无论如何，写作者无法自己找到足够的读者，他们必须被裹挟进入近代意义上的出版产业。书商渐渐占据产业的核心，为维系作品与资本的紧密结合，推动了文学财产权的诞生。进入交易系统的文学需要唯一的所有权人，文本因此被斩断与世界的联系，归属于所有权人天才的闪耀。

一头通往神圣作家，另一头通往市场。著作权制度从一开始便同时参与了现代文学和现代资本主义文化的建构，也从一开始便埋下了文学和市场的二元对立：没有矛就没有盾，没有盾就没有矛，但矛与盾蕴含着相互反对和毁灭的力量。

20 世纪以来，制度的世界之外，文学理论在自身的脉络中积聚起反对的力量。通过对文学和作者的不断反思，理论家们用各种方法试图将文学从与资本主义的关系里解放出来，抵抗和消解资本主义生产逻辑在艺术领域的蔓延。问题在于，马克思主义者强调辩证的革命性，在生产和革命的二元架构中讨论文学及其使命，革命一直停留在艺术家的精神创造层面，因而无法在社会层面彻底摆脱资本主义。大众和边缘的划分如影随形。文学的力量停留在意识形态层面，反而维持和巩固了生产层面资本主义力量的不可动摇。

后现代主义决定把孩子和水一起泼掉。罗兰·巴特说作者死了，用写作和文本来填满作者缺位的空间，却回避不了作者和文本的自然联系，割不开的联系通过文本的神圣性反而再次强调了作者的优先性。

福柯用话语实践的概念将时间带进来，消解作者、写作和作品的即时性联系，写作成为一个延续性的实践，串联起创始人和追随者，第一次在现代语境下开辟了非资本主义生产的理论空间，第一次可以在讨论文学的时候忘记资本主义。

20 世纪末，互联网赋予了这种非资本主义式的文学生产进入现实世界的力量，资本却诱使互联网耗尽这种非资本主义文学继续发展的力量，和资本主义产业体系紧密关联的著作权法律体系，加强了资本遏制这种力量继续生产的合法性。

21 世纪，资本与法律相互辅佐，（网络）文学和资本主义再次并驾前行。

二 技术、资本主义与人的自由

对技术潜能的认知和资本主义普遍化力量的忧虑，并非互联网时代所特有。1924 年，伍尔芙在剑桥大学的课堂上突然宣称："人的本质在一九一零年十二月间发生了突变。"丹尼尔·贝尔认为，敏感的小说家所看到的，正是在技术发展（电报、电话、广播、电影）带来世界剧烈变动和文化变迁的时代，人所发生的对于自我的困惑（贝尔，1989：15）。到了 20 世纪中期，高速公路、汽车、电视的出现和普及，让技术与人的本质之间的关系再度成为思想的主题。贝尔敏锐地抓住了世界变化对文

化的影响，以及随之而来的后现代主义对文化、社会结构与人的剧烈
改变。

> 现代主义从 1910 年开始衰落，终于在 1960 年代进入末期，后
> 现代主义发展成为强大的潮流，经由把现代主义推向极致而使其衰
> 亡。事物的界限被抹杀，想象成为生活本身，行动就是获取知识的
> 途径。……在意识形态层面上，理性主义和清醒持重的习惯越来越
> 失去文化上的吸引力，任何与它们类似的统一的文化风格也不再可
> 能填补之后的空白，人们开始面对文化和社会结构的激烈机制断裂。
> （贝尔，1989：98~99）

巨变以后的历史将走向何方？麦克卢汉（McLuhan）在 20 世纪 60 年
代之后以未来预言家的身份被公众熟知，透过对媒介的分析，他所幻想
的"世界村"（global village，1968）和"媒介作为信息的力量"（The
Medium is the Message，1967），暗合了文艺界的后现代新风尚，却天才地
将未来与媒介的现实发展趋势结合在一起，充满超现实的魅力，又仿佛
近在眼前。

随着互联网的出现和普及，原本颇具预言性质的讨论——变成现实。
文学教授麦克卢汉成了新技术时代的先知：人类以从来未有的方式紧密
联系起来，技术带来空间尺度的急剧缩小，传输速度的提高带来高速
的时间感，时空尺度压缩导致人际交往成本下降和效率提升，从而引发
社会交往密度的增加和人类聚合可能性的提高，这一场互联网革命不
仅改变了人的物理运动方式，同样带来人作为社会生物的主体性革命
（McLuhan，1968）。

这提醒我们把问题再次放回社会经典理论，重新看待技术与文明、
人的自由的关系。无论是马克思、韦伯、齐美尔还是涂尔干，经典理论

家的思考正体现了对工业革命和文明未来的洞见和焦虑。马克思奠定
了将工业革命、人的发展与资本主义关联在一起的思考方式，保留了对
技术推动历史发展的强大信心，将技术、文明与人的自由之间的张力处
理成历史变迁的动力。韦伯则全面继承了马克思关于世界的基础设
定①，进一步将文化以更强有力的方式加入了这个以资本主义的产生与
发展为主线的世界，作为一个关联性的要素，在理性化的层面上表达了
他对于这个新世界所有生命力和危险的忧虑（韦伯，2005；2007）。齐
美尔同时接受了马克思和韦伯，虽然没有明确说明，但他确实是在资本
主义和理性化的双重设定基础上，讨论各种形式化过程和符号对于现
代社会的维系、意义制造和变迁的影响。从农村到城市，工业革命所带
来的人的迁徙过程，被齐美尔赋予了特别重大的意义，直接导致了人本
身的根本性变化。从此之后，"人"身上所承担的历史、想象与未来，
都已不再相同，人与世界发生关系的方式，也随之变得更加复杂。金
钱、时尚、社交，这位思想家透过这些复杂化形式的考察，对人的变化
过程做了令人赞叹的描绘（Simmel, 1972）。这一切，正来源于那一场
巨大的工业革命及其经济后果。涂尔干（2000）更直接切入这一主题，
且对技术－经济结构对文明的影响保持一种法国式的浪漫、乐观和承
担。在他看来，技术发展导致劳动分工形式的变化，由此带来导致社会
整合形式由机械团结转向有机团结，由此，无论是法律、职业还是个人
伦理层面，都发生了相应的变化，且在他的体系里，必须发生某种相应
变化，才能够在技术变革之后，继续维持住"社会"作为一个道德共

---

① 韦伯曾经表示，不能理解马克思和尼采的历史哲学家都不值一提：如果现在马克
思从坟里爬出来，四处看看，他有充分的理由宣称，虽然某些重要的枝节跟我想
的不一样，但这个世界，从骨骼到血肉，都仍然是我的。材料来自 Scaff, 1991。

同体的存在。

资本主义、文化的意义、空间与符号象征、社会分工。结合关于法律和文学历史的考察，我们会发现，这些充满洞察力的社会学关键主题更精准地描绘了著作权形成的历史背景，以及有关知识生产的制度在塑造历史的过程中所起到的作用：它将个体带入资本主义生产体系，塑造了个体经由劳动、市场和交换与世界建立联系的文化类型，将这一领域公共空间的基础从人与人之间延展到整条产业链，最重要的是，它以全新的产业角色分工塑造了一种新的社会分工形式，换算成社会学的术语，也许我们能够看得更清楚：带有道德性的集体意识（对抄袭的道德性愤慨），基于分工的有机团结（生产－出版－消费），职业的神圣性（作家－天才），恢复型法（著作权），制度如何被社会地塑造并塑造我们（从著作权到 TRIPS）。

那么，互联网作为工业革命之后最深刻的技术契机，会将个体与社会带向何方？作为意义生产机制的文学，在互联网背景下所发展出来的这段可能历史，又在何种意义上可以呼应社会学家最深层的关切？结论部分，让我们将网络文学史投入社会学脉络，重新理解这段经验之于现代处境的关系。

三 说书人与梦工厂：资本主义文化矛盾

（一）挣脱铁笼：说书人的社会意义

20 世纪 60 年代以后，资本主义与新教伦理结合的经济－文化联盟开始出现松动（贝尔，1989：101～128）。丹尼尔·贝尔在提出后工业社会和公共家庭之后，将研究重点转向资本主义生产机制与新文化之间的内在矛盾。作为曾经的马克思主义者，他的这一转向标志着对马克思的批判性延续和对韦伯的认可①：文化，必须作为资本主义核心问题得到研究，而非仅是被决定的上层建筑。他指出，在现代主义衰微之后，文化本身就已经具备了独立的资格，成为政治与经济之外的资本主义第三大领域。在作为"表意性象征和情感贮藏所"的文化领域，"代表宗教冲动的禁欲与节制精神——新教伦理——被世俗法制社会剥去神学外壳，随后又被工业时代的现实主义文学、实用主义哲学和科技理性割断了超验纽带，20世纪初的新文化运动和分期付款、信用消费等享乐主义观念粉碎了它所代表的道德伦理基础"（赵一凡，1989：14）。在汽车、电视所带来的空间变化和消费文化冲击之下，韦伯所刻画的禁欲式资本主义新教伦理已荡然无存，"宗教冲动力"被科技和经济的发展耗尽能量，只剩下桑巴特所强调的贪婪性和"经济冲动力"。

借由这一研究，贝尔给资本主义精神和新教伦理松绑，于后工业时代发现了一个韦伯式的马克思问题：资本主义生产的不断发展反而会加剧内在矛盾，从而积累出爆发的力量，但内在矛盾不再局限于经济领域，而是来自外在生产方式与文化内核之间的日渐背离。历史来到了新的转折点（贝尔，1989：128），韦伯的困境可能被打破：资本主义经济生产方式的不断加深，并不意味着韦伯所预言的铁笼愈加牢固。相反，新技术可能赋予文化本身击碎铁笼的力量，资本主义与个人自由的关系在此出现新的可能。

在40年后的新资本主义文化研究者桑内特看来，贝尔的这一论断可以被归为同时代严肃激进主义思潮的一部分，他的盲目乐观与同时期的新左派奠基文献《休伦港宣言》如出一辙：后者抨击国家社会主义和跨国公司，认为二者都是科层式的监狱，都将随后工业的发展走向消亡

---

① 关于贝尔和马克思以及韦伯的关系，见赵一凡为《资本主义文化矛盾》撰写的《中译本绪言》，1989。

（桑内特，2010：1）。但桑内特站在21世纪的门槛上回看，却发现真实的历史更为诡谲。它一部分实现了贝尔和同时代人的愿望：僵化的科层体制确实在被不断的拆分，但原本以为会出现的人的自由却依然遥不可及。新的技术手段，尤其是交通和信息传播媒介的出现，让小型机构代替大型机构成为社会主要生产机构，迁移成为全球时代的标志，人们四处流动，不再固定，但却仍然觉得自己生活在铁笼之中，无法逃脱。在桑内特看来，这是因为奠基于新技术之上的新经济/工作模式虽然拆除了"铁笼"，却没有提供一种社会性的装置，来弥补铁笼曾经给予人们的社会的和情感的支持（桑内特，2010：1~11）。

问题的关键，不在拆除，而在建造。

网络文学的"类型化"实践共同体确实建造了一个新的社会型装置。这个装置来自网络文学的"互联网"特征：一系列由技术激发的文学生产特性，例如，作者主体性的消失、读者的参与、互动、文本意义的漂移（考斯基马，2011）。如前所述，这些特性将阅读的对象从单个文本转向无数文本累积而成的"类型"，将个人与文本之间的私人性关系，借由这种特殊的指向"类型"的写作和阅读，重新置入正在发生的公共生活。即，与传统文学理论假设的私人性写作不同，在网络文学领域，技术所带来的超文本性打开的不是作者层面的自省，而是生产层面的公共空间。写作者，在这个过程中，不是自我意识的挖掘者和全新经验的创造者，而更类似于茶馆里、码头边、乡村庆典上面对特定的听众，将具有公共性的故事传递下去的说书人。

说书人的形象一直延续在中国人关于日常文化生活的记忆中。《射雕英雄传》便是以一段典型的说书场景开场的。

　　钱塘江浩浩江水，日日夜夜无穷无休地从临安牛家村边绕过，东流入海。江畔一排数十株乌柏树，叶子似火烧般红，正是八月天时。村前村后的野草刚起始变黄,一抹斜阳映照之下,更增了几分萧索。两株大松树下围着一堆村民,男男女女和十几个小孩,正自聚精会神地听着一个瘦削的老者说话。那说话人五十来岁年纪,一件青布长袍早洗得褪成了蓝灰色。只听他两片梨花木板碰了几下,左手中竹棒在一面小羯鼓上敲起得得连声。唱道:"小桃无主自开花,烟草茫茫带晚鸦。几处败垣围故井,向来一一是人家。"

这说书人将那乱世里道听途说的悲惨故事娓娓道来,再联系实事略加评说:

> 好似那叶三姐一家的惨祸。江北之地,实是成千成万,便如家常便饭一般。诸君住在江南,当真是在天堂里了,怕只怕金兵何日到来。正是:宁作太平犬,莫为乱世人。小人张十五,今日路经贵地,服侍众位看官这一段说话,叫作《叶三姐节烈记》。话本说彻,权作散场。将两片梨花木板啪啪啪地乱敲一阵,托出一只盘子。众村民便有人拿出两文三文,放入木盘,霎时间得了六七十文。

最初的论坛状态下,人们借由写作和阅读文本结成的,就非常类似于这种传统的说书人与听众的互动关系。只是牛家村的听众虽然听得津津有味,却不太有机会知道,张十五的故事来自哪里,改动了什么,他是否会将自己在牛家村的所见所闻带往他方。人们只是缓慢地在故事和故事之间听听外面的世界,打发漫长的生活。

互联网让说书人进入了一个完全不同的社会空间。写作开始进入井喷与量产,众村民端坐家中,却能在一天目睹叶三姐家的故事以不同的版本反复上演。读者在海量的文本中选择自己想要阅读的文本,在确定的类型脉络里对单独的文本给出评价、赞扬和提出要求。在网站代码的促进下，朝向同一个目标的劳动成为人际交往的基础，阅读者、写作者和评价者借由朝向类型的劳动参与想象与意识形态的集体生产。

詹金斯在粉丝圈发现了参与性文化（participatory culture），最初将它理解为一个具有平等性、互惠性、社交性和多样性的非正式社群（2017：2），后来又延展为"一种能够在艺术表达和公众参与上做到低门槛地为个人创作和分享提供更强有力支持的，具有在某种形式上能够将知识从最具经验的群体传递给新手们的非正式指导关系的文化"（2017：4）。我几乎同意他的每一个字，但还是认为他可能低估了互联网的存在感，以及参与文化的社会性意义。

在詹金斯看，传统的学习型社区、电视媒体时代的粉丝圈、古巴非正式桑巴舞学校和互联网上的新型社群，都是参与文化的典型代表。但我试图说明，尽管保留了说书人的形象特征和公共性，网络文学的说书人和牛家村的说书人仍然是不同的。传统的说书人更像拥有一定自由度的表演者，他们是想象形成过程中的环节，但并不是全部。例如，梅林宝（Mark Meulenbeld）认为《封神演义》不是文人书斋的产物，而是道教民俗、民间故事和地方信仰的积累和集合（Meulenbeld，2015），但它究竟是如何被集合起来的，哪些元素被删除，谁的行动在这个过程中具有关键性的意义，实际上是无法确认的。我们无法排除，在这个过程中，有地方性权力甚至国家的参与，更无法如同某些民间文学的研究者所确信的，群众集体创作一定蕴含着某种抵抗性的民间意识。

如果我们把互联网上基于写作-阅读而参与的"实践共同体"（詹金斯，2017）看成说书人，把类型本身看成所要讲出的故事，这个新的说书人与传统社会的张十五们就有了明显的区别：他不断讲述的，不是情节和人物，而是正在生成的集体想象。正如第六章中"想象的社会生产"部分所展示的，这是一个可以追溯的发展过程，通过权力和文化消费对自我意识进行规训的话语与观念体系，曾经是直接影响主体意识与表达的压制性结构，它们一旦被作为"设定"代入故事，成为被体验世界的要素之后，原先坚固的力量会开始动摇。新时代的女性一定要追求爱情吗，婚姻必定是美好生活的开端吗，对家庭的想象难道只包括丈夫和孩子，父母一定是世界上最爱我的人吗？经由作者和读者在类型化写作中的集体推进，来自社会生活层面的不同声音和梦想开始被吸纳，进入集体想象的生成过程。这是意识形态生产突破大众文化消费系统，在技术影响下向公共领域的真正敞开。

个体经验面对资本主义消费铁笼带来的无力感，在这个意义上，有可能在这个新的说书场里，得到某种程度的纾解。生命体验真正进入对理想未来的编织，铁笼在想象中被拆除。

（二）铁笼的力量：说书人重回梦工厂

在技术、资本主义和自由的问题上，贝尔与桑内特分别在不同的技术背景下被新的可能性所鼓动，同时也困惑于这个更深陷入资本主义的焦虑之中的现实世界。21 世纪，文学资本化生产日渐发端的中国互联网再一次激发了类似的期待与焦虑。"说书人"作为理想类型，代表着"想象走向社会生产"的可能性，而网络文学没有转身最终走向"（中国）梦工厂"方向的事实，则体现了代码－商业的新社会－经济结构[①]里，这个回应着期待也验证了焦虑的历史过程。

"梦工厂"的最后降临，并不是资本一力之功。透过网络文学网站的发展历史，我们可以看到，技术在这个世界上寻找自身位置的努力，同样促成了网络文学向产权化运作方向的发展。从文本到类型，再到网络站点的层级上升的过程中，网络文学生产内生的产权制度也随之发生

---

① 莱斯格在《代码》中清晰论证了代码－商业机制作为网络空间基本架构的意义，参见莱斯格，2004。

了变化：在说书人和听众共同建构的关系中，传统产权配置的主体假设受到了完全挑战，面对道听途说故事的讲述者，没有人会在意"作者"是谁，知识生产对于旧历史的挑战是根本性的；当这样的讲述越来越成功，聆听者越来越多，网站开始发展、分化与竞争，挑战则回退到产业层面，"谁是作者"这样的问题可能会被提出来，因为它关系到网络文学网站是否可以在竞争中活下来；进入盛大和后来的腾讯时代，产权对于产业的意义，在于如何加快版权流动，以及如何应付盗版对各方利益的损害。网络文学实践对制度的意义退回到常见的商业机构垄断权利的层面，即传统知识产权的难题：如何平衡个体权利（保护作者）和公共利益（打击垄断）。与第二章中的著作权发展史并置，我们可以看到一个更有戏剧性的对照，可能性历史的到来、衰退和逐渐消失。

（1）代码带来新的写作方式，二者叠加带来制度的根本性变革动力——变革空间开启：改变共有方式，改变产权制度，改变生产以及人的联合方式。历史可能回退到文学商业化之前，在说书人和精怪故事的脉络里重启文学生产的另一种历史。

（2）新的写作方式在代码基础上汇聚发展出巨大的写作力量，类型化开始，多样性减少，产业基础奠定，重新回到产业背景下，制度变革动力减弱，更多注意力集中于产业发展。变革空间被压缩到类同于著作权法的诞生阶段：选择一条道路，选择一个根本性价值。

（3）代码导致产业向雇佣劳动和大规模生产方向发展，类型化动力减少，产业进入销售状态，制度变革动力消失，既有资本主义模式下的利益调整——变革空间消失。网络文学的历史重新进入资本主义历史时间。

在这个过程里，贝尔所揭示的资本主义文化矛盾重现：资本主义经济机制仍在加速运转，但在文化领域，它需要实质性的内容输入来进行交换和消费。技术的发展，使得内容生产已经脱离了生产－交换－消费的方式，而进入挖掘社会化生产力的阶段。资本主义交换体制和社群式的生产体制之间的矛盾，构成了互联网时代资本主义文化生产的根本矛盾。一方面，为了更多的利润，资本主义需要维持生产层面的蓬勃；另一方面，它又不能放任生产层面的蓬勃来摧毁它的继续存在：新的东西出来，蓬勃，被劫取，凝固，矮化，然后被嚼烂，然后换一块①。文化产业（利润）力量的发展，伴随着文化产业（生产）本身的衰落。

四　新的可能：说书人的社会生产力

> "你能钩钓到利维坦么？能用绳拴它的舌么？"
>
> ——《旧约·约伯记》

（一）重新理解文化生产

资本是"野兽的肚子"，吞噬掉一切新的可能。愤怒、激情、理性、技术、创意、信仰，任何小心翼翼的逃避或者反抗，都没有差别，它们总会被轻易转化为资本的 KPI，滋养和养育一个不断膨胀却永无内容的实体。理论和经验似乎都走到了历史的终结。

是否仍有出路，努力应该落在哪里？贝尔认为自己继承了韦伯的分析思路：回到宗教层面，寻找经济生产方式与人的生活方式之间的结合点。既然资本主义工业的发展，让新教伦理失去了对消费社会个人生活的指导意义，那么接下来的问题，就是要寻找能够重建想象和生活方式融合的途径。通过对后工业时代"自然"、"技术"、"社会"三种背景与

---

① Carl Shapiro 和 Hal R. Varian 在 1998 年出版的 *Information Rules: A Strategic Guide to the Network Economy* 中，以一种宿命般的笃定预言了这个趋势，建议互联网从业者遵守旧的经济规律。克鲁格曼在为这本书撰写的序言中写道，"告别车库里的小鬼，迎来新的铁路大亨——顺便，法庭上见"。他几乎预言了未来十五年内的整个网络文学生产史。

相应世界观的分析，他指出，建立在命运和机遇基础上的自然世界，以及建立在理性和熵基础上的技术世界都已经逝去，斩断了与自然和理性之间联系的新文化个体，只能在"社会的世界"里生活。

他所设想的这个社会的世界建立在"恐惧与战栗"的基础上，无处不在的道德秩序将人们聚合在一个共同的价值体系中。"宗教作为与终极价值有关的意识形态，就是一种共有的道德秩序的根据。"（1989：204～205）由此，贝尔将后工业时代的文化扎进涂尔干的脉络里："神圣和亵渎之间的区别，是讨论社会世界的命运的出发点。"（1989：205）

> 文化和道德素质方面的变革——想象与生活方式的融合——并不富有"社会设计"或政治控制的义务。它们起源于社会的价值和道德传统，这些传统是不能以观念来人为地加以"设计"的。它的原始源泉是支撑社会的宗教观念。（1989：131～132）

贝尔此处面对一个分析上的困难：文化的变革无法控制和设计，它必须来源于"社会"，来源于人们的恐惧和战栗，以及由此而生在"神圣与亵渎"中进行分割的宗教感。然而，如果后工业时代已经是一个"没有父亲的社会"（Mitscherlich and Mosbacher，1992），从而断绝了"新的宗教改革"的可能性[1]，那么，文化所依赖的宗教观要从哪里产生？尽管相当复杂，但贝尔给出了一个很有意思的解决方式。

---

[1] 中间的逻辑可以这样理解：贝尔引用埃里克森的心理学解释，将宗教改革理解为"打碎腐朽机构的努力，而且是儿子在寻求同父亲的直接联系，其间无须教会进行调解"。这种崇拜式的宗教信仰将个人与时间、传统隔绝，强调与历史、社会无关的个人经验和个人信仰。在这种宗教关系里，人渐渐丧失了与在历史中经历生命变迁的别人——父亲——的联系，从而丧失了"记忆"本身。贝尔对新宗教改革的质疑因此是：一种信仰如果没有记忆，它如何再造自己？见贝尔，1989：221。

　　首先，他在"社会"观念中区分出父辈关系和同辈集团，"打倒权威的意思无非是打倒任何父辈的观念，而不是同辈集团本身"（1989：221)，从而将问题从"没有父亲的社会宗教如何可能"，转向"同辈集团是否能够代替更广阔的社会"，也就是说，他开始寻求一种机制，使得人们能够在"神圣/亵渎"之外制造宗教性的"社会"，以及在此基础上的价值和道德传统。

　　其次，他将韦伯式的孤独果决的清教徒形象引入涂尔干的困境。宗教在这个形象里不再必须属于"社会"，而呈现出更具个人性的色彩：

　　　　它是人类意识的一个组成部分，是对生存总秩序及其模式的认知追求，是对建立仪式并使得那些概念神圣化的感情渴求，是与别人建立联系，或同一套将要对自我确立超验反应的意义发生关系的基本需求，以及当人面对痛苦和死亡的定局时必不可少的生存观念。（1989：221）

　　文化和个体之间的关系得以从涂尔干式的仪式与欢腾中脱离出来，进入韦伯/尼采式的英雄主义背景。人不仅在仪式中被激发出社会感。他创造出仪式，防止死亡；他选择投入哪一种仪式，从而塑造自身与世界/历史的关系，为自己建立"社会"和"宗教"。当一个人能够抗拒加入放纵类仪式的诱惑，主动选择"合成"（incorporate）的仪式，就意味着"加入一个不仅联系未来，而且联系过去的团体"。这个团体在后工业社会，已经不可能来自自然、技术或社会世界的既有选择，而必须是一个后天创造的可能性。

　　　　一种合成的宗教就是一种赎救的过程，个人借此设法解除由他的团体道德所规定的义务：他在生长时期所受的照料，以及他欠下社会机构的道德教育债务……用叶芝的话说，它包含了“能施福的有福者”的承认，即对世代延续过程中互握手腕的承认。(1989：223)

贝尔建立了后工业时代的文化可能：一个文化生活中的英雄，经由个体的努力，与“兄弟”在自我建构的历史中“互握手腕”，结成新的“社会”，抵抗资本主义放纵仪式——消费与商业——的侵蚀。贝尔清楚地意识到，这种英雄是痛苦而孤独的，“生活在特殊和普遍之间的张力中，并接受必然那种痛苦的双重羁绊”(1989：224)。或许这正是这部关于资本主义文化矛盾的著作以尼采开篇的原因。

（二）重新理解互联网：文化的社会生产

谁会是拴住利维坦贪婪之舌的英雄？无论是贝尔，还是继承资本主义文化矛盾这一基本论题的桑内特，最终都决定将希望寄托在个体的自我觉醒和主动选择之上。贝尔期待批量的尼采行走在文化生产领域，结成一个强悍的兄弟会，桑内特（2015）则在历史中挖掘出一种反资本主义的人性冲动：纯粹为了把事情做好而好好工作的欲望，把握住这种欲望，以匠人的技能来指导生活，以此面向工作的精神抵挡资本抽干一切的力量。

1990年之后，网络空间的早期观察者和理论家普遍相信，互联网将扫平一切，自由将要在空地上重建，人类将在这个白板一般的空间里迎来理想的社会。在乐观主义的想象里，网络被构建成为一切力量的对立面，包括资本。人们警惕金钱和权力的控制，甚至声称，网络空间在本质上注定是自由的，法律可以通过，但无任何意义[1]。到了20世纪的最后几年，尽管这一情绪仍在延续，但很多时候已经被贴上了“网络激进

---

[1]　James Boyle 将之称为“自由主义窍门”（libertarian gotcha）。

主义"的标签。人们在经验层面已然体会到"控制"的逐渐增强。这种控制，不一定来自政府调控和法律调整，反而来自网络空间自身的发展和商业活动的影响。

莱斯格（2004）回溯了网络空间的发展轨迹，发现互联网的自由承诺在一开始就是人们的美好愿望，即使是在全新的没有任何国家力量介入的领域，依然存在着控制。互联网本身便起源于"控制论"，控制论的主要动机不是消除控制，而是要发现更好的控制方法。因此，采用代码本身，这件事情就构成了潜在的对网络空间行为控制模式的选择。可能与美好的传统信念相反的是，如果政府和法律完全放弃了对网络空间的控制，就等于将塑造/摧毁自由的力量完全交给可以影响代码模式的互联网商业公司。

如果基于代码控制的互联网与控制代码的资本主义商业之间存在着天然的联系，是否预示着包括网络文学生产在内的一切互联网实践，必定会走向全盘资本化？

贝尔所揭示的资本主义文化矛盾在此为我们展开了事情的另一面：资本主义不断侵入文化生产、将生产转化为交易的同时，与资本主义脱钩的文化生产也正在日益形成一个独立的领域。技术与资本主义的关联已经无法在技术–工业的马克思模式里被直接解决，人的自由需要在政治、经济和文化领域内单独被审视以及被追求。文化，因此可能构成了资本主义制度内生的变革力量，撑开新的历史空间。

如何建构后工业化时代的文化？网络文学生产机制的考察在此具有了特别的意义：它以社会实践的形式发展出一条不同于贝尔的解决之道。只要去除掉贝尔的"文化英雄"形象里所有尼采的成分，我们就能在日常生活的层面上重新看到一个类似的社会联合过程：借机去除原有的"义务"、"照料"、"债务"，在一个自我选择的脉络里，和同辈互握手腕，在互相承认中制造想象和生活风格的融合。他们也面对放纵性仪式——

只为版权交易写作——的吸引，也有可能主动拒绝，投入"合成"的意识和宗教感——继续创造类型。在拒绝和投入的选择里，他们决定了自己留在哪一种人与人的联合方式、哪一种"社会"，以及哪一种自由里。

当然这种选择也可能很艰难①，但与贝尔的文化英雄方案相比，这些选择留在网络平台上以"说书"的方式创造类型"结构"的文化生产者，不需要对"生存总秩序及其模式"有所认知，更加无须时刻关注死亡、抵抗。他们也许根本不会产生一种相对于时间的神圣宗教感，但正如我们通过网络文学史的分析所看到的，在某一段时间内，他们确实在资本主义生产空间内部打开了一条完全不同的道路。

让这些普通人竟然可以/能够承担贝尔所设想的历史"英雄"使命的，可能是技术和法律的特殊组合方式。贝尔其实在分析中已经开启了这条思考的道路，"启蒙时代使人类成为一体的梦想——它的理性的梦想——是徒劳无益的。那些生活在世代连续中的人们不得不生活在维系时代的狭隘地域性中"（贝尔，1989：223）。但在以往的时代，人们要超越时空，需要一种神圣感，今天，他们只需要接上互联网。

互联网在给资本插上翅膀的同时，也激发出一种被本特勒称为"社会生产"（social production）的力量：

从前人们要创造信息和知识，就必须依赖于强大的资本。现在，这样的模式正在发生剧烈的变化。不是说经营这样的东西不再需要那么多资本了，不是的。而是资本的所有者，以及筹资的方式，都

---

① 至少对于年收入一千万元的网络作者来说。2013 年 4 月网络文学界除了起点内乱之外的另一个爆炸新闻，是富豪版上排名前三的作者"南派三叔"陷入"不知该为谁写作"的精神分裂，并在微博不断发消息，直播全过程。在全民围观的时代，这引发了关于网络文学作者的大讨论，主题涉及：爱好、赚钱、读者、自我、出版商，以及最为突出的，不断卷入消耗性劳动的劳动者的异化。

正在发生变化，变得更为分散。生活在发达的经济社会里，我们每一个人都有一台电脑。要知道，它们跟网络中的交换机是无本质差别的。而计算能力、存储能力以及交流能力可谓遍及网路上的每一个人，而这些则是我们这个时代进行信息、知识与文化生产的基本的资本要求。它们分散在地球上约六亿到十亿的人口的手中。

这意味着，自工业革命以来，经济活动的最核心的元素第一次分散到民众的手中——要记住，我们是处在信息经济时代。在我们这个全球最发达的国家更是如此。这跟工业革命以来我们所认知的一切是截然不同的。（本科勒，2008）

通过"社会生产"，它将"生产社会"的可能性，从期待个体对整个利维坦的内心对抗，扩展到个体的社会性联合与商业体系的拉锯。资本主义文化矛盾或许正是在这里，得到了一个推动历史走向辩证上升的机会。我们所面对的问题已经不再停留在贝尔的层面，更关键的是追问：这种新的社会生产如何可能在资本主义生产机制中继续存在下去，在生产实践的层面长久地维持这种张力的存在？

这其实已经将我们带出了经验研究的论述范围，进入更为根本的"社会"生产层面。对此，关于网络文学生产的经验研究已不再能够提供任何线索，即使是在寓言的意义上。但我还想说的是，关于网络文学未来的探索，也因此具有了超出自身历史的意义。

余论
知识社会的结社自由：制度何为？

　　韦伯提醒我们，必须思考自己在历史面前的责任。最后，我想用简短的制度介绍来总结这次在各段历史间穿梭往来的复杂旅程，回应上一章关于动力来源的问题，重新审视法律制度改革在现代社会中的意义。在某种程度上，也将这个研究带入法律与社会的根本主题：对于社会发展而言，制度何为？

　　作为一场社会运动，"法律与社会"虽然在20世纪六七十年代的美国最为声势浩大，却反映了（贝尔时代的）一个世界性难题。经过漫长的发展和艰苦的努力，整个西方逐渐在现代化之初确立了法治的基本原则，法律摆脱了中世纪以来的附庸地位，成为一个相对独立的社会领域，而其相对独立性，更成为法律价值之所在（伯尔曼，1993）。布迪厄（1999）曾相当精彩地描述了法律场域建立并在实践中强化自身的过程，尽管法国与德国、英国与美国模式存在差异，但作为现代法律体系的大致趋势相似（韦伯，2007）。然而，二战后，随着社会的剧烈动荡和变化，人们逐渐感觉到强大的法律自治领域对社会发展的压制性影响。是否要就此放弃法律的独立性，以实质正义取代形式正义，以社会发展价值凌驾于法律独立价值，成为整个西方世界必须面对的根本意义上的选择。在法哲学层面上，这一争论囊括了最为杰出的欧洲社会思想家，主张法律自决的卢曼（2009），他坚持在法律内部以反身性概念囊括社会发展，认为法律的系统构造本身已经为消化社会变迁提供了结构基础，而哈贝马斯

（2003）则在沟通理性的基础上，强调法律过程对于事实与规范之间沟通的意义，主张规范对事实开放。

在更为实用主义的美国，法律与社会运动尽管也涉及本体论层面的争论，但总体而言着眼于讨论二者共同发展的可能性与方案。如果把本文关于制度与社会发展的基本观点置入当年的论战之中，大概可以被划归塞尔兹尼克所创立的伯克利学派——全面拥抱经验研究，坚持价值判断。诺内特与塞尔兹尼克（2004）在为参与这场讨论撰写的总纲《转变中的法律与社会》中强调，法律变化"并非一种预言练习，而是识别一种刚萌生的历史模式和一种有意义的历史替代物的方法"，因此，"这种评估的根据不是任意设定的。实际上，发展模型的要点就是在分析各种历史压力和机遇的过程中把那些显著的或形成中的价值的认识建立在牢固的基础上"。

那么，在从经验中识别出历史模式之后，制度改革要怎样设定新的发展模型？也就是说，怎样的改革才能使制度朝向社会生产而非资本主义生产的潜能被激发出来，给予行动者以"恰当"的外部刺激以及行动自由，使技术所带来的发展得以持续？答案仍在激烈辩论中，但我们可以通过目前正在全球范围内被广泛试验的两种方案，尝试探索可能的方向。

一　开源

Open Source，也被译为开放源代码，主要使用于软件开发领域，参与者以程序员为主体。著名开源操作系统 Debian① 的创始人之一 Bruce

---

① Debian 本身就是开源生产的结果：它采用了开源操作系统 Linux 的核心，大部分基础的操作系统工具都来自另一个自由软件操作系统 GNU，因此称为 GNU/Linux。GNU 最早由 Richard Stallman 在 1983 年 9 月 27 日发起，旨在创建一套完全自由的操作系统，保证 GNU 软件可以自由地"使用、复制、修改和发布"，"重现当年软件界合作互助的团结精神"。

Perens，针对开源后的使用规则和版权设定，对其做出以下界定。

自由再散布（Free Distribution）：获得源代码的人可自由再将此源代码散布。

源代码（Source Code）：程式的可执行档在散布时，必需随附完整源代码或是可让人方便的事后取得源代码。

衍生著作（Derived Works）：让人可依此源代码修改后，在依照同一授权条款的情形下再散布。

原创作者程式源代码的完整性（Integrity of The Author's Source Code）：意即修改后的版本，需以不同的版本号码以与原始的程式码做分别，保障原始的程式码完整性。

不得对任何人或团体有差别待遇（No Discrimination Against Persons or Groups）：开放源代码软件不得因性别、团体、国家、族群等设定限制，但若是因为法律规定的情形则为例外（如美国政府限制高加密软件的出口）。

对程式在任何领域内的利用不得有差别待遇（No Discrimination Against Fields of Endeavor）：意即不得限制商业使用。

散布授权条款（Distribution of License）：若软件再散布，必须以同一条款散布之。

授权条款不得专属于特定产品（License Must Not Be Specific to a Product）：若多个程式组合成一套软件，则当某一开放源代码的程式单独散布时，也必须要符合开放源代码的条件。

授权条款不得限制其他软件（License Must Not Restrict Other Software）：当某一开放源代码软件与其他非开放源代码软件一起散布时（例如，放在同一光碟片），不得限制其他软件的授权条件也要遵照开放源代码的授权。

授权条款必须技术中立（License Must Be Technology-Neutral）：意即授权条款不得限制为电子格式才有效，若是纸本的授权条款也应视为有效。[①]

由以上界定可以看出，开源的关注点主要在于对以源代码为主要内容的"共有"的维护。如果说传统的著作权制度旨在保护作者权利及衍生的产业权利，那么开源的保护对象则是"Commons"及衍生的自由。大多数规定围绕的都是后续使用者和开发者的自由，以及相对于源代码的行为限制，可能涉及源代码产生环节的都是禁止性规定：不得对任何人或团体有差别待遇，不得限制其他软件，必须技术中立，等等。

通过这样的规定，作为知识产品的源代码被从公司手里夺回，也不再归属于所谓的"作者"或作者群体，其控制权重归使用者和客户。这就进一步意味着，使用者不再被供应商绑架，Ta 可以自由选择更好的服务提供商来修正软件中的系统缺陷和漏洞。在利用资源层面，技术壁垒被打破，在服务市场层面，垄断也失去了基础。

更重要的是，作者－公司－使用者之间因版权建立的牢固连接被打破之后，技术开发将不再被局限在以公司为核心的生产链条里。建立在 Commons 基础上的"同伴生产"（peer production）可以在这一领域发挥作用，世界范围内的开发协同工作，经由对同一源代码的开发和调试结成共同体，其劳动指向这一共有领域内部的知识繁荣。

二　知识共享

Creative Commons，简称 CC，最初由法学家莱斯格创立并担任主席，

---

① 相关内容介绍引自 wiki 中文版"开源"词条，综合参考了英文版内容。

2001 年正式运行，中国大陆名称为知识共享，旨在为作品的开放共享提供许可协议，"在传统著作权所有权利保留的模式内实现利益平衡"[1]。

既要保留传统著作权保护，又要适应互联网环境的潜在要求，这要求 CC 必须在权利设计上实现精巧的平衡——它只保留四种作者最关心的权利：

署名（Attribution，简写为 by）：必须提到原作者。

非商业性使用（Noncommercial，简写为 nc）：不得用于营利性目的。

禁止演绎（No Derivative Works，简写为 nd）：不得修改原作品，不得再创作。

相同方式共享（Share Alike，简写为 sa）：允许修改原作品，但必须使用相同的许可证发布。

作者根据自己的需要选择其中一种或者几种的组合，除此以外则默认放弃。权利选项组合搭配之后，最终形成 6 种不同的协议供作者选择（见表 10 – 1）。

表 10 – 1　CC 协议 – 基本限制

协议	by	nc	nd	sa
署名	ⓘ			
署名 – 禁止演绎	ⓘ		＝	
署名 – 非商业性使用	ⓘ	Ⓢ		
署名 – 非商业性使用 – 禁止演绎	ⓘ	Ⓢ	＝	

---

[1]　相关内容介绍引自 wiki 中文版"知识共享"词条，综合参考了英文版"Creative Commons"，以及"知识共享"自由下载介绍手册。

协议	by	nc	nd	sa
署名 – 非商业性使用 – 相同方式共享	①	Ⓢ		◎
署名 – 相同方式共享	①			◎

资料来源：知识共享中国大陆项目官方网站，http://creativecommons.net.cn/licenses/licenses_right/#。

由以上可见，CC 与开源的思路不同，其核心不在于围绕作品形成的 Commons，而是作者对权利的选择、保留和放弃，且不排斥商业应用和公司"作者"。

> ……不管是单个的创作者，还是大型的公司或者研究机构，都可以用知识共享许可协议标注自己产品的权利状态以及其所赋予使用者的使用自由，使得作者在抱有著作权的同时许可他人复制、传播和以一定方式利用其作品。作者有很大选择空间来确定使用何种授权方式来许可何种使用。

也就是说，CC 接受并主动承认了著作权对作者和作品之间特殊关系的认定，作品将以何种开放程度进入社会互动，其控制权仍然保留在作者手中，就这一点来说，CC 并未对著作权构成实质上的挑战。但与此同时，CC 也将控制方式的选择权交给了作者：通过选择特定的授权方式，选择自己将以何种身份进入哪一个社会群体，进行怎样的互动。

如果某个热门网络文学作者考虑使用 CC 协议，让我们假设是写作《甄嬛传》的作者流潋紫。当她选择"署名（by）"，那么也就意味着除了署名之外，放弃所有基于传播而衍生的权利。在这种情况下，小说可能会在最短的时间内得到最大速度的网络传播，甚至几天后会出现在偏远县城的盗版书摊上，改写版本、朗诵版、自拍剧、各种版本改编幅度不等的电视剧都可能纷纷出现。作为生产者的流潋紫，内心爱好与分享的动机会得到极大刺激，但她将不会有机会在这部小说的基础上与他人发生商业性的关系。相反，如果她选择"署名（by）－非商业性使用（nc）－禁止演绎（nd）"，那么她经由作品传播形成的社会网络仍会停留在作为商业分工系统的网络文学界。

三 知识社会的结社自由

开源还是 CC，在现实操作层面都有极为复杂的展开，显然需要更专门的研究来详细讨论。仅就基本思路而言，它们都采取了利用现有著作权体制来挑战该体制的改革方式，用不同的方法将 Copyright© 制度下无法自由扩散的知识生产重新自由化，正因如此，最早的开源计划 GNU 将这种自由运动称为 Copyleft：ↄ。然而，虽然同样走在"向左走"的路上，开源和 CC 仍体现了关于改革根本问题的不同思路。

开源以对 Commons 的关注消解作者，将之前我们在网络文学分析中所看到的合作社会生产机制推向软件生产的中心。在这个意义上，我们可以将开源和既有著作权之间的冲突，看作两种生产方式、两条发展道路之间张力的制度化表现。相对于第八章起点中文网案例中资本所表现出来的明显优势，以及新生产方式的软弱无力，开源运动在社区内部制度支撑下所持续焕发出的生命力，无疑让人羡慕。

但从另一个角度看，这种直接对抗的挑战方式仍无法摆脱网络文学发展的内在危机：基于爱好和兴趣的生产共同体如何获得持续下去的动力？尤其是面对外部经济刺激的不断注入，如何保证内部动机不被驱逐①？多

---

① 1971 年，爱德华·德西（Edward Deci）通过"索玛实验"提出著名的"驱逐效应"（crowding-effect）假设。在实验的第一阶段，参与人员被要求按 （转下页注）

米尼克·弗雷（Dominique Foray，2006）指出，利用知识需要四个条件：社区规模的大小、共享知识的成本、被共享知识的明晰性，以及接受者们的文化规范。互联网扩大了分享的社区规模，降低了共享的成本，使得开源的协作生产可以实现，但它无法自行创造社区文化，即社区关于事务如何运行、人与人之间关系如何协调的共享假设。开源社区依然是安德森所讨论的"想象共同体"，它依赖于内部成员所共享的某种集体

（接上页注）照说明将木块拼成指定形状。半小时后，观察者宣布进入休息阶段，并离开教室，暗中观察参与者的行为。第二阶段，对同一批对象重复实验内容，但告诉其中一半人，拼出一个图案可以得到一美元。再次进入休息观察。第三阶段，重复实验内容，但没有人会得到收入。对比三次休息时间参与人员的行动，德西发现，每次都有一些参与人员会在休息时间继续钻研游戏，但在第二阶段，知道游戏可以成为收入来源的参与人员比之前花费了更多时间来钻研（平均多了1分钟），而第三阶段，曾被承诺获得收入而又被剥夺收入的参与人员，关注时间平均下降了2分钟。也就是说，人们可能一开始自觉地投入这个解谜游戏，但当金钱刺激进入之后，他们的动力就部分地从游戏转移到金钱上，当这个刺激消失，他们对游戏的兴趣也就降低了。

基于这个实验，德西挑战了古典主义经济学所秉持的简单动机假设，将行为动机分为内在动机和外在动机两类，内在动机能让行为本身成为一种回报，而外在动机的回报则来自行为之外，报酬就是典型的外在动机，而投入游戏的快感则是古老的内在动机。与本书关系更密切的是，德西的实验发现，增大外在动机（报酬）可能会降低内在动机（游戏的快乐）。用德西的话来说，外在刺激"驱逐"了内在动机。

回到网络文学的案例，驱逐效应研究支持了我们在经验观察中的判断。对于技术所激发的生产方式而言，版权制度的局限不仅在于它隐含着一条截然不同的发展道路，或者它所想象的文学生产与网络文学生产之间的鸿沟。它的影响落实在个体行动的层面：资本带着版权介入之后，即使底层写作者可能并未获得更多的报酬，但版权体系所隐含的外部刺激仍然可能驱逐他们原本具有的面向生产本身的创作意愿，从而根本消解原有的合作生产系统。

关于德西实验和驱逐效应，综合参考了舍基，2011；平克，2012。

想象，共同体的存在与其说是为了维护社区中某些特殊的"Commons"，毋宁说是为了维护让共同体成为可能的文化。开源所提供的新工具为创造新的分享型文化提供了机会，但它本身无法鼓励文化的诞生，也就无法阻碍消解文化的力量产生作用。

这将我们带到本书的结尾处。说书人的社会生产力确实使得资本主义文化矛盾的解决方向不再依赖于精英的奋起和痛苦承受，但同时，网络文学发展历程和开源社区的内在问题指出，这种生产力并不能自我维持，更重要的是，它很容易因为外部经济刺激的加入而消失。所以在网络文学的小时空里，我们虽然隐约看到了一个后资本主义的短暂来临，但很快就不得不目送它兴高采烈地走回过去。作为 21 世纪的知识生产者，如果我们都曾受困于当前的生产机制，困扰于精神生活领域的商品拜物教，也曾热切地期待互联网带来一个逃离的机会，那么，通过本书对文学生产和网络文学生产两段历史走向的考察，我们也许必须对曾经的技术乐观表示谨慎的怀疑。

在这个意义上，著作权如果要正面回应技术时代的生产危机，核心而根本的问题还是在如何处理人与人的联合。旧制度立足于图书出版业这一传统商法领域，后来则积极服务于全球文化工业，将作者和出版商/供养者之间的关系假定为唯一性的社会联合方式，制度为这一联合方式提供集体想象，提供外部刺激，自身则在日渐牢固的社会联合中不断繁衍壮大；开源以"共有"消解既有的社会联合，软件开发者和公司之间的联系被斩断，但它没有能够提供一种替代性的人际联合，寄希望于通过个体和公共知识之间的关系，来间接地维持共同体的存在。

这个时候再来理解 CC 的权利自选结构，我们会发现，这种安排看似不够"革命"，它承认旧制度所制造的文化生产幻象，却通过制度安排让"想象"里的作者自主性成为现实。经由这种安排，CC 协议下的作者虽然仍处在版权的核心位置，却已经不再是书商/文化公司/产业用以争取垄断利益的靶子，也不再是只能接受既定身份的社会角色。要成为一个彻底的分享者、自由生产者、娱乐工场的工人，甚至车间流水线上面目模糊的码字人，都将取决于劳动者的个体选择。换句话说，CC 将作者放在中心，由其自由选择向外建立网络状社会结构，决定人与人、人与机构、人与被创造的客体如何联合。

相比开源，这无疑是一个更为民主的制度设计，在社会生产层面，它同时准备了两种激励：分享/合作/慷慨，占有/竞争/货币，技术与法律所导向的不同道路，在这里成为一个连续谱，经过普通的知识劳动者一次又一次经过慎重考虑的选择，未来的生产联合方式被期待着在其中逐渐成型。少年时代曾经激励我的一段引言，"这事情必定成就在一个人身上。你们不可集体行动。你们必须分开。你们必须一个人一个地干。这样才有希望"，在此成为新时代知识社会再造宏图的起点。

两段历史中制度空间的变化表明，资本主义吞噬一切创新也许并非必然的宿命。在 18 ~ 19 世纪的每个阶段，英国人似乎都曾有过机会，将潜在制度的空间导向另一个方向。在 21 世纪，在网络文学发展的每一个路口，我们也曾有过机会，让技术打开的空间保留得更久一点，让社会生产的实践更深刻地在这个世界留下痕迹。然而，两百年后，当重新塑造历史的机会降临时，这个领域里的有力者因为利益与惰性，决意和安妮女王时期的英国人一样，走向那个不断劳作不断枯竭的国度。

因此，如果著作权改革能够走向 CC 所开创的自由联合的方向，无异于将知识是否成为财产的权利从有力者手中劫夺下来，交还个人。在这个意义上，也许我们可以说，互联网最根本的价值虽然不是自由，却可能是托克维尔（2004）在美国乡间社会里发现的农村人的民主。想象托克维尔如果生活在 21 世纪，他是不是也会写下这样的观察：

必须将我们的灵魂放回系统内部……带给人类真知灼见的事物

往往无法复制和组织。位于这些新系统中心的是能够进行判断、尝试、学习和适应的人。但是允许人类自主性的同时，也要为人类的缺陷提供空间。虽然这种理念与 20 世纪的主流系统设计截然不同，我们现在必须将注意力转向建造一个新的系统。它支持人类的社会性——考虑别人及其需求的能力，选择与社会利益一致的目标而不是利己主义的能力。（Benkler，2007）

参考文献

阿帕杜莱，阿尔君，2012，《消散的现代性——全球化的文化维度》，刘冉译，上海三
　　联书店。

阿普尔比，乔恩斯、亨特，林恩、雅各布，玛格丽特，1999，《历史的真相》，刘北
　　成、薛绚译，中央编译出版社。

安德森，本尼迪克特，2005，《想象的共同体》，吴叡人译，上海人民出版社。

安守廉，2010，《窃书为雅罪——中华文化中的知识产权法》，李琛译，法律出版社。

奥斯特罗姆，埃莉诺，2000，《公共事物的治理之道——集体行动制度的演进》，余逊
　　达译，上海三联书店。

巴特，罗兰，2005，《作者之死》，怀宇译，载《罗兰·巴特随笔集》，百花文艺出版社。

贝尔，丹尼尔，1989，《资本主义文化矛盾》，赵一凡、蒲隆、任晓晋译，三联书店。

贝蒂格，罗纳德，2009，《版权文化——知识产权的政治经济学》，沈国麟、韩绍伟
　　译，清华大学出版社。

本科勒，尤查，2008，《开源经济模式之崛起》，TED 演讲 2018 年 10 月 25 日，译文见
　　tedtochina 网站，http://www. tedtochina. com/2008/10/25/yochai_benkler_on_the_
　　new_open_source_economics/。

本雅明，1989，《发达资本主义时代的抒情诗人》，张旭东、魏东生译，三联书店。

博尔赫斯，2003，《博尔赫斯诗选》，陈东飚、陈子弘译，河北教育出版社。

伯尔曼，哈罗德，1993，《法律与革命》，贺卫方译，中国大百科出版社。

伯明翰，凯文，2018，《最危险的书——为乔伊斯的〈尤利西斯〉而战》，辛彩娜、冯
　　洋译，社会科学文献出版社。

波斯纳，理查德，1997，《法律的经济分析》，蒋兆康译，中国大百科全书出版社。

——，2010，《论剽窃》，沈明译，北京大学出版社。

波兹曼，尼尔，2011，《娱乐至死》，章艳译，广西师范大学出版社。

布迪厄，皮埃尔，1999，《法律的力量——迈向司法场域的社会学》，强世功译，载《北大法律评论》，北京大学出版社。

布尔迪厄，皮埃尔，2011，《艺术的法则：文学场的生成与结构》，刘晖译，中央编译出版社。

布莱克，唐纳德，2009，《正义的纯粹社会学》，徐昕、田璐译，浙江人民出版社。

布里曼，艾伦，2006，《迪斯尼风暴：商业的迪斯尼化》，乔江涛译，中信出版社。

布罗代尔，费尔南，1996，《菲利普二世时代的地中海和地中海世界》，唐家龙、吴模信等译，商务印书馆。

——，1997，《资本主义的动力》，杨起译，三联书店。

陈定家，2011，《比特之境——网络时代的文学生产研究》，中国社会科学出版社。

陈平原，2011，《作为学科的文学史》，北京大学出版社。

储卉娟，2005，《从一起法律援助事件看法的意义》，载郭星华编《实践中的法律援助制度》，开明出版社。

崔宰溶，2011，《中国网络文学研究的困境与突破》，北京大学博士学位论文。

达恩顿，罗伯特，2012，《旧制度时期的地下文学》，刘军译，中国人民大学出版社。

——，2006，《屠猫记》，吕健忠译，新星出版社。

达沃豪斯，彼得，2005，《信息封建主义》，知识产权出版社。

德·塞托，米歇尔，2009，《日常生活实践1：实践的艺术》，方琳琳、黄春柳译，南京大学出版社。

德霍斯，彼得，2008，《知识财产法哲学》，周林译，商务印书馆。

费夫贺、马尔坦，2006，《印刷书的诞生》，李鸿志译，广西师范大学出版社。

方维规，2014，《西尔伯曼与阿多诺的文学社会学之争——兼论文学社会学的定位》，《社会科学研究》第2期。

费舍尔，威廉，2008，《说话算数——技术、法律以及娱乐的未来》，李旭译，上海三联书店。

费斯克，约翰，2006，《理解大众文化》，王晓珏、宋伟杰译，中央编译出版社。

福柯，米歇尔，[1969]，《什么是作者》，李康、张旭译，王倪校，未刊稿，http://www.douban.com/group/topic/4801662。

福山，弗朗西斯，2003，《历史的终结及最后之人》，黄胜强、许铭原译，中国社会科学出版社。

福斯特，托马斯，2015，《如何阅读一本小说》，梁笑译，南海出版公司。

冈茨，约翰·罗切斯特，杰克，周晓琪译，2008，《数字时代　盗版无罪?》，法律出版社。

格林兄弟，2006，《格林童话》，施种译，上海译文出版社。

戈斯汀，保罗，2008，《著作权之道——从古登堡到数字点播机》，金海军译，北京大学出版社。

哈贝马斯，2003，《在事实与规范之间：关于法律和民主法治国的商谈理论》，童世骏译，三联书店。

汉密尔顿，约翰·马克思韦尔，2008，《卡萨诺瓦是个书痴——关于写作、销售和阅读的真知与奇谈》，王艺译，三联书店。

何学威、蓝爱国，2004，《网络文学的民间视野》，中国文联出版社。

赫伯迪格，迪克，2009，《亚文化：风格的意义》，胡疆锋、陆道夫译，北京大学出版社。

胡伊森，安德烈亚斯，2010，《大分野之后：现代主义、大众文化、后现代文化》，周韵译，南京大学出版社。

黄梅，2015，《推敲"自我"——小说在18世纪的英国》，三联书店。

黄鸣奋，2000，《比特挑战缪斯——网络与文学》，厦门大学出版社。

——，2002，《超文本诗学》，厦门大学出版社。

吉登斯，安东尼，2001，《亲密关系的变革——现代社会中的性、爱和爱欲》，陈永国、汪民安等译，社会科学文献出版社。

季剑青，2012，《文学史的反思与重建》，《读书》第4期。

金振邦，2008，《新媒介视野中的网络文学》，东北师范大学出版社。

蒋述卓、李凤亮编，2010，《传媒时代的文学存在方式》，广西师范大学出版社。

姜英，2003，《网络文学的价值》，四川大学博士学位论文。

考斯基马，莱恩，2011，《数字文学：从文本到超文本及其超越》，单小曦、聂春华、陈后亮译，广西师范大学出版社。

卡尔维诺，2001，《意大利童话》，文铮、马箭飞、魏怡、李帆译，译林出版社。

卡特，安吉拉，2009，《魔幻玩具铺》，张静译，浙江文艺出版社。

——，2011，《安吉拉·卡特的精怪故事集》，郑冉然译，南京大学出版社。

克尼佩尔，罗尔夫，2005，《法律与历史：论〈德国民法典〉的形成与变迁》，朱岩
　　译，法律出版社。

科塞，刘易斯，2004，《理念人——一项社会学的考察》，郭方等译，郑也夫、冯克利
　　校，中央编译出版社。

库兹奈特，罗伯特，2016，《如何研究网络人群和社区》，叶韦明译，重庆大学出
　　版社。

拉什，斯科特、卢瑞，西莉亚，2010，《全球文化工业——物的媒介化》，要新乐译，
　　社会科学文献出版社。

莱斯格，劳伦斯，2004，《代码》，李旭译，中信出版社。

——，2004，《思想的未来》，李旭译，中信出版社。

——，2009，《免费文化》，王师译，中信出版社。

兰德斯，威廉、波斯纳，理查德，2005，《知识产权法的经济结构》，金海军译，北京
　　大学出版社。

勒戈夫，雅克，1996，《中世纪的知识分子》，张弘译，商务印书馆。

李琛，2005，《论知识产权法的体系化》，北京大学出版社。

李雨峰，2006，《枪口下的法律——中国版权史研究》，知识产权出版社。

——，2007，《思想/表达二分法的检讨》，《北大法律评论》第 2 期。

洛克，1982，《政府论》，瞿菊农、叶启芳译，商务印书馆。

卢曼，2009，《社会的法律》，郑伊倩译，人民出版社。

马尔库塞，1989，《审美之维：马尔库塞美学论著集》，李小兵译，三联书店。

马克思，1973，《马克思恩格斯全集　第26卷》，人民出版社。

麦基恩，迈克尔，2015，《英国小说的起源：1600－1740》，胡振明译，华东师范大学
　　出版社。

梅红编，2010，《网络文学》，西南交通大学出版社。

梅丽，安格尔，2007，《诉讼的话语：生活在美国社会底层人的法律意识》，郭星华、
　　王平译，北京大学出版社。

米德，乔治，2003，《现在的哲学》，李猛译，上海人民出版社。

尼葛洛庞帝，1999，《数字化生存》，胡泳等译，海南出版社。

诺内特、塞尔兹尼克，2004，《转变中的法律与社会：迈向回应型法》，张志铭译，中
　　国政法大学出版社。

欧阳友权，2004，《网络文学本体论》，中国文联出版社。

——，2008，《网络文学发展史》，中国广播电视出版社。

皮海兵，2012，《内爆与重塑——网络文化主体性研究》，广西师范大学出版社。

平克，丹尼尔，2012，《驱动力：在奖励与惩罚都已失效的当下如何焕发人的热情》，
　　龚怡屏译，中国人民大学出版社。

（清）蒲松龄，2002，《聊斋志异》，岳麓书社。

桑内特，理查德，2010，《新资本主义的文化》，李继宏译，上海译文出版社。

——，2015，《匠人》，李继宏译，上海译文出版社。

塞尔，苏珊，2008，《私权、公法——知识产权的全球化》，董刚、周超译，中国人民
　　大学出版社。

斯考切波，西达，2007，《历史社会学的视野与方法》，封积文译，董国礼校，上海人
　　民出版社。

邵燕君，2011，《面对网络文学：学院派的态度和方法》，《南方文坛》第6期。

——，2017，《IP时代的网络文学》，《现代视听》第12期。

——，2018，《网络文学20年：媒介革命与代际更迭》，《长江文艺》第4期。

——，2019，《网络文学的“断代史”与“传统网文”的经典化》，《中国现代文学研
　　究丛刊》第2期。

舍基，克莱，2011，《认知盈余：自由时间的力量》，胡泳、哈丽丝译，中国人民大学
　　出版社。

沈明，2006，《版权制度与文化生产》，北京大学博士学位论文。

（明）石涛，2007，《苦瓜和尚画语录》，山东画报出版社。

苏晓芳，2004，《网络小说论》，中国文史出版社。

——，2011，《网络与新世纪文学》，中国社会科学出版社。

涂尔干，爱弥尔，2006，《宗教生活的基本形式》，渠东、汲喆译，上海人民出版社。

涂尔干，埃米尔，2000，《社会分工论》，渠东译，三联书店。

托克维尔，1992，《旧制度与大革命》，冯棠译，商务印书馆。

——，2004，《论美国的民主》，董果良译，商务印书馆。

汪晖，2008，《现代中国思想的兴起》，三联书店。

韦伯，马克斯，2005，《法律社会学》，康乐、简惠美译，广西师范大学出版社。

——，2007，《新教伦理与资本主义精神》，康乐、简惠美译，广西师范大学出版社。

威廉斯，雷蒙，2005，《关键词：文化与社会的词汇》，刘建基译，三联书店。

威廉斯，雷蒙德，2013，《漫长的革命》，倪伟译，上海人民出版社。

威廉斯，杰弗里，2014，《文学制度》，穆雷等译，南京大学出版社。

夏志清，2005，《中国现代小说史》，刘绍铭、李欧梵等译，复旦大学出版社。

肖尤丹，2011，《历史视野中的著作权模式确立——权利文化与作者主体》，华中科技
　　大学出版社。

谢尔曼，布拉德、本特利，莱昂内尔，2012，《现代知识产权法的演进：英国的历程
　　（1760－1911）》，金海军译，北京大学出版社。

新浪网友，2007，《金庸客栈·十年》，中国友谊出版公司。

休厄尔，小威廉，2012，《历史的逻辑：社会理论与社会转型》，朱联璧、费滢译，上
　　海人民出版社。

雅各比，拉塞尔，2006，《最后的知识分子》，洪洁译，江苏人民出版社。

叶洪生、林保淳，2005，《台湾武侠小说史》，远流出版社。

叶芝，2007，《凯尔特的薄暮》，殷杲译，江苏人民出版社。

伊格尔顿，特里，1980，《马克思主义与文学批评》，文宝译，人民文学出版社。

——，2005，《沃尔特·本雅明》，郭国良译，译林出版社。

尤伊克，帕特里夏，2005，《法律的公共空间：日常生活中的故事》，陆益龙译，商务
　　印书馆。

禹建湘，2011，《网络文学产业论》，中国社会科学出版社。

宇文所安，2003，《他山的石头记》，田晓菲译，江苏人民出版社。

张旭东，1989，《中译本序：本雅明的意义》，载本雅明《发达资本主义时代的抒情诗
　　人》，三联书店。

赵鼎新，2012，《微博、政治公共空间和中国的发展》，《东方早报》2012 年 4 月 26 日
　　"上海书评"。

赵一凡，1989，《中译本绪言：贝尔学术思想评介》，载贝尔《资本主义文化矛盾》，

三联书店。

詹金斯，2016，《文本盗猎者》，郑熙青译，北京大学出版社。

——，2017，《参与的胜利——网络时代的参与文化》，高芳芳译，浙江大学出版社。

曾繁亭，2011，《网络写手论》，中国社会科学出版社。

郑成思，1997，《版权法（修订版）》，中国人民大学出版社。

周志雄，2010，《网络空间的文学风景》，人民文学出版社。

Au, Wagner James. 2008. *The Making of Second Life: Notes from the New World*, Harper Business.

Baker, Houston. 1984. *Blues, Ideology and Afro-American Literature: A Vernacular Theory*, The University of Chicago Press.

Becker, Konrad and Stalder, Felix eds. 2009. *Deep Search: The Politics of Search Beyond Google*, Studienverlag.

Benkler, Yochai. 2007. *The Wealth of Networks: How Social Production Transforms Markets and Freedom*, Yale University Press.

——. 2007. *Compexity and Humanity*, in Freesouls. cc, net-publishing blog.

Biocca, Frank. 1997. "The Cyborg's Dilemma: Progressive Embodiment in Virtual Environments", in *Journal of Computer-Mediated Communication*, Volume 3, Issue 2.

Bloch, Marc. 1990. *The Royal Touch: Monarchy and miracles in France and England*, translated by J. E. Anderson, Dorset Press.

Boyd, Danah and Ellison, Nicole. 2007. "Social Network Sites: Definition, History, and Scholarship", in *Journal of Computer-Mediated Communication*, 13.

Bossche. 1994. "The Value of Literature: Representations of Print Culture in the Copyright Debate of 1837 – 1842", in *Victorian Studies*.

Boyle, James. 2008. *The Public Domain: Enclosing the Commons of the Mind*, Yale University Press.

Carr, Nicholas. 2008. *The big switch: Rewriting the world, from edison to google*, W. W. Norton & Company.

Castells, Manuel (ed.). 2005. *The Network Society: A Cross-Cultural Perspective*, Edward Elgar Publication.

Chartier, Roger. 1988. *Cultural History: Between Practices and Representations*, translated by Lydia G. Cochrane, Polity Press.

Chartier, Roger, Alain Boureay, and Cécile Dauphin (ed.). 1997. *Correspondence: Models of Letter-writing from the Middle Ages to the Nineteenth Century*, Polity Press.

Clegg, Cyndia Susan. 1997. *Press Censorship in Elizabethan England*, Cambridge University Press.

Dorson, Richard. 1978. *Folktales Told Around the World*, University Of Chicago Press.

Feather, John. 1994. *Publishing, Piracy and Politics*, Mansell publishing Limited.

Fidler, Roger. 1997. *Media Morphosis: Understanding New Media*, Pine Forge Press.

Foray, Dominique. 2006. *The Economics of Knowledge*, Mit Press.

Frye, Northrop, 1976. *The Secular Scripture*, *A Study of the Structure of Romance*. Harvard University Press.

Geertz, Clifford. 1973. *The Interpretation of Cultures*, Basic Books.

Goldmann, Lucien. 1987. *Towards a Sociology of the Novel*, Routledge Kegan & Paul.

Hardin, Garrett. 1968. "The Tragedy of the Commons", in *Science* 162.

Hall, John. 1979. *Sociology of Literature*, Longman.

Hesse, Carla. 2002. "The Rise of Intellectual Property, 700 B. C. – A. D. 2000: An Idea in the Balance", in *DAEDALUS*.

Hoover, Herbert H. 1980. "Oral History in the United States", in *The Past before Us: Contemporary Historical Writing in the United States*, ed. Michael Kammen, Ithaca and London.

Innis, Harold. 1950. *Empire and Communications*, Oxford: Clarendon Press.

Innis, Harold. 1964. *The Bias of Communication*, Toronto: University of Toronto Press.

Israel, Shel. 2009. *Twitterville: How Business can Thrive in New Global Neighborhoods*, Portfolio.

Jones, RH. 1990. "The Myth of the Idea/Expression Dichotomy in Copyright Law", in *Pace Law Review*.

Kaplan, Benjamin. 1967. "An Unhurried View of Copyright: Proposals and Prospects", in *Columbia Law Review*.

Keen, Andrew. 2007. *The Cult of the Amateur*: *How today's Internet is killing our culture*, Crown Business.

Lahire, Bernard and Wells, Gwendolyn, 2010. "The Double Life of Writers", in *New Literary History*, 2 (41), pp. 443 – 465.

Levinson, Paul. 1997. *The Soft Edge*: *A Natural History and Future of the Information Revolution*, Routledge.

Levinson, Paul. 1999. *Digital McLuhan*: *A Guide to the Information Millennium*, Routledge.

Loewenstein, Joseph, 2002. *The Author's Due*: *Printing and the Prehistory of Copyright*, University of Chicago Press.

Lord, Albert. 1960. *The Singer of Tales*, Harvard University Press.

Meulenbeld, Mark. 2015. *Demonic Warfare*: *Daoism Territorial Networks*, *and the History of a Ming Novel*, University of Hawaii Press.

McLaughlin, Thomas. 1996. *Street Smart and Critical Theory*: *Listening to the Vernacular*, University of Wisconsin Press.

McLuhan, Marshall. 1962. *The Gutenberg Galaxy*: *the Making of Typographic Man*, Toronto: University of Toronto Press.

———. 1967. *The Medium is the Message*, Random House.

———. 1968. *War and Peace in the Global Village*, Random House.

Meyrowitz, Joshua. 1986. *No Sense of Place*: *The Impact of Electronic Media on Social Behavior*, Oxford University Press.

Mitscherlich, Alexander and Mosbacher, Eric. 1992. *Society Without the Father*: *A Contribution to Social Psychology*, Perennial.

Ong, W. 1988. *Orality and Literacy*: *The Technologizing of the World*, Methuen.

Patterson, L. Ray. 1968. *Copyright in Historical Perspective*, Vanderbilt University Press.

Postman, Neil. 1992. *Technopoly*: *the Surrender of Culture to Technology*, New York: Knopf.

Propp, Vladimir. 1968. *Morphology of the folk tale*, University of Texas Press.

Rheingold, Howard. 1993. *The Virtual Community*: *Homesteading on the Electronic Frontier*, Reading, MA: Addison-Wesley.

Rose, Mark. 1993. *Authors and Owners*: *The Invention of Copyright*, Harvard University

Press.

Saint-Amour, Paul K. 2003. *The Copywrights: Intellectual Property and the Literary Imagination*, Cornell University Press.

Saint-Amour, Paul K. 2010. *Modernism and Copyright*, Oxford University Press, USA.

Sahlins, Marshall. 1991. "The Return of the Event, Again: With Reflections on the beginnings of the Great Fijian War of 1843 to 1855 between the Kingdoms of Bau and Rewa", in *Clio in Oceania: Toward a Historical Anthropology*, ed. Aletta Biersack, Smithsonian Institution Press.

Scaff, Lawrence A. 1991. *Fleeing the Iron Cage: Culture, Politics, and Modernity in the Thought of Max Weber*, University of California Press.

Schaeper, Thomas. 1991. *French history as written on both sides of the Atlantic: a comparative analysis*, in French Historical Studies.

Shapiro, Caul and Varian, Hal R. , 1998. *Information Rules: A Strategic Guide to the Network Economy*, Harvard Business Review Press.

Sherman, Brad and Bentley, Lionel. 1999. *The Making of Modern Intellectual Property Law: The British Experience, 1760 – 1911*, Cambridge University Press.

Simmel, George. 1972. *Georg Simmel on Individuality and Social Forms*, University Of Chicago Press.

Vansina, Jan M. 1985. *Oral Tradition as History*, University of Wisconsin Press.

Wellman, Barry and Keith Hampton. 1999. "Living networked on and offline", *Contemporary Sociology*, 28 (6), 648 – 654.

Woodmansee, Martha. 1984. "The Genius and the Copyright", *Eighteenth-Century Studies*, Vol. 17.

Yang, Guobin. 2011. *The Power of the Internet in China: Citizen Activism Online*, Columbia University Press.

Žižek, Slavoj. 2011. "Occupy Wall Street: what is to be done next?", http://www. impose-magazine. com/bytes/slavoj-zizek-at-occupy-wall-street-transcript.

Zuccheri, Serena. 2008. *Lettera web in Cina*, Nuove Edizioni Romanae.

后记

坦率地说，决定出版这本书之前，我沮丧了整整六年。

我从未有过如此长久而深刻的沮丧，即使 2006 年因为陷入自我怀疑以致激烈地从美国退学，但回国第三天我已经恢复，兴高采烈地找到一份出版社的工作，开始做大众编辑。仔细回想那时候的心态，大概是一种终于结束综合考试可以进田野的轻松和激动。我对出版没有执念，也没有理想，我只是厌烦了永无止境地琢磨那些死去天才的心思和他们的焦虑或狂想。在获得和他们对话的资格之前，我决定真正成为一个生活在 21 世纪的人，想要抓住一条路，通往那些我不认识的"邻人"，通往他们在这个时代的光荣与梦想、纠结和焦虑、热血或内心柔软的瞬间。如果我不认识他们，又有什么资格代替/为他们思考呢？

那时候我相信文学编辑是一份好工作。除了极端情况，比如封面太美貌或者作家是偶像，大概没有人会毫无理由地决定购买一本小说，除非他/她想要投入阅读。不同的人会想要阅读不同的内容，从阅读中获得不同的感受，或者经由阅读和不同的人结成隐秘的精神或社会层面的联系。在这些理由里面，你能看到一个人深藏在内心的欲望与向往。研究、揣测这些需求，然后通过评价和销售量来验证观察和推断，是我乐此不疲的兴趣和工作的动力。

就像在田野里获得乐趣的人类学家，我在劳作中开始缓慢地获得一种责任感，除了窥视、理解和分析，也想找到一种方式将自己的能力注入这个世界。那时候的我，天真而热情地觉得编辑的意义就是为有阅读需求的人们发掘新的可能性，寻找最好的作者，推荐最适合的作品，通过生产和销售，为读者制造恰当的阅读体验，让他们的内心经由阅读与时代连通，获得真正的社会性。

2007年，我开始兴致勃勃地梦想为武侠小说的复兴出点力。当时大概正好是新武侠运动的中段，通过网络平台，从小在租书店的盗版武侠海洋里浸泡长大的爱好者们开始投身这个"伟大传统的复兴"，借助出版业的力量，想要接续金庸、古龙创造的高峰，将武侠类型重新推入大众阅读的视野。不幸的是，虽然声势浩大，却并未由此诞生足够好的作品。新武侠更像是一个口号，重新激起了压抑已久的阅读渴望，却远远未能满足这个渴望。

我几乎耗费了所有的工余时间，来整理日本武士剑侠小说的列表和版权信息，想要弥补缺乏优秀原创作家的困境。然而，版权谈判和引入之困难，却远超想象。日本作家和代理公司像惊惧洪水猛兽一般，害怕中国的盗版，又如同飞蛾扑火，在绝望中渴望着庞大美妙的中国正版市场。两相牵扯，我险些忘记投入这场谈判的意义究竟是什么。过高的版权费用，将导致销售价格的上调，而一旦价格到达某个梯度，这些小说势必要被包装成真正的"文学"，走上所谓的经典路线，它们原本应当面对的读者将被排除在"文学"的受众之外，继续忍受饥渴，而"文学"的高级读者们，却极有可能会在阅读中陷入失望，不明白这些面目雷同的剑侠书，究竟要怎样才能被赋予严肃文学的意义。

我开始逐渐怀疑编辑和出版社对于生产和消费的意义。对于现代社会的普通人来说，阅读大概是他们通往深层想象和世界诸般可能性最直接的手段，而如果被认为构成想象的生产和阅读之间唯一通道的出版业，在本质上并不在乎这个沟通，也无力促进生产，只不过是一个将既有的生产力包装成人们希望的样子从而让自己生存下来的掮客，那么，谁才能够激活那些真正沉睡在人们内心深处的向往，回应并汇聚成为真正的时代"意识形态"？

网络文学的汹涌发展及其对传统出版业的冲击，很快给了我答案：很简单，普通人自己。无论是新武侠运动中的哪一位，论教育背景、见识、文字能力和鉴赏能力，肯定远超大多数"起点"和"晋江"写手，但他们的小说总体来看却显得结构轻重无当，文字生涩，更关键的是，每个人物和情节几乎都有原型，或者金庸，或者古龙。与其说是超越性的成熟作品，不如说更像新手的致敬文，字字有来历，合起来却杂糅生硬，很难形成一个有自己完整生命的故事。然而，这一点，在"起点"和"晋江"大部分还算出名的小说里，却已经不再是问题。

回过头来看，那一代所谓的新武侠，抱着继续金古武侠传奇的美好愿望，所制造出来的风潮，更像是后来我们所看到的新时代的序幕，或者连序幕都算不上，只是两个时代之间短暂的过渡。当然，他们有新的想法，尤其是道德观、英雄观、情爱观、政治观，但是就像村上春树所说的，更根本的问题是突破文体的限制。内容，必须要和容器形成良好的互动，才能长出一个新的故事，挑动起新的阅读感受。

新文体的诞生，一直都依赖于天才作家的创造和带动。很遗憾，那一代新武侠里并无此类杰出人才。而旧的文体，在经历了金庸和古龙两个高峰，特别是台湾那个全民武侠时代的高速发展之后，几乎已经被掘空了可能性。在这个旧的文体结构里兜兜转转，除了致敬，只剩下模仿和复用。而太在乎模仿和致敬，便会失去流动的气息，会阻碍本来就微弱的气息在阅读中流动。就像《白鹿青崖记》里杨过、小龙女、蝶谷医仙、白自在们走来走去，说着梁羽生式清淡无味的语言，却想要活出更惨烈的人生。

然而，没有天才作家，新文体毕竟还是逐渐诞生了：长篇、不在乎辞藻、概念先行、人物设定突出，以个人的世俗发展为主线，凸显个人和时代的相伴相生。主角视角，配合以大量的配角，大量的复线。有时候我也觉得这些写手们写得真低俗，但很少再想起金庸或者古龙。全新的形象开始跳出来，他们的妻子变得五花八门，从丫鬟到红牌阿姑，从一个到无限多个。不管我喜不喜欢这些主角，他们好歹是新的，携带着全新的道德观、英雄观、情爱观和政治观。让我讨厌，或者觉得真有点意思。

而这种新的诞生与出版社无关，与图书贸易无关，与版权所承诺的创作激励无关，它完全是通过群众运动实现的。一场文学的群众运动，甚至没有一个英雄在高空呐喊，在前方引路。高中生、小职员、底层公务员、快递员、无业游民、家庭妇女，因为一点想象力、一点虚荣心、一点行动力、一点无聊空虚、一点闲工夫，再加上五分机会，居然就突破了二十多年类型文学的停滞，让这个时代的欲望、梦想、理想，即便只是些功名利禄、酒色财气，也得到了在故事里表达的可能性，在写作和阅读所构成的虚拟公共空间里萌芽、被质疑、变迁，并生长出无数的变体，探进历史、情爱、家庭、信仰的层面，突破政治话语的垄断和冷漠，连线到普通人的日常生活里。

这真的是很了不起的事情。

我对文学仍然没有执念，但网络类型文学领域内了不起的奇迹让我看到了一种新的生产可能性，我为社会联合所焕发出的活力感到激动，衷心希望它能持续下去，尽量持续得久一点，甚至可以超出这个界限，蔓延到其他知识生产的领域。我不想说这是我又从田野跑回学术界/圈的原因，但确实是这个愿望第一次激发出我和这个时代真正的联系，让我在旁观者的好奇之外，增加了一份想要得到什么的热望，以及不想看到什么的忧虑。

或许和韦伯的教诲相反，对于被学术机制隔绝在社会生活之外的现代学术人来说，在价值悬置之前，我们更需要一个机会来被真正嵌入这个世界，甚至仅仅是找到一根通往日常生活的蜘蛛丝。沿着网络类型小说这根蜘蛛丝，2009～2013 年，我在四年的时间里，尝试重新去理解法律与社会运动的焦虑，互联网的意义，著作权之于个人自由和社会繁荣的重要性，文学、想象与现代性的意义，文学理论与历史可能性的关系。同时，我跟踪网络小说的创作、读者的变化、写作者的焦虑、网站的繁荣和分裂、公众对"网络文学"理解的变化，更重要的是，观察所有人对于网络文学所投注的理想和热望，以及它们在现实的生产与商业实践中如何被激发、压抑、扭转。

2013 年，我写完博士学位论文，通过了毕业答辩。然后，六年过去了。

如果说我在写博士学位论文的四年里时时鼓舞于未来的气息，那么这六年我面对的就是一个不断回退的时间线。在这个时空里，网络文学如我所预料，走出了早年间的小圈子，真正成为一个研究当代文化产业无法越过的"存在"，但我曾经为之激动的那些生产力，却在越界的同时被消磨殆尽。2007 年，我仿佛看到一个创作新世界诞生的迹象，并迫不及待想要展望它的未来，2019 年，我却发现自己仍然生活在旧的世界里。

在我答辩的 2013 年，尽管地铁上、小吃店里，盯着手机看小说消磨时间的人已经极为常见，但对于学院内的研究者而言，网络小说依然是一个有着明确边界的文化现象，这种阅读体验十分粗糙的作品——如果你们同意我将之称为作品的话——几乎无力越过"品味"的障碍，真正进入大学教授的视野之内。更常见的情况是，它作为"非主流"、"次要"、"猎奇"的文化景观而被认知和理解，就像社会学处理刺青、涂鸦和地下音乐；或者它被理解为一个特殊的场域，特定的人因为互联网而聚集在一起，过着全然不同于我们这些普通人的生活，所以我应该去给他们做访谈，看他们都是谁（年龄、性别、受教育程度、职业），因为什么而逃避到这个避难所，他们的写作想要挑战什么，在创造怎样针对结构的力量。然而，我没有讨论亚文化或者社会运动，反而把"网络文学"与"知识产权"联系在一起，试图讨论这种文化生产背后的制度想象与安排，甚至想要讨论它相对于传统"知识"的"产权"设置所具有的研究性意义。这种想法放到主流社会学的背景下看，确实是有点古怪。一般而言，能够用来讨论"产权"社会性与历史性的主题，是土地。"网络文学"有这么重要吗，和土地一样重要？即使它很重要，为什么不研究更有社会学意义的其他问题：组织、文化、网络、劳动、社会运动……？

六年过去了，事情很明显发生了变化，似乎证明了我当年确实看到了更关键的问题。即使是再深居简出的人，现在大概也知道了"甄嬛传"、"琅琊榜"，在各种公共媒介里被"大 IP"这个词狂轰滥炸。更重要的是，2013 ~ 2019 年中国大众文化市场的"疯狂"发展，已经充分表明，无论是网络文学，还是知识产权，尤其是二者勾连在一起，已经成为影响文化生产的关键性要素。而用韦伯的话来说，文化是意义最重要的生成机制，而意义决定了人们的行动。

网络文学不再被限定在某一个具体的阅读群体之内，它成了大众文化的源头内容产业，正在经历各种不同形态的改编，大规模进入游戏、电视剧、电影、话剧，甚至网络热词、段子，显现在手机、电视机、电脑、荧幕等不同的介质。很难说现在还有谁能完全处于这条内容传递的产业链之外。资本和传统媒体看重的是网络文学积攒多年规模庞大的爱好者群体，需要它们自带的粉丝和流量，但与此同时，它独特的叙事逻辑，对历史、社会与人性的想象，也在这种被称为"IP 化"的过程中被极速放大，深深卷入消费者的日常生活当中。

"IP 化"，带来资本对"大 IP"的疯狂追求。这导致了 2016 年之后中国文化市场最有趣的一次语词错位。"文学"、"小说"、"剧本"、"故事"，这些传统分类退居次位，一切写作都被冠以"IP"之名，被资本和文化公司争夺，被写作者和阅读者接受，成为"作品"的另一个名字。然而，IP 并非一个与写作有关的新概念，它不过是知识产权（Intellectual Property）的缩写。文化产业的发展，表面上看是对网络文学资源的挖掘，但从深层来看，其实就是充分展开对网络文学资源的知识产权运作。知识产权，这种曾经被认为难以在中国文化土壤中立足的法律设定，以一种出人意料的方式占据了产业的核心位置。

站在今天，或许我可以自信地说，时间证明了当年选题的价值，网络文学和知识产权已经彻底卷到一起，就像威廉斯曾经描述过的 19 世纪 40 年代的英国，新型通俗内容的兴起将通过一个新型市场，深刻影响这个时代的知性生活以及与之相关的社会实践，带来一场"漫长的革命"。然而极为悖谬的是，这却是我写作博士学位论文的时候最不想看到的结果：我曾经以为研究和写作是为了找到一种路径，一种思想上的力量，能够至少在理念上找到彻底 IP 化之外可以容纳更多可能性的未来。

我并不是一个反"法治"的社会学家。我相信制度的力量，只是反对 18 世纪诞生于英国的这一套对于内容生产的产权设定——"作者"、"著作权"、"抄袭"……被毫无反思地运用于新时代的知识生产全过程。所以，这本书所试图要回答的问题是：传统知识产权制度所设定的写作、写作者与阅读者之间的社会关系究竟是什么？它想要造就什么样的"人与人的联结"？这种社会性联结的实质是什么？在互联网条件下，以网络文学为例，是否有新的生产机制产生？如果有，它是怎么产生的，受什么样的力量促动，它造就了什么样的写作、写作者与阅读者？我想知道，技术是否给了新时代的我们新的机会，我们是否能够抓住这次机会，实现一次真正的对抗"结构"的能动之举。

我也相信行动者并非全然是结构下的傀儡，他们确实有能动的力量，但力量是体现在个体的行动里吗？是否真如德·塞托所言，人们单凭狡黠的消费策略就能对抗结构的权力？当结构提供足够的利益和刺激时，普通人真的会抵抗吗，还是主动成为结构蔓延进日常生活的介质？

2013～2019 年，我理想中的未来与现实渐行渐远，几乎消失不见。我看到网文热门作者进入大众视野，他们成了传统意义上的作家，出现在各种媒体的文化版、财经版、时尚版，甚至时事版，我看到他们在微博上大力宣传自己的电视剧、电影、网剧、漫画和游戏，同时也看到层出不穷的抄袭指控、著作权纠纷，作者有了自己的粉丝群，粉丝为了偶像花钱和战斗，网站替代了出版社、版权代理公司，成为最大的运营机构。发表—签约—炒作—改编—成名在望，出版的旧规则完全收编了曾经让我为之投入四年努力的新机制，然后在一个更大的平台上复制着自己，将这个本该充满意义和表征生产的领域变成列斐伏尔所预料的、荡涤一切的"抽象空间"。

其实在博士学位论文写作的最后，我已经预感到这个结局的到来。在后记里我跟自己说：

> 但我不想放弃。这也是这篇论文最终面向法律制度变革发声的根本原因。随着网络文学生产对于整体文化产业影响力的增强，原本属于写作者和阅读者之间的棋局游戏，已成为资本和个体博弈的阵地。韦伯在 19 世纪已经察觉到资本主义不可思议的普遍化力量。一旦资本入局，一切可能性都会逐渐消失。寄希望于局内的个人、网站、公司、资本方的意愿或者自然博弈，来延续和扩大互联网所短暂开放出的历史空间，无异缘木求鱼。

如果说今天有什么力量能够让我面对理想与现实的差距，我想它仍然来自韦伯意义上的法律和制度。在我看来，德·塞托或许误解了结构和日常抵抗的意义。很多时候，对于普通人如你我，结构并非压迫，而是塞壬的歌声，甜美笃定，吸引我们奔向那仿佛已被注定的生活；日常生活里如果真的生长出抵抗的力量，它也可能非常微弱，需要被从浩如烟海的细节中识别出来，需要我们主动堵住自己的耳朵，发出另一种声音来传颂它的到来，更重要的是，它需要来自制度的力量，如同：

> 韦伯更敏锐地察觉到，法律或许构成了现代社会另一支强大的普遍化力量。在这个意义上，"法律与社会"运动并非如某些学者所评价，错误地理解了法律在社会中的嵌入性。事实上，意识到法律作为社会观念与现象的生产机制，才有可能抓住法律相对于资本主义社会的变革性意义，以及对抗"历史终结"的力量。

山林寂静，荫翳幽深。要自己唱起歌，阳光才会洒下来。

以上。

储卉娟

2019 年 4 月 14 日

图书在版编目（CIP）数据

说书人与梦工厂：技术、法律与网络文学生产／储
卉娟著. -- 北京：社会科学文献出版社，2019.6（2022.11 重印）
ISBN 978 - 7 - 5201 - 5050 - 7

Ⅰ.①说…　Ⅱ.①储…　Ⅲ.①网络文学 - 文学研究 -
中国　Ⅳ.①I207.999

中国版本图书馆 CIP 数据核字（2019）第 119747 号

说书人与梦工厂
——技术、法律与网络文学生产

著　　者／储卉娟

出 版 人／王利民
责任编辑／赵　娜
责任印制／王京美

出　　版／社会科学文献出版社·群学出版分社（010）59366453
　　　　　地址：北京市北三环中路甲29号院华龙大厦　邮编：100029
　　　　　网址：www. ssap. com. cn
发　　行／社会科学文献出版社（010）59367028
印　　装／北京虎彩文化传播有限公司

规　　格／开本：787mm × 1092mm　1/16
　　　　　印张：18.5　字数：246千字
版　　次／2019 年 6 月第 1 版　2022 年 11 月第 4 次印刷
书　　号／ISBN 978 - 7 - 5201 - 5050 - 7
定　　价／89.00 元

读者服务电话：4008918866